JN166765

惑星カロン

初野 晴

角川文庫
20172

目次

主な登場人物

吹奏楽部メンバー

穂村千夏《ほむらチカ》……清水南《しみずみなみ》高校二年生。フルート奏者。春太との複雑な三角関係に悩んでいる。本作の語り部。

上条春太《かみじょうハルタ》……二年生。千夏の幼なじみ。ホルン奏者。完璧《かんぺき》な外見と明晰《めいせき》な頭脳の持ち主だが……。

草壁信二郎《くさかべしんじろう》……音楽教師。吹奏楽部顧問。謎多き二十七歳。

マレン・セイ……二年生。中国系アメリカ人。サックス奏者。

成島美代子《なるしまみよこ》……二年生。中学時代に普門館出場の経験をもつオーボエ奏者。

芹澤直子《せりざわなおこ》……二年生。クラリネットのプロ奏者を目指す生徒。チカとかかわるうちに入部を決意。

檜山界雄《ひやまかいゆう》……一年生。芹澤の幼なじみ。打楽器奏者。あだ名はカイユ。

後藤朱里《ごとうあかり》……一年生。同級生の部員たちを牽引《けんいん》する元気娘。バストロンボーン奏者。

清水南高生徒、その他

山辺《やまのべ》真琴《まこと》……高名な音楽家、故・山辺富士《ふじ》彦《ひこ》の孫娘。全国を放浪中、草壁信二郎に呼び出される。彼女もまた、謎多き二十七歳。※1

上条南風《みなみ》……上条春太の姉。上条家三姉妹の長女。

岩崎《いわさき》浩二《こうじ》……藤《ふじ》咲《さき》高校二年生。全国レベルの吹奏楽部部長。

名越《なごえ》俊也《しゅんや》……二年生。演劇部の部長。過去、マレンを取り合って吹奏楽部と即興劇勝負をしたことがある。ブラックリスト十傑の一人。※1

麻生《あそう》美里《みさと》……二年生。地学研究会の部長。ヘルメットを被る美少女。カイユの復学と吹奏楽部入部に関与。ブラックリスト十傑の一人。※2

日野原《ひのはら》秀一《しゅういち》……三年生。元生徒会長。生徒会執行部がマークしているブラックリスト十傑の監視役の引き継ぎをチカとハルタに行おうと画策中。

マンボウ……裏社会の住人。チカとハルタの前に立ち塞がる最大の敵、なんてことはない。かつての部下のことが夢に出て、ときどきうなされている。※2

※1　詳細エピソードは角川文庫『千年ジュリエット』参照　※2　詳細エピソードは角川文庫『空想オルガン』参照

イントロダクション

世の中には額縁小説というのがあって、額縁だからといって絵画や芸術を扱った専門的な小説ではなく、例を挙げるとすれば、最初に語り手の現在の話、次に本編、最後にまた語り手に戻ってくるような形式のものを指すらしい。

わたしが語りつづけている清水南《しみずみなみ》高校吹奏楽部の物語も、実はそれに乗っかっている。千々の桜が香り舞う季節になると、次第にそれが淡いモザイクに見えて脳裏によみがえる光景へと変わっていく。

楽しい青春時代なんて存在しない。

でも——面白そうに過ごすひとはまわりにあふれていた。

吹奏楽は管楽器を中心とした合奏体で、その魅力はなんといっても、自分の呼吸を使って思いを音に乗せて、全員の心がひとつになった音楽を奏でられることだ。

高校入学を機に、年中無休、二十四時間営業の日本企業のようだった女子バレーボール部に見切りをつけたわたしは、密《ひそ》かに憧《あこが》れていた吹奏楽部の門を叩《たた》いた。吹奏楽ならクラシックのようなハードルの高さはないし、ジャズだって歌謡曲だってできる。高校からはじめてもそれなりに音は出せるだろうし、まだ間に合う気がした。

しかし入部届を出そうとした矢先に悲劇が襲った。

その年度の部員はたったの三人。おまけに顧問の先生が転任して廃部寸前の崖《がけ》っぷちに立たされていたのだ。

不退転の覚悟で買ってもらったフルートを片手に、はにわみたいに口をポッカリと開けた新入生の姿を想像してほしい。あとになってみんなに笑いをこらえて指摘されたが、吹奏楽部では希望通りの楽器につける保証がないことを、このときのわたしはまだ知らなかったのです。

そんなわたしに手を差し伸べてくれるひとがあらわれた。

新しく学校に着任した先生だった。草壁信二郎《くさかべしんじろう》先生。男性としてはめずらしい若手の音楽教師で、どの先生も見放していた吹奏楽部の顧問を快く引き受けてくれた。学生時代に東京国際音楽コンクール指揮部門で二位の受賞歴があって、国際的な指揮者として将来を嘱望されていた過去を持つ。でも海外留学から帰国後、それまでの経歴を一切捨てて数年間姿を消したあと、わたしが通う高校の教職についた。理由はわからない。本人も口にしたがらない。ただひとつはっきりしていることは、吹奏楽部のやさしい顧問でいつづけてくれたこと。そんなすごい経歴を持ちながらも、尊大さやおごりのかけらも持たないし、わたしたちの目線に合わせた言葉で話してくれる。

そしてもうひとり忘れてはならない人物がいる。

わたしと一緒に入部を決めたホルン奏者の上条春太《かみじようハルタ》だ。わたしは彼のことをハルタと呼び、彼はわたしのことをチカちゃんと呼ぶ。六歳まで家が隣同士で、高校で再会を果たした幼なじみだ。童顔で背が低いことを気にしているが、さらさらの髪にきめ細かい白い肌、二重まぶたに長い睫毛《まつげ》、女のわたしが心から切望したパーツをすべて持って生まれている。おまけに頭脳は明晰《めいせき》で、校内で起きた問題を次々と解決してしまう。なんというか、とにかく存在そのものがわたしの十代に喧嘩《けんか》を売っているタイプなのだ。

女性に一生不自由しなそうな彼にも、ひとにはいえない秘密がある。

わたしとハルタは草壁先生に片想いをしていて、禍々《まがまが》しい三角関係〈♀→♂←♂〉が成立してしまったのだ。彼は親友であるわたしにどんな心の傷もつけたくないけど、奪われるくらいなら三枚下ろしにしてさばいてしまいたいという危険な想いに悩んでいるらしい。え？　いろいろな意味で心に傷がついているんですけど！

憎たらしいことに恋敵となったハルタはわたしと同じ夢を持っていた。

日陰に身を投じた草壁先生に、再び表舞台へ出てもらうこと。コンクールに出場して、指揮棒をふってもらうこと。いつか、いつの日か叶《かな》うのなら——吹奏楽を愛する高校生ならだれもが憧れる聖地、全日本吹奏楽コンクール高校の部の全国大会の舞台、普門館《ふもんかん》の黒く光る石張りのステージに立ってもらうことだった。

廃部寸前だった吹奏楽部の立て直しは、考えていたよりはるかにしんどい。

楽器や練習場所の確保など考えることは山ほどあるが、とくに頭を痛めたのは部員の確保だった。勧誘のターゲットとなる生徒は二種類いる。帰宅部の中でも、クラブ活動の入部のタイミングを逃してしまった生徒か、なんらかの理由で吹奏楽をやめてしまった経験者だ。羞恥心《しゅうちしん》を捨てて片っ端から声をかけた結果、そのどちら側からも「袖《そで》にされる」という言葉を身をもって経験した。

くじけそうになるし、苛立《いらだ》ちも不安も澱《おり》のように溜《た》まっていく。

でもね……よく考えてみたの。

困難には、きっと理由がある。

これまでの自分が試されている気がした。

当時の部員は五人。頭の中でネガティブリストをつくってもはじまらない。これ以上の底はないし、やれることは這《は》い上がるしかなかった。世の中には、いつまでたっても報われない努力があること、どんなに尽くしても大事な場面に立ち会えないひとがいることを知ったいまなら、ないものだらけの十代はとても幸せな時期だったとわかる。

だったら頑張るのは当たり前。あの頃のわたしたちは他の生徒と比べて二割増しくらいの無茶をした。え？ 映画やドラマの世界じゃあるまいし、絵空事みたいな夢は叶うもんかだって？ そんなの、わからないよ。どんな世界でも、小利口よりバカ、自信のあるやつよりイッちゃっているやつのほうが強いんだから。

そんなわけで、もうだれにもとめられないわたしとハルタに、六面全部が白いルービックキューブの謎や、演劇部との即興劇対決など、吹奏楽とは一ミリも関係ない珍問奇問や難題が立ちはだかったが、無事解決して、オーボエ奏者の成島美代子《なるしまみよこ》、サックス奏者のマレン・セイという素晴らしい仲間が加わった。

ふたりともブランクはあったけど、成島さんは中学時代に普門館の出場経験があり、中国系アメリカ人のマレンは幼い頃からサックスに親しんできたキャリアを持つ。そんなふたりの即戦力の参加は、後の部員たちの入部に、決してすくなくはない影響を与えた。

二年生に進級した四月には、修了式前に縁ができたバストロンボーン奏者の後藤朱里《ごとうあかり》が新入生を引き連れてきてくれ、五月には待望の打楽器奏者、引き籠《こ》もりで一年留年していた檜山界雄《ひやまかいゆう》が仲間に加わった。

そんな感じで紆余曲折《うよきょくせつ》ありすぎたけど、廃部の危機をなんとか乗り越えた南高吹奏楽部は、五人だった部員が二十四人に増え、コンクールの小編成のB部門にエントリーできるまでに成長した。

応援してくれるひと、支えてくれるひと、大切な仲間が増えるにつれて、わたしとハルタの夢が現実に一歩ずつ近づいていく。挑戦しつづけるために、草壁先生の指導のもと、練習時間を増やして朝練も毎日こなした。

とくにわたしの場合、みんなのお荷物にならないよう、自主練にも人一倍励まなければならなかった。学校に最後までしぶとく居残って、先生に怒られる日が増えていくうち、ふと初心の矛盾に気づいてしまう。

女子バレーボール部時代に味わった辛苦から逃れたくて吹奏楽部を選んだのに、いつの間にか年中無休の練習漬けの日々を送るようになっていたのだ。ケージが新しいものに変わっても、まわし車をくるくるまわしつづける小動物のように。

ハルタがいうには、「それがチカちゃんの宿命だよ」らしい……

これから話すのは、高校二年の文化祭が終わったあとの物語。

ただでさえすくない部員から三年生が引退して、気持ちの入れ替えが大変な時期だった。残った一、二年生の新体制でなんとか乗り切ることができたのは、夏のコンクールの最終日に入部を決意してくれた芹澤直子《せりざわなおこ》と、コーチを引き受けてくれた山辺真琴《やまのべまこと》の存在が大きい。音楽の苛烈《かれつ》な英才教育を受け、競争社会の膿《うみ》を知り尽くしたふたりの毒舌、もとい貴重な言葉は、まだ本当の挫折《ざせつ》を知らないみんなの胸に強く響いた。

わたしには決めていることがある。

自分がいつか高校時代のことを語るときがきたら、あのときの苦労話や努力の軌跡は決して口にしないと。

昔はよかった、昔はみんな頑張ったなんて、若かった頃の自分に対する郷愁にすぎなくて、老化のはじまりの気がする。聞かされる身となってはうんざりする話だろうし、わたしが高校時代に経験した苦労や努力は、わたしだけの大切な宝物なのだ。

その代わり、どんなに苦しいときでも、素敵な寄り道ができたことを伝えたい。

どんなに厳しい環境でも、わざわざ遠まわりまでして楽しそうに生きたことを教えてあげたい。

もちろん失敗もたくさんしたのだけど、それが許される有限の時間はだれにでも必ずおとずれるのだから――

チェリーニの祝宴

1

インターネット相談室　WAHOO!知恵袋
タイトル『娘が楽器を欲しがっています』

ハンドルネーム／チカママさん

高校二年の娘を持つ母親です。

相談に乗ってくれる方がいたら回答をお願いします。

吹奏楽部に所属している娘が、新しい楽器を欲しがっています。

楽器はフルートで、聞けば値段は二十万円前後！

部活動に熱心なことは理解できますが、「わたしに残された道は楽器のパワーアップしかない」という娘の言動がいまひとつ信用できません。単にスランプからダッシュで逃げたがっているようにも思えるのです。

買ってあげるべきでしょうか。

それとも、ガマンさせるべきでしょうか。

P.S.

二十万円は、うちには大金です。

いっそのことカラーコピーで刷って、スカシを武田鉄矢《たけだてつや》にして、社会勉強の一環として娘に持たせようかと投げやりな気分にもなっています。娘に話したら、「それ犯罪だよ。トップニュースになるよ」と泣かれてしまいました。

回答が殺到しているパソコンの画面を見て、わたしの全身から力が抜けた。

土曜の朝九時から夕方五時までの部活動が終わり、薄暮の色に染まりかけた校舎のコンピュータ室での出来事だ。部活がはじまる前に朝練もこなしているので、ヘトヘトになった心身に疲労感がさらに増す。

「ああ、目に浮かぶ」

と椅子に座って頬杖《ほおづえ》を突き、学校の備品のマウスをカチカチと鳴らしていうのは、昨日の深夜、このお母さんの書き込みを発見した上条春太——ハルタだった。キーボードにのせた左手の親指と小指のホルンだこが痛々しい。

窓枠の影が長く伸びている室内はどこか気怠《けだる》い時間に包まれ、聞こえる音はとても小さい。クリック音がカチカチ、カチカチ……

わたしはハルタの背後から前屈《まえかが》みになってのぞく恰好《かっこう》で、〈母娘で芸人の道を目指したほうがよろしいのではないでしょうか〉とか、〈まずはふたりとも深呼吸してください。落ち着いて〉などという回答を苦々しく眺める。

「気持ちはわかるけど」彼が椅子から立ち上がり、ショルダーストラップのついたホルンケースを背負ってつづけた。「フルート歴二年未満なら、まだ早いんじゃない？」

シャットダウンしたパソコンの画面が一瞬光彩を放ち、プツンと暗い海のようなモニターに吸い込まれる。いまのハルタの言葉が、(自分の音の悪さを楽器のせいにするんだ)と責めているふうにも聞こえた。穂村《ほむら》さんの場合はやることが他にあるでしょ、買い換えなんてもったいない、と吹奏楽部のみんなにも口を揃えていわれた。一に練習、二に練習、三、四も練習で、五に練習。練習を乗り越えた先には猛練習が待っている。

「猛練習の先に待ち構えているのはスペシャルな練習ですか」

口を曲げてひとり言をつぶやいた。これくらい腐らせてほしい。わたしにだって人生におけるさざ波のひとつくらいはあるのだ。

「まあ百歩譲って、高校を卒業したあとでも吹くようなら別だけど」

「吹く」

フルートケースを担ぎ直し、戸締まりをしようとするハルタのあとを追う。

廊下に出て、彼は首を傾げてわたしの顔をじっと見た。

「……でもさ、チカちゃん」

「でも？」

「初心者というか、凡人ほど良いものを欲しがるんだよね」

「凡人だもの！」

ぼんじんだものぉぉぉぉ、という恥ずかしい声がエコーとなって夕暮れの校舎に響き、鬱陶《うっとう》しそうに耳を塞《ふさ》ぐハルタが階段を下りていく。

「いまのじゃ駄目なの？　鳴りはいいし、明るくて好きなんだけどな」

わたしも階段を下りる。勢いをつけすぎて、転びそうになった。「だ、駄目ってわけじゃないんだけど……」

いま肩に掛けているフルートは入学祝いにおばあちゃんに買ってもらった入門用の定番モデルだ。吹奏楽部で自分の楽器を保有する部員は半分くらいで、自分が恵まれていることに気づいたから大事に大事に使ってきた。しかし夏の大会をピークに酷使したせいか、右手の薬指のFisキーのバネやヘッドコルクがへたってしまい、リペアに出すことに決めた。きっと見違えるようになって返ってきて、ますます愛着が湧くに違いない。

その気持ちが揺らいでしまったのは、先週の藤《ふじ》が咲《さき》高校吹奏楽部との合同練習のときだ。藤が咲は、東海《とうかい》五県でたった三校しか選ばれない普門館に創設以来十一回の出場経験を持つ伝統部で、南高とは規模が違う。合同練習がはじまる前、藤が咲の二年生の女子が持つフルートが気になったわたしは、新品のポリシングクロスを持たせたハルタをダシにして吹かせてもらった。女子相手の交渉ごとにおいて、彼は期待以上の活躍をしてくれる。

当然のことながら最初はクセがあるというか、やや音切れが悪かったので、貸してくれた彼女がひやひやしながら見守る中、息遣いを工夫してみた。高音にいくに従って吐き出す息の量を減らしてみたりもした。いま考えれば、パンドラの箱を開けてしまったのかもしれない。

入部当初のわたしの耳はオーボエとバスーンの区別さえつかないくらいのあっぱっぱーのレベルだったけど、いまは違う。彼女のフルートを吹いてから、自分のフルートの音に「物足りなさ」を感じてしまうようになったのだ。それが上達の証《あかし》なのか、隣の芝生が青く見えるだけなのかはわからない。

いったいなにをくよくよ悩んでいるか、はっきりいってしまおう。

わたしとしてはフルートの腕をもうワンステップ高めたくて仕方なくて、そんな折に楽器で音がかなり違ってくることを、いまさら、もとい身をもって知ってしまったのだ。楽器が奏者を助けてくれる、と妙な錯覚まで抱いてしまうようになった。五万から二十万程度のグレードアップなら劇的に変わらないよ、甘い夢を見ちゃ駄目よ、とオーボエ奏者の成島さんはいうけど――

以来、市内の楽器店で買う当てもないのにフルートの試し吹きをするかわいそうな女子高生の噂は広まっている。

考えるとため息が出た。

コンピュータ室の鍵《かぎ》を職員室に返して、ふたり連れの歩哨《ほしょう》のようにとぼとぼと昇降口に向かう。衣替えの移行期間なのでわたしはブレザーを羽織っているが、その下にまだ半袖《はんそで》ブラウスを着ていた。このほうがひんやりして気持ちがいいし、肌触りを楽しめる。

駐輪場に寄らないハルタを見て口を開く。

「あれ？　今日、自転車じゃなかったんだ？」

「まあね。ブレーキのワイヤーが切れちゃって、バスなんだよ」

「へえ」

「チカちゃんもバスでしょ？」

「そ、そうだけど……」

フルートにつづき、自転車も酷使していて、こっちは修理に出していた。日頃の運転が荒いからそうなったわけで、ひととぶつからないにしても、いつか野良猫を撥《は》ねてしまうんじゃないかと気が気でない。野良猫といえば、思いがけない方向に連想が流れていく。

小学校に上がる前、お母さんに黙って、捨てられた仔猫《こねこ》にミルクを与えていたことがあった。ある日家までついてくるようになり、何度元の場所に戻しても家にやってくる。

あーあ。

幼心に餌付《えづ》けしたばかりに、あの仔猫は……

首をふって空を見上げた。南高は海に近く、陽が傾いてからなかなか暗くならないので、つい校舎に居残ってしまう。長かった一日の疲れが、ぼんやりとただよう黄昏《たそがれ》の光の中に溶け出していく感じがした。

吹奏楽部の他のメンバーはわたしたちを置いてとっくに帰っている。正門を出て、最初の横断歩道を渡ったところで、ハルタが「バス停ならこっちだよ」と身体を斜《はす》にして聞いてきた。

「ちょっと寄り道したいところがあるの。じゃあね」

手をふって別れ、側道を抜けて路地に入った。緩やかな勾配《こうばい》をしばらく上がっていくと背後で足音がした。こちらが立ちどまったのと同時に向こうも立ちどまる。荷物を探るふりをして恐る恐る後ろを確認するとハルタだった。

「……ぼくも一緒に行こうかな」

「え」

「寄り道ってさ」彼がちらっと片眉《かたまゆ》を上げてつづける。「だれかと待ち合わせをしてたり、約束とかしてるの？」

「違うよ」

「じゃあぼくも付き合うよ。遅いから家まで送っていく」

わたしは瞬《まばた》きをくり返してハルタを見つめ返す。「これまで夜道で一度も恐い思いをしたことがないんだけど」

「いま、したでしょ?」

痛いところを突かれたわたしは唇をタコみたいに前に出して黙り込む。

「まあまあ」と、ハルタが制服のポケットから携帯電話を取り出し、掲げて見せた。「実はハンドルネーム、チカママさんから、メールで晩ご飯のお誘いを受けているんだ」

ハルタは高校生のくせにひとり暮らしの自炊生活をしていて、ときどきわたしの家に晩ご飯をたかりにきていた。ついにわたしを飛び越えてお誘いを受けるまでになったらしい。

「チカちゃんは知らされていないだろうけど、今日のメニューは豚肉の生姜《しょうが》焼きと、『まんが日本昔ばなし』に出てくるような山盛りご飯なんだよ」

「はあ」

「大事な娘に暗い夜道をひとりで歩かせたくないという親心じゃないか」

ありがとう、お母さん、と心の中で礼をいってから、「……あんたの下心は?」

「粘り強い交渉の結果、明日のお弁当と、自家製ヨーグルト一リットルで手を打った」

穂村家の甘い汁を吸おうとする幼なじみを呆《あき》れた目つきで眺めた。だから成島さんたちと帰ろうとするわたしを引き留めて、いそいそとコンピュータ室に連れて行ったわけか。

わたしは早足で歩き、しっしっと片手をふる。

「週末くらい自分の実家に帰りなさいよ」

「無理無理。姉さんたちの酒盛りに巻き込まれる」

開き直ったハルタがしつこくついてきた。

ハルタには歳の離れた姉がいる。彼の人格形成に複雑な影響を及ぼし、女性に失望する原因をつくった三姉妹だ。長女は都内でひとり暮らしをしているが、実家にはまだ次女と三女が住んでいて、月の酒代は十万円を超えるという。ちなみにハルタの両親は出張の多い仕事をしていて、家にいることは滅多にない。

「社会人のお姉さんたちがあんたの部屋代と生活費を出してくれているんでしょ？　たまには帰ってお酌くらいしてあげればいいじゃないの」

「それがさ……行きつけの居酒屋で山辺コーチと知り合ったみたいで、今日は家に招いて『宅飲みワイン女子会』っていうのを開くらしいんだよ」

山辺コーチについて説明しておこう。草壁先生の恩師の孫娘で、かつてピアノの天才少女と呼ばれていたが、鍵盤《けんばん》ハーモニカのクラビエッタ奏者となってわたしたちの前にあらわれた奇特なひとだ。

今夜の宴《うたげ》を想像してみた。よくわからないけど、優雅な集まりにならないことは確かだ。朝までつづくのかもしれない。

「……そんなに嫌なんだ？」

「山辺コーチが『今夜、上条家は戦場になる』って武者震いしてたし、姉さんたちなんかガンガン飲んでいる最中に服を脱ぎ出して下着姿になるんだよ。ああ、もう、女の裸なんて本当に気持ち悪い」

最後のひと言がわたしをひやひやさせていることにハルタはまったく気づいていない。下り坂になったので、ここで一気に引き離すべく歩くペースを上げる。すると突然わたしの腕が取られ、身体をくるりと反転させられた。普段は見せない強引さに、「ちょっ、ちょっ」と動揺すると、前方の横道から無灯火の自転車がノーブレーキで飛び出して走り去った。

ハルタが手をぱっと放し、わたしはむすっとした表情で今度は歩調を緩める。

途中でハルタのお腹が鳴ったので、わたしは鞄《かばん》からクリームパンを出して「はい」と手渡した。彼は袋を破り、半分に割って返そうとする。

「いらない。部活終わってすぐ歯を磨いちゃったから」

「一応とっておくよ」

行く先を見透かしたかのようにハルタの横顔がニヤリと笑い、残りのクリームパンをホルンケースの小物ポケットの中にしまう。

目的の楽器店は、近所に大型ショッピングモールができたせいでシャッターを閉ざす商店街の端にあった。古いガレージを改装したビルで、ガラス張りの二階にさまざまなギターが展示されている。カタカナで、クラサワ楽器店という名前だ。

見つけにくい、外観がみすぼらしい、入口が二階にある、と一見《いちげん》さんにはいささかハードルが高い店だった。

「ギター専門店？　チカちゃん何部？」

「ここの三階でフルートやサクソフォンも扱ってるの。中古の品揃えも豊富で穴場って教えてもらったから、ちょくちょく来てるのよ」

へえ、とハルタが感心して三階建てのガレージビルを眺めた。高校入学の時期に引っ越してきたのだから、街の隅々まで把握しているわけじゃないのだろう。そもそもわたしたちが暮らす静岡県は、大手の楽器メーカーが集中し、地場産業として発展しただけあって中古の管楽器を扱う店は多い。市内だけでも大小合わせて八軒ある。

まだあきらめていないんだ、というハルタの視線を痛いほど感じてしまう。

「とうとう……行くとぜったい知り合いがいる店は避けるようになったんだね」

「いや、いやあ、いわないで」

恥ずかしくて両手で顔を覆った。みんなになんていわれようと、気が済むまでフルートの試奏がしたいの。させて。

ハルタが身体を揺らし、大きなため息を地面に落とす。「で、ここに流れ着いたんだ」

「行く先々で、今度は親と一緒にいらっしゃい、っていう温かい眼差《まなざ》しを向けられるのが辛《つら》くて辛くて」

「早くおねだりすればいいのに」

わたしは顔から両手を離し、かっと目を見開く。「その結果が、あんたが見つけた『WAHOO！知恵袋』なんですけど」

「あれじゃあ買えない」

「これだけ欲しくて探しまわってるんだから、真面目に健気《けなげ》に生きている女子高生に、中古のワケありフルートとか、巡り合わせがあってもいいと思わない？」

「ワケありだって？ 穂村家の財政状況なら、傷ものとか長期在庫のレベルじゃないよ。それこそ呪いでもかかっていない限り無理だ」

「呪い……」

そこまでいわれて愕然《がくぜん》とした。

「眉唾《まゆつば》ものの話なら古今東西ごろごろあるよ。ただし、弦楽器に限るけど」

言葉の最後の部分に興味を引きつけられる。

「弦楽器？ なんで？」

「映画とかアニメの場面で観たことない？ 呪術師《じゅじゅつし》は呪いをかける道具に弓を使うんだ。狩猟文化の名残なんだけど、弓って弦楽器の起源でしょ。その流れで」

ふうん、なんだ、そういうことか。

「残念でした。フルートに弦はありませーん」

ハルタは心底うんざりしたような表情を見せて、「チカちゃんの欲しがっているものがないって喩《たと》えだよ」

散々おちょくられたことに気づいたわたしはしゅんとする。

「……これでも一応、真剣に悩んでいるんですが」

「悩むだけ時間の無駄だよね」

「なによ。そのいい方」とうとうカチンときた。「いいです、もう。自分のことは自分が一番よく知っていますんで」

「傍目八目《おかめはちもく》って格言を知らないの？」

「え。知らない」

「囲碁から生まれた言葉だけどさ、そばで見ているひとのほうが、対局の当事者より冷静で、八目先まで手が読めるって意味なんだよ」

「だからなに？　わたしがやっているのは吹奏楽で、囲碁じゃありませんので」

「自分のことは他人のほうがはるかによく知っているって、心理学の実験でも証明されたらしいから」

澄ました顔でハルタがいい、これ以上、反論できるほどの知性を持たないわたしはふーふーと鼻息を荒くしながら彼の足を踏んづける。

「……いい？　ここの店主は話し好きで気さくな方で、何回も冷やかしにきたわたしをいつも温かく迎えてくれるの。失礼なことをしたら承知しないからね」

「楽器店は冷やかし歓迎が普通なんだけどな」

「ここは特別なのっ」

狭い階段を先に駆け上がって行き、明かりをこぼすガラス扉の前に立つ。いけない。ハルタのせいで緊張してきた。手のひらに草壁と三回書いて飲む。漢字が難しくてもたもたしているうちに彼に追いつかれてしまい、ガラス扉を開けた。ドアベルの電子音が鳴り、楽器店特有のラッカーの匂いが鼻を突いた。

天井の隅にある小型スピーカーから、トランペットによるバラード調のジャズが流れている。

「BGMなんか流しちゃ試奏の邪魔になるのに」

店内にだれもいないことを確認してケチをつけるハルタに、おまえは出てけ、といいたくなった。防音の試奏室があることは教えてあげない。

それにしても……

いつもなら歳は五十くらいで、スーツに黒いエプロン姿の店長がいるはずなのに、と店内を見まわす。この時間帯ならではの虚《うつ》ろな気配が漂う空間があった。奥にある階段を使って三階に上がれるので、念を入れてのぞいてみる。中古楽器のフロアにいるはずの店長の奥さんもいない。営業時間内のはずなのにどうしたんだろう。

わたしが二階に戻って悄気《しょげ》ると、ハルタが、やれやれ、と吐息をもらした。

「今日はひとりしかいなくて、トイレに籠《こ》もっているかもしれないよ」

「さっきちらっと見たけど、明かりが点《つ》いてなかった」

「じゃあ最終手段だ。山辺コーチに教えてもらった魔法の言葉を使えばいい」

「なにそれ？」

山辺コーチは〈山辺鍵盤堂〉という鍵盤ハーモニカの専門店を経営している。ハルタは口に手を添えて店内に反響する大声で叫んだ。

「突然すみませーん。JASRAC《ジャスラック》の者ですがー、店内にかかっているのは市販のCDですよねー」

わたしにはなんのことやらさっぱりわからないが、自営業のひとなら焦って飛び出してくるらしい。本当なのだろうか？　本当だった。上の階から鉄扉をガンッと乱暴に開ける音と、えらいこっちゃ、えらいこっちゃ、といわんばかりのドタドタとした騒がしい足音が響く。

「おいおいおいおいおいっ。流しているCDはちゃんと録音したやつだぞっ」

長髪と鬚《ひげ》が似合う店長が階段を転げ落ちる勢いで下りてくる。制服姿のわたしたちと目が合うと、「いらっしゃい……」と気の抜けた口調で、がくりとカウンターにもたれかかった。

2

「楽器店経営でまともに食べていくんだったら五階建ての雑居ビルを全階借りて、一階がエレキギター、エレキベース、エフェクター、アンプ、二階がシンセサイザーやミキサー、三階がドラムやパーカッション、そして音楽関係の雑誌、四階は金管楽器と木管楽器、五階は中古楽器の取り扱いがいいね。あ、それはあくまで理想で、うちはそれが叶《かな》わなかったんだけどさ」

店長はさっきの失態を隠そうと、一生懸命、早口に取り繕っているが、わたしが試奏の予約を入れたことをすっかり忘れているようだ。顔色が悪く、身体がしぼむほどのため息を何度も吐いているから、いったいどうしちゃったんだろうと心配になる。

「温かく迎えてくれるんじゃなかったの？」

隣でハルタがつぶやくので、彼を肘《ひじ》で小突いた。フルートケースを胸の前で抱え直し、

「あの……」と上目遣いで訴える。

「あっ、そうだ。穂村さん、予約を入れているんだったね」

不意に思い出したように、店長は笑顔で応じた。

この楽器店は夫婦で経営していて、奥さんのほうはフルートとピッコロの元プロ演奏者だ。自宅で週二回の個人教室を開いている。

店長は階段を上がって案内してくれた。三階は管楽器のレンタル品や中古品を取り扱うスペースがフロアの半分を占めていた。

奥に修理室があり、その鉄扉を店長は開ける。

「女房が職場放棄というか、発表会の準備で忙しくて、ここ数日ひとりで仕事しているんだ」

むっと押し寄せる黴臭《かびくさ》さにわたしは後ずさりした。学校の音楽準備室で多少は馴染《なじ》みのある臭いだけど、中に充満するものはそれ以上だった。貝のように開いた楽器ケース、緑に変色したトランペット、分解されたトロンボーンが、足の踏み場もなく置かれている。

「結構手広くやってらっしゃるんですね……」管楽器についた針金と紙のタグを目にしたハルタがいう。「付近の中学校から預かっているんですか？」

「個人のものも多いよ。使っていない楽器を調整するために預かっているんだけど、とにかく手入れが悪いものが多くて」

使っていくうちに黒ずみが生じるのは仕方ないとして、黴が生えているものを見ると、持ち主の性格や思い入れがどの程度かわかる。捨てられたも同然の管楽器の恨みというか、怨念《おんねん》めいた腐臭を肌で感じてしまった。

店長が、よいしょ、と楽器をどかしながら喋《しゃべ》る。「先ほどは取り乱して申し訳なかったね。ドアベルの調子が悪いようで、ここまで届かなかったみたいなんだ。今日試奏してもらうフルートはもうすこしで調整が終わるから」

この中のものだったんだろうか……と気を揉《も》んでしまう。

「フロアに椅子があるから、きみたちは向こうで待っていてくれないかな」

不思議なことに修理室の臭いはしばらく嗅《か》いでいるうちにあまり感じなくなっていた。奥の方のパーティションで区切られた一角に作業机があり、店長はパイプ椅子に座って作業を再開した。組み立て完成間際のフルートが上品な銀色に輝いていてほっとする。

「あ、あの、なにか手伝います」

「お客さんにそんなことはさせられないよ」

ですよね。店長はピンセットでフェルトを挟んで、タンポの最後の調整をしている。丁重な仕事ぶりに、お客さんになれるかどうかのプレッシャーを強風で感じた。

ハルタが近づき、「チカちゃんの不審な挙動を見るのが楽しい」と耳元でささやいてきたので、「うるさいなあ」と返す。

「あれってワンオーナー品の中古？」

「うん。傷がついて値段が下がったものなんだけど、それくらいなんでもないし」

　結局ハルタと一緒に居座って作業を見学した。邪魔かと思ったけど、店長はまんざらでもない様子でパーツのひとつひとつを説明してくれる。こちらが熱心に耳を傾けるほど話上手で、このひとの無遠慮さにもぐんぐん惹《ひ》き込まれた。

「うちの娘がね、小学五年生のときにフルートの分解を夏休みの自由研究でやったんだ」

「ありですね」とのぞき込むハルタ。

「ゲームを禁止にしたら、女の子なのにプラモデルにはまって、その流れでね。あれってあなどれないもんだな。手先が器用な子に育つし、手順の大事さにも気づく」

「チカちゃんはプラモやったことある？」

「ないない」わたしは手をふる。

「普通女の子はそうだよね」店長が首をまわし、パイプ椅子をギシッと軋《きし》ませた。「そういえば聞きたいことがあったんだ。きみは自分のフルートを持っていて大事にしているのに、どうして買い換えようと思ったの？」

　いきなり購買の動機を問われて戸惑った。「ど、どど、どうしてって」

「フルートを何本も買い揃えるようなお客さんはそれなりに見てきたよ。だが、きみは違う。なにかアドバイスができるかもしれない」

「そそそ、その、複雑な理由があって」

　わたしが話すと延々と長くなる事情を、ハルタは見事に集約した。

「アンサンブルコンテストがあるんですよ。南高の出場は四年ぶりなんです」

店長が目を大きくさせた。ポンと手を打つ真似をして、わたしを指さす。きみ、出るの？　とジェスチャーで表現していた。わたしはこくこくとうなずき返す。

全日本アンサンブルコンテストは毎年一月に予選があり、去年までは見送ってきたが、今年は山辺コーチの意向で出場することになった。演奏時間は五分以内、編成は三人から八人の範囲内で、南高からは二グループがエントリーする。新部長のマレンが率いる木管五重奏のグループと、一年生の後藤さん率いるトロンボーン四重奏のグループだ。パーカス有利のアンサンブルコンテストでは、どちらも激戦区の編成といっていい。

ちなみに木管五重奏の編成はフルート、クラリネット、オーボエ、ホルン、そしてバスーンの代わりにマレンがバリトンサックスで参加する。もちろんメンバーはハルタを含めてソリストとして通用する部員で占められている。わたしだけが凡人認定されている状態だ。凡人ならまだいい。発展途上国とまでいわれた。なんと、南高吹奏楽部には先進国と発展途上国があるらしい。わかっていたけど、もうすこしマシないい方はないのか。

オーボエ奏者の成島さんからこんな仰天台詞《せりふ》が飛び出た。

（……なぜだろう。穂村さんってすぐ成果が出ないけど、急にできるようになったりするのよね。ああ、不思議）

わたしの場合、技術は寝かさなければならないのだ。まるで発酵食品のような表現だが、本当のことだから仕方がない。そういうことってあるはずだ。全国の伸び悩んでいる中高校生はきっと共感してくれると思う。

というわけで、限られた時間で上達のきっかけがほしかった。なんでもいい。楽器が奏者を助けてくれるのならすがりたかった。

店長は眉《まゆ》を下げ、どうしたものかと、わたしにかける言葉を探している。

「コンテストまで四ヵ月もないよね」

「は、はい」

「使い慣れたフルートで練習すればいいのに」

身も蓋《ふた》もなかった。「してます、してます」と慌てて鞄《かばん》の中から、世界野球ソフトボール連盟理事の宇津木《うつぎ》妙子《たえこ》さんが書いた『努力は裏切らない』という名著を出す。

「きみの向いている方向が手に取るようにわかる本だ」

「わかっていただけますか」

こんな会話をしている間にも店長の手はずっと動きつづけていて、それから五分も経たないうちに、「できたよ。お待たせ」と組み上げたばかりのフルートを渡してくれた。

恭しく受け取ったわたしは慎重に持ち直し、さっそくハルタに見せびらかす。

「これ、限定モデルだよ？　ほとんど新品で六万円ちょっとだよ？」

「チカちゃんが持っているものとあまり変わらないじゃないか」

「ちーがーいーまーすー。まず限定品。だからこそ限界を超えた演奏ができる気がすーるーんーでーすー」

まあまあ、と店長が割って入った。

「試奏室じゃなくて、ここで試してみるかい？」

中古楽器のフロアに移動して、店内のBGMを切り、さっそくチューニングをはじめた。軽くロングトーンをこなしてから、パート譜を暗譜しているホルストの組曲第一番の一節を吹いてみる。高校からはじめた未経験者に草壁先生が薦めてくれる曲だ。指を置いて、とりあえず息を吹き込むと、きちんと低音のドが出る。軽く吹き終わり、フルートから下唇をそっと離したわたしは目を見開いた。

「……やっぱり違う。これだ、これ！　これなのよ！　これなら目の前の壁を打ち破れそうな気がする！」

すこし距離を置いた場所で、ハルタと店長がひそひそと話し合っていた。

(あの語彙《ごい》の貧弱さ、どう思います？)

(当ててみようか。彼女、君の部のムードメーカーだろう)

(そりゃそうですよ。表面上は頭の悪いフリをするぬるい女子とは格が違うんです。自慢より自爆を選ぶコミュニケーションの達人なので)

ハルタがすたすたと歩いてきて、わたしの肩にぽんと手を載せる。

「あのさ、高音の伸びはいいけど、チカちゃんが持っているやつのほうが低音の輪郭がはっきりしているから」

わたしと正反対の感想だったので怯《ひる》む。吹く側と聴く側はこうも違うのか。「……こ、ここ、これだから素人は困る」

「面白すぎるよ、素人代表のチカちゃん。でも買えないいんだよね？」ハルタの口調が玩具《おもちゃ》屋のショーケースの前で駄々をこねる小学生を諭すようなものに変わった。「いまのやつでじゅうぶんだよ。メンテをしてもらおうよ」

「そのほうがいいんじゃないかな」と店長も前に出てきた。「中高校生の吹奏楽なら音程さえしっかりしていればいいし、自分の楽器を好きになって大切にするのも上達の道だから」

「いや、いやっ。そんな抽象的なアドバイスにはぜったい乗りませんっ」

「スランプもここまでこじらせると見応《みごた》えがあるなあ……」

ハルタがぽつりといい、店長も腕組みをしてうなずく。

「じゃあ具体的なアドバイスをしようか。どうも見たところきみは力ずくでトーンホールを塞《ふさ》ぐ癖があるようだね。たぶんいま持っているフルートの反射板がズレているうえに、右手のキーが全部緩んでいるからそうなったんだ。調整すればだいぶよくなると思うんだけど」

「そういう繊細な変化は、もともと体育会系だから気づきにくいんですよ」とハルタ。

「元体育会系なんだ」店長が意外そうな顔をする。

「彼女、中学時代は女子バレーボール部の強豪校でリベロだったんです」

「なるほど。いろいろ腑《ふ》に落ちた」

「熱中症でバタバタ倒れるほどの練習漬けの日々からようやく解放されたのに、今度は吹奏楽部の門を叩《たた》くなんて、狂気の地下迷宮を彷徨《さまよ》っているようなものですよ」

いいたい放題だ。とくにハルタが。こうなったらタダでは帰るまいと決心して、フルートを大事に抱えたまま中古フロアまで歩いた。

「なにしてるの、チカちゃん？」

「もう頭きた。掘り出し物が他にあるかも」

「往生際が悪いよ」

「放っておいて」

なんでもかんでも斜《はす》に構えてアチャチャー（死語？）と思って見ているハルタには、わたしの追いつめられた気持ちはわかるまい。気に入ったものを手に入れれば、もっともっと上手《うま》くなれるはずだ。吹けなかった曲が吹けるはずだ。

店長が急ぎ足でやってきて、セール品のガラスショーケースから年季の入ったフルートを取り出した。見せてくれるのかと思いきや、プライスタグを素早く破り取り、いそいそと奥の器材室に持って行こうとする。

「あの。すみません、それは？」と、わたしは近づいた。

「これは、ちょっと」

「総銀？」

生で見るのははじめてだった。ハルタもわたしの肩越しにのぞき込んでいる。

「へえ。新品で買ったら五十万以上はしそうだね」

さらに間近で目にして驚いた。銀色に輝く頭部管や主管にきれいな模様が入っている。万華鏡の世界みたいに様式化されていて、わたしの目には唐草模様に映った。か、かわいい……

店長はあまり見せたくなかったようで、渋々といった表情でこたえてくれた。

「ドイツ製。メジャーじゃないけど探究心が高いメーカーで評判はいい。音もいいけど遊び心がある。確か国内に二本しか入荷されていない」

「二本だけ？」わたしは顔を上げる。

「希少品だから、という理由は、良い品を選ぶことに繫《つな》がるとは限らないな」

「勧めているのか、とめようとしているのか、どっちなんですか？」とハルタ。

店長はその問いをはぐらかして、「ドイツ製は合理的で、カヴァードキーとオフセット、Eメカニズムの組み合わせが多いんだよなあ……」

「ふうん」なにかを察した様子のハルタは主管の模様を観察しながら、「彫刻ならトランペットで見たことあるけど、これはずいぶん派手できらびやかだな」と敬遠してこっちを向く。

わたしはぽうっと見入っていた。

「ねえハルタ？　一目惚《ひとめぼ》れってあると思う？」

「チカちゃん、センスないよ！」

「わたし、あると思うな。あるある」

「無理無理。穂村家の財政じゃ手が出せないって」

反対するハルタをぐいと片手で押し退け、夢遊病者のように店長に歩み寄る。

「ちょっと吹かせてもらうことはできますか？　お願いします。ロングトーンだけでも」

うーん、と店長は唸《うな》り、総銀製のフルートに視線を落とす。ひと呼吸置き、考えていた。その目は商売人のものではなく、楽器に触れることが心底好きな人間のものに見えた。

「さっきのものより息に力がいるけど、吹き込めばいい音が出るよ。このタイプは落ち着いた重い音が出るから」

そういって店長は、はい、吹いてごらん、と渡してくれた。

わたしはミネラルウォーターが入ったペットボトルを鞄から取り出して口をつける。渇いていた喉《のど》の粘膜をじゅうぶんに湿らせて、フルートに下唇を当てた。案の定最初はうまく吹けない。藤が咲との合同練習のときを思い出しながら、息遣いを工夫して再チャレンジした。ようやく出た艶《つや》っぽい音に、尾てい骨のあたりから湧き上がってくるいいようのない感情があり、ああ、これが鳥肌が立つ瞬間なんだ、と思う。

「はあぁ……ふあぁ……いまぁ……分厚い壁が……ぱぁっと……消えてなくなりました」

傍らでは店長とハルタがひそひそと話し込んでいる。

（この娘、一家にひとりほしいね。家電量販店で売ってないかな）

（感動的なスペックですよ）

そんなふたりの会話が耳に入らないくらい、頬が火照るのを感じながら店長にたずねる。

「これ、いくらですか？」

「ごめんごめん。値段はつけられないんだ」

「うそです。セール品のプライスタグを破り取ったところを見ちゃいましたから」

「あれは……その……」狼狽《ろうばい》がありありと伝わるほど、店長の目は左右に揺れていた。

「じゃあ真面目に聞いてくれる？」

「はい」

「笑わない？」

「笑いません」

それでも店長はいおうかいうまいか迷う素振りを見せて、観念したように口を開く。

「実はね、呪われたフルートなんだ」

3

わははっ、ハルタがひとり笑い転げている。やがて笑い声がはぁはぁ……ひぃ……ふぁ……ふげぇ……ぷげらぷげら……と聞いたこともない奇声に変わった。

「予想通りの反応というか、なんというか、もう笑うしかないよね」店長は髪の生え際に指を差し入れて自嘲《じちょう》するようにいった。

「あの……」わたしは眉《まゆ》を顰《ひそ》めて神妙な表情をつくる。「呪いって、まさかだれかが死んでいたりとかするんですか？」

「いやいや、そこまで物騒じゃないんだ。ただ、奇怪というか風変わりな話になるから、信じてもらえるかどうかはわからない。それでもいいかな」

店長の説明を要約するとこんな感じだった。

初代オーナーは日本のアマチュアミュージシャンの女性。このフルートには不思議な魅力がありますね、と意味深な言葉を残して売却。←

二代目オーナーは音大の女子学生。このフルートを手にしたあと、幼い頃からの大親友と絶交するほどの大喧嘩《おおげんか》をしてしまい、ゲンが悪いと手放す。
←
三代目オーナーは一般の主婦。このフルートを所持してから練習時のみならず演奏会のときでさえ原因不明の下痢に悩むようになる。紙おむつを取るかフルートを手放すかで後者を選ぶ。
←
四代目オーナーは高校三年生の男子。このフルートを手に入れてから家具に足の小指をぶつける回数が増え、ついに骨折。ストレスが溜《た》まって音大受験浪人に。フルートを手放す。
←
五代目オーナーは私立中学二年生の女子。このフルートの演奏中に撮影された写真の自分が、白目を剝《む》いたチワワみたいな顔をしていて自信喪失。片想いの相手に笑われたことで手放す。
←
六代目オーナーは五十代の男性。大事なひとり娘が「結婚したい」と売れないバンドマンを家に連れてくる夢を毎晩見るようになり、朝のゴミ収集にあと一歩で間に合わなくなる。知り合いの占い師にたずねたところ、最近買った楽器が原因だと指摘され、泣く泣く手放す。

「呪いのスケールが小さいっ」

ハルタがさらに腹を抱えて笑い出し、家具に足の小指をぶつけることにこのうえない恐怖を感じていたわたしははっと我に返る。

「やめなよチカちゃん。きっとチカちゃんだったら三の倍数、ミとラの音を吹くとアホになる呪いにかかるかもしれないって」

わたしはハルタの耳を引っ張り、これ以上騒ぐと、晩ご飯食べられなくなるわよ、と凄《すご》みを利かせる。

はぁ、と店長は大きくため息をもらしていた。「さすがに歴代オーナー全員が、この店のお客さんとなると、正直へこむんだよ。まあ、呪いというよりは不合理な現象、悪いジンクスといったほうがいいかもしれない。もうだいぶ値段が下がってきたところだし、そろそろこのジンクスをだれかに破ってもらえればと思っているんだけどね」

「あの」

「なんだい」

「その大役、わたしに是非」

店長はエプロンのポケットからくしゃくしゃにしたプライスタグを取り出し、広げて見せてくれた。十万円を超える金額を見て、わたしの喉がぐびっと鳴る。一縷《いちる》の望みにかけて、携帯電話を使ってお母さんにちまちまとメールを送る。返信はすぐきた。〈武田鉄矢と河村隆一《かわむらりゅういち》のスカシでよくね？／チカママ〉

ひとりおろおろするわたしをよそに、「やめましょうよ、こんな話」と声をあげたのはハルタだった。わかりやすいほど露骨に鼻に皺《しわ》を寄せていたので、店長は苦笑した。

「彼氏のほうは一ミリも信じていないようだね」

「彼氏じゃありません。上条です」ハルタは真顔できちんと訂正する。「だいたい呪いの楽器といえば、百歩譲っても弦楽器が相場じゃないですか。フルートまで呪われちゃ、呪いのカスタネットや、呪いのタンバリン、呪いのホイッスルまでなんでもありだ」

「そっちの方向から疑ってきたか」店長は感心したようにうなずいた。「神話の世界から、呪具《じゅぐ》として弓の弦が広く認知されているからね。ああ、そうか。君たちは高校生だから、日本史の日本書紀で勉強しているんだったな。第一巻の天照大御神《あまてらすおおみかみ》あたりか」

そこでいったん言葉を切ると、店長は様変わりしたような明るい声を出した。

「ははは。こう見えても昔は学習塾のバイトをしていたんだよ。バイトをいくつも掛け持ちしていてね、そこでいまの女房と会ったんだ。ほら、ひとが恋に落ちるとき、ハートに矢が命中するという比喩《ひゆ》表現があるだろう。あれもある種の呪《まじな》いからきていて、矢を引くのは弓の弦だ」

ハートと矢のマークの長年の謎が解けた気がしたわたしは、〈押し入れでプリントゴッコを発見／チカママ〉というメールが届いた携帯電話をしまいながら店長にたずねる。

「あの。弦楽器じゃないと呪われないものなんですか？」

「呪いの楽器に関する伝説は意外と世界中にたくさんあるけど、知る限りではどれも弦楽器だなあ。最も有名なのが一五五九年に実在したチェリーニのヴァイオリンだね。それを題材にした映画もあったし、知っているひとは多いと思うよ。なにせ弾く者を次々と不幸にするヴァイオリンの話はヨーロッパ中に広まったから」

はじめて聞いた話だった。「実在ってことは、やっぱり……」

「断言はできないんだ。伝説そのものはさまざまなバリエーションがあって、いくつかのヴァイオリンにまつわる不幸な出来事が集約された話かもしれない。現に何人もの有名人物が都合よく絡んでくるし、真相は藪《やぶ》の中といっていい」

そういって店長は、さっきからまったく興味がなさそうに涙を浮かべてあくびを噛《か》み殺しているハルタに目を向ける。なにか含むところのある視線だった。

「ところで上条くん」

「なんですか」

「いまから君の好奇心をすこし刺激することをいおうか。このフルートに弦はあるよ」

ハルタは目をぱちぱちさせた。「え、まさか」

「彫られている線をよく見てごらん」

いわれてわたしはとっさに、自分が手にする総銀製のフルートを眺めた。傍らからハルタがひょいと顔を突き出してくる。頭部管や主管に模様が彫られているが、目を凝らして観察すると、太い線はどれも、極細の四本の線の束で構成されていた。

「この線ですか？　見ようによっては弦バスの弦をモチーフにしているといえなくもないですが……」と釈然としない表情をハルタは浮かべている。

「確かにヴァイオリン属は四本弦だね」店長が補足してくれた。

「これのことをいっているんですか？」

「まだまだ」

「まだ？」

「すぐ見抜けるようなものじゃないよ。ここから先はオーナーになってみないとわからない。もともとドイツ本国で妙な噂があったんだ」

首を捻《ひね》ったハルタが、店長の顔を短い間見返した。わたしからフルートを取り上げて注意深く総銀製のフルートに目をやる。「店長にはわかったのですか？」

「ああ。歴代オーナーが口を揃えていうことがあって、半信半疑だったけど、女房に教えてもらってようやく気づいた」

「なんですか、それは?」

ハルタの問いに、店長は顎《あご》に手を当て、考え込む仕草を見せる。

「ちょっとした仕掛けがあるようだとだけいっておこうか」

「……あるようだ?」

「いい方があいまいなのは、実はまだはっきりとした確証が持てないからなんだよ。なにぶん遊び心のあるメーカーのものだし、公式に謳《うた》った仕様のわけじゃない」

「じゃあ初代オーナーがいっていた『不思議な魅力』って」

「その仕掛けのことだろうね。ただ私が一度だけ見ることのできた弦は、物騒なものでも、ひとを驚かすようなものでもなかったよ」

いったいどんな弦だろう。ふたりのやり取りに注意深く耳を傾けていると、制服のポケットの中が振動した。マナーモードの携帯電話に、〈プリントゴッコ……動かず。無念/チカママ〉というメールが着信していて、いつまで遊んでいるんだ、この母親、と懊悩《おうのう》する。

わたしは天井を仰いだ。それから目をつむり、同じ姿勢のまま、決心がゆっくり固まるのを待つ。

「……決めた」

「え」と、ハルタがふり返る。

「オーナーになる」

「え、え？」

「お小遣いと、お年玉貯金を切り崩してローンを組みます」

ハルタと店長はしばらく顔を見合わせていた。やがてハルタが、ここはぼくに任せてください、と自分の胸を叩《たた》くジェスチャーをし、店長に総銀製のフルートを預け、わたしの肩を両手でつかんでゆさゆさと揺らした。

「おーい、チカちゃん、だいじょうぶ？　いままでの話、聞いてた？」

「うん。ちゃんと聞いてた。楽器に罪はないもん」

きょとんとしたハルタが首をまわし、店長のほうをうかがう。店長は息を吐いた。

「親御さんに肩代わりしてもらえれば組めないことはないけど……。その場合、きみが親御さんに毎月返す形になる」

「そ、それでも構いません」

「全然あきらめないんだね、きみは」

店長は腕を組み、黙り込んだ。そして窓のほうをちらっと向く。戸外は暗い。測るような目つきがあった。ついつい話が長くなってしまったことを後悔する横顔にもとれた。わたしは思い出す。夏の大会で、態度は悪いけど、こんな気配りを自然に身につけた大人と出会ったことがある。

「自分のお小遣いと貯金はもっと大事にしたほうがいい」

「でも」

「いいたいことはわかるよ。自分の所属している世界にはお金を使うべきだと思うし、身銭を切らないと身につかないこともある。若くて感性の豊かな時代は一度きりだ」

「だったら」

「身銭の限度を超えている。いまのきみなら、親御さんを説得できると思うんだが」

今度はわたしが黙り込む。四度《よたび》、制服のポケットの中がぶるぶると振動した。お母さんからのメールだった。この状況を推し量ったかのようなタイミングなので、もしや、と胸がすこし高鳴る。〈断腸の思いで単身赴任中のチカパパに相談!……なんちゃーって、なんちゃって〜その気もないのに無理するな〜♪／チカママ〉

パチンと携帯電話を閉じ、血走った目で店長に訴えた。

「いまのわたしにフルートより大事なものってあるんですか」

「あるよ。たくさん」

「え」

「きみの熱意に負けた、ということにしておこうか。短い間でよければ貸してあげるよ。レンタルの手続きを取らせてもらうけど、いわくつきの品だから無償でいい。その代わり期間は通常の半分の二週間でどうだい？　総銀製の豊かな音と、初心者用の鳴らしやすくバランスの整った音を比べるいい機会になると思う」

「本当ですかっ」わたしの顔が喜色に輝く。タダで好きなだけ吹けるのだ。身体が勝手に反応して、ぴょんぴょん飛び跳ねる。「うれしい、うれしい」

「ちょっと、チカちゃん……」やわらかくとがめる声が届いた。ハルタだった。店長は肩を軽く揺らして、「これも立派な営業だよ」と脱力した息を吐いている。

「無償で貸していただけるなんて……本当によろしいんですか？」とハルタ。

「実のところ、ちょっと興味が湧いてね」

「興味？」

「ああ。音楽に限らず、どの世界でもいえることだけど、ひとはプロになればなるほど自分の専門領域で失敗するようになるんだ。彼女はまだ途上にいる。そんな若者を見るのは楽しい」

「出過ぎたことをいうようですが、過大評価だと」

「ソリストとして通用する部員揃いのアンサンブルコンテストのメンバーに彼女が交じっていることは、それなりの意味があると思うよ」

「バーベキューの法則ですか？　肉を食べたあとに野菜を食べるとかそういうやつじゃなくて、バーベキューを楽しむための五人の定義です。結論をいうと、ひとりのロボコンみたいなポンコツが必要で！」

ここまでくると彼はもしかしたら、安易に楽器に頼ろうとしているわたしを友として戒め、糾弾しているのだろうかという気持ちにさえなった。

店長は声をあげて笑った。

「どういう結果になるのか、来年一月の予選大会に足を運んでみたくなったなあ」

ハルタは唖然《あぜん》としたような表情を浮かべ、わたしに視線を送る。数拍置いて、「……ったく、こうやって自分の味方を増やしていくんだよな。ぼくにはいないのに」と片手でくしゃくしゃと髪を掻《か》き、店長のほうに向き直った。「あの、例の呪いに話を戻してもいいですか？」

「オーナーの身に起きた、奇怪というか風変わりな不幸のことかい」

「ええ。この手の呪いの話で、前から疑問に感じていることがあるんです」

「どんな？」

「今回のケースに当てはめます。オーナーの身に起きたことを、どうやって知ることができたんですか？　オーナーはみんな、お喋《しゃべ》りなんですか？」

「なるほど。中古楽器の下取りのとき、古物営業法で本人確認を取っておくことが決まりなんだ。その際できる限り、世間話をしながら、メンテナンスの参考にいろいろ聞くようにしている。手放す理由もそのひとつだし、使い方や習慣によってフルートの状態はだいぶ変わる」

「本人から直接聞いたわけですね」

「もちろん」店長はうなずいた。「噂や伝聞みたいな無責任な話を高校生の君たちにしているわけじゃない」

　ハルタは曲げた人差し指を鼻先に当てながら、挑むような顔つきで店長を見る。

「店長のようなひとが純粋なチカちゃん相手に、呪い、は無責任な言葉ではないでしょうか？」

「え」

「そこなんだ」

「呪いやジンクスは不確かなもので科学的根拠はない。その点に関しては君と同じ考えだ。なのに私は呪いやジンクスという言葉をこうして使ってしまう。なにがそうさせるのか、そこに今回の呪いの正体があるような気がしてならないんだ」

「呪いの正体？」

　と、ハルタが虚を衝《つ》かれた表情をする。

「ああ。そもそもこのフルートの呪いとはなんなのか？　論理的に解けそうななにか、もしくは見過ごしている点があるような気がしてね。話を難しくしていたら申し訳ない」

「いえ……」

「心配なら、無理に貸し出しを勧めたりはしないが」

ハルタの目がこっちを向くので、呪い？　ばっちこーい、とミットを叩く真似をしてみる。

店長は相好を崩し、歯を見せた。

「さっきの上条くんの言葉を訂正するけど、きみたち若者の味方は時間だよ。まあ、口が悪くても頭の回転が妙に速い彼がいつもそばにいてくれるのなら、だいじょうぶそうかな」

そういってわたしを手招きし、三階のフロアにある大きな棚の引出しを開けた。ハードケースを取り出し、湿度調節剤と銀の変色を防ぐシートを入れてくれる。手入れには消毒用アルコールを五倍に薄めたものを使うといいよ、とアドバイスもしてもらい、譜面の裏にメモした。

店内の時計に目をやると、もう午後八時になろうとしていた。総銀製のフルートを受け取ったわたしは、店長に何度もお礼をいう。

「名刺をあげるよ。なにかあったら、連絡してほしい」

「売り物だったのに、ほんっとにすみません」

と、ハルタがわたしの頭をつかんで謝らせる。ここは我慢です。

「ははは。気にしなくていいよ。次は、迷信なんかを笑い飛ばしてくれるようなひとに売りたいと思っているんだ。そうだな、たとえば仕事のキャリアも人生経験も積んだ女性かな。便秘が治るかもしれないから貸してよ、といい出しそうなタイプならなおさらだ」

そんな大人の女性がいたら、お目にかかりたいですよ、もう……。じゃあそろそろおいとましますね、と隣をちらっと見ると、ハルタが上を向いて手のひらを顎《あご》に当てていた。

「心当たりがあるような、ないような」

「え。うそ！　君のまわりにいるの？」

「呪いなんか、酒のつまみにされますよ」

「つまみ？　それは頼もしいね。毒をもって毒を制す、だ」

話がおかしな方向に盛り上がりそうなので、早く帰ろうよ、とハルタの制服をつかんで引っ張った。

4

〈呪いのフルートのオーナー履歴。最新版〉

七代目の仮オーナーは高校二年生の吹奏楽部女子、穂村千夏《チカ》。フルートを手にして十日余りで左記の不幸に見舞われる。
①朝寝ぼけて、洗顔フォームで歯磨きをして悶絶《もんぜつ》。
②口内炎が同じところに三つもできて気が遠くなる。
③弁当の箸《はし》を忘れ、先生からもらった割り箸を袋から出すとき、爪楊枝《つまようじ》が指に刺さった。

④体育の授業中、バスケットボールを顔面で受けて保健室に運ばれる。
⑤④のつづき。保健室のベッドの中で、心なしか生命線が短く見えて不安になり、みんなにメールを打ちまくった。↑現在ここ。

「いつも通りのチカちゃんじゃないか」

保健室でハルタが呆《あき》れた声でいい、わたしは体操着姿のまま、ベッドからゆっくり起き上がろうとする。とめる手があった。ハルタと一緒にいる成島さんのもので、その細い腕に思いがけない力が込められていた。

「今日、部活休んだほうがいいわよ」

そういって彼女が腕時計を見せる。もう放課後の時刻だ。体育の授業はお昼休みのあとの五時限目だったから、うっかりというか不覚にも、次の六時限目までまるまる保健室で眠ったことになる。ベッド脇にある鞄《かばん》と畳んだ制服はついさっき、クラスメイトが持ってきてくれた。

カーテンに仕切られたベッドで大きなあくびを嚙《か》み殺し、目の端に滲《にじ》んだ涙を曲げた人差し指で擦《こす》る。

「ここ最近の穂村さんって、疲れがひどく溜《た》まってない？」

成島さんがハルタに意見を求めているので、ああ、傍目《おかめ》八目《はちもく》ってこういうことなんだと感じた。本人に直接聞けば、だいじょうぶ、とすぐ返してしまうに違いない。

「風の便りだと、授業中に居眠りばかりしているみたいだよ。例の総銀製のフルートを手に入れた次の日からかな」と、ハルタがこたえた。おまえは風と文通ができるのか。

「あのドイツ製のレンタル品？」

「そう。呪いのいわくつき。成島さんが大笑いしたやつ」

「だって、ねえ……」

成島さんの黒目がちの瞳《ひとみ》がわたしをちらっと見て、申し訳なさそうな顔をする。

「たぶんチカちゃんのことだから、家に帰ってからも遅くまで吹きまくっていると思うんだけどな。総銀製はいましか試せないし」

「家で遅くまで練習？　近所迷惑でできないでしょ」

わたしはシーツで顔を半分隠しながら、「……お母さんの車の中で」とふたりの会話に入った。車は簡易防音室代わりになるのだった。

成島さんがこっちを向く。「本当？」

「まじです。気づくと毎日二時過ぎくらいまでやっちゃって」

「呆れた」

そのとき、保健室の引き戸をノックする音が響いたので、わたしと成島さんは身をかたくした。だれかが入ってくる。仕切りのカーテン越しに動く影が、「中にいるのは穂村さん？」と静かに呼びかけてきた。胸がドキッとする声に、「はいっ」と返事をして上半身を起こす。本来なら校内に持ち込み禁止の携帯電話をさっと隠した。

カーテンを引いてあらわれたのは吹奏楽部の顧問の草壁先生だった。ギンガムチェックのシャツにネクタイ、黒縁眼鏡が似合っている。部活前に会えるなんてうれしくて浮き立った。

草壁先生はハルタたちを等分に眺める。

「中から話し声が聞こえたから、だれかと思ったけど、上条くんと成島さんだったんだ」

「先生は？」と成島さん。

「職員室で担任から聞いて、様子を見にきたんだ」草壁先生はベッドの上で縮こまるわたしに視線を移す。「容態はどう？」

「……あ、あの……その……」

さっきまで舞い上がっていた気分が急速に萎《しぼ》む。吹奏楽部は毎日遅くまで校舎に残っているから、職員室で顧問の責任を問われたのかもしれない。

成島さんが草壁先生の袖《そで》をちょいちょいと引いて、なにかを耳打ちした。先生の目が大きく見開き、そうだったのか、とため息をつく。どんなふうに伝わったんだろう。叱られる覚悟をした。

成島さんと目が合う。彼女はくすっと笑みを浮かべ、わたしの背中を、ぱんと平手打ちして保健室から出て行った。

草壁先生はベッドのそばにあるパイプ椅子に腰を下ろすと、片手の指を広げて顔を覆った。くっくっと腹の底から湧く笑いを押し殺すように、身体を揺らしている。

「怒らないよ。穂村さんらしい。玩具《おもちゃ》を与えられた子供みたいじゃないか」

わたしの耳が熱くなる。「……す、すみません」

「家での練習はもうしないと約束すること」草壁先生は顔を上げていう。

「え」

「頼む。前にもいったが、部活は大事かもしれないけれど、卒業したあとのことのほうがもっと大事なんだ。いろいろなジャンルの本を読んだり、勉強をしてほしい」

沈黙が流れる。

保健室のエアコンのモーターが遠くで鳴った。

「……はい」

先生の言葉はわたしをほんのすこしだけ寂しくさせた。他の教員のように「するな」と命令すればいいのに、「頼む」という。かつて国際的な指揮者として将来を嘱望された先生の、教職の色に染まりきれない翳《かげ》りの部分を見た気がした。

ないと信じたいけど、近いうちに草壁先生が学校を去ってしまうのでは、と不安に駆られるときがある。馬鹿げた予感かもしれないが、最近は先生を引き留めたいがために、練習にますます打ち込もうとする自分がいる。

「あのフルートは気になっていたんだ」

草壁先生の静かな声に、「フルート？」と、わたしは反応した。

「ああ。模様が入るのはかなりめずらしい。真琴がロンドンの楽団に参加したとき、一度だけ見たことがあるといっていた」

真琴とは山辺コーチの名前だ。山辺真琴。

「そんなにめずらしいものなんですか？」

「説明しようか。今日も学校に持ってきているのかい？」

「は、はい。借りものなので、音楽準備室の鍵《かぎ》つきロッカーの中に」わたしはベッドから身を乗り出し、鞄の底から小さな鍵をつまみ上げる。

そういえば……と草壁先生が保健室に入ってきてから、まったく喋《しゃべ》らなくなったハルタを見た。案の定、緊張している。普段の部活でも、先生に不審に思われないよう、だけど一番近くにいられるよう腐心する彼の姿は、わたしにとって悪夢以外の何物でもない。

その彼の身体が突然動いて、鍵を取り上げた。

「ぼくも気になっていたので教えていただけませんか。取ってきますのでっ」

成島さんが去ったいま、保健室に居座る理由がなんとしても欲しかったのだろう。引き戸が威勢よく閉まる音とともに、ハルタは出て行った。

先生とわたしがふたりきりになるのを嫌う彼は、うそ？　と思うほどの速さで、校舎の四階にある音楽準備室と一階にある保健室を往復してきた。フルートのハードケースを脇に抱え、ぜえぜえと息を切らしている。

「あ、ありがとう。そ、そんなに急がなくてもよかったのに……」狼狽《ろうばい》して受け取った草壁先生は、分解された総銀製のフルートを取り出す。銀色に輝く頭部管や主管に、同じ図柄の模様が反復して並んでいた。

「それ、唐草模様っぽくないですか？」わたしが聞くと、「そうかなあ」と、草壁先生は眼鏡のフレームの位置を直して、真剣な眼差《まなざ》しで観察する。

わたしとハルタもぐぐっと首を伸ばし、めったにない眼福を味わった。

「ふたりとも、顔が近いよ」

あ、すみません、と元の姿勢に戻ると、草壁先生は説明してくれた。

「総銀の特性を、音以外で話そうか。感覚的なものだけど、ピアノの鍵盤《けんばん》で希《まれ》に使われる象牙《ぞうげ》と同じで適度な摩擦がある。それを好むプロのフルート奏者は多いし、金管奏者の中にも、唇に触れる部分をわざわざ銀めっきにするひとがいる」

へえ、とわたしはうなずいた。まだまだ知らない世界へのほのかな好奇心が湧いた。

「それともうひとつ。総銀は光の反射率が高いから、白っぽく輝く。そのくせ放っておくと、空気中の硫黄《いおう》分と結びついてうっすら黒ずんでくる。いわゆる、いぶし銀だ」

ハルタの飲み込みは早かった。「つまり、普通なら総銀の楽器に彫刻は入れないものなんですか？」

「ああ。それでも入れたのは、デザイン以外の目的があるとみていい」

草壁先生の目がわたしのほうを向いたので、クラサワ楽器店の店長から聞いたことを、記憶を掘り起こしながらできるだけ詳しく話した。

「なるほど。呪いのフルートか……」

「笑わないんですか？」

草壁先生は、わたしの奇妙な話に当惑さえ見せない。

「信じるかどうかは別として興味はある。たとえば店長さんが、呪いの正体、と考えたところかな。話を聞く限り、店長さんは呪いを簡単に信じるひとではなさそうだ」

そういえばクラサワ楽器店の店長は、論理的に解けそうななにか、見過ごしている点、といっていた。草壁先生がつづけて口を開く。

「そもそもこのフルートにおける呪いってなんだろうね」

「え。弦が隠されていて、歴代オーナーが全員不幸になっていることじゃないですか？」

「穂村さんは、その隠された弦を見たの？」

「見ました」

ハルタが、聞いてないよ、といいたげな表情をあらわにしたので、わたしは総銀製のフルートの主管を持って掲げた。動かす度に模様がぐにゃぐにゃと歪《ゆが》んで見える。

「どのへん？」と訝《いぶか》しげな表情でハルタがたずねてきた。

「確かこのへん」わたしは一部を指さす。

「ないじゃないか」

「……あれ。おかしいな。見えるときと見えないときがあって」持つ角度を変える。

「さっきから僕にも見えない。どんな形だった？」

草壁先生が手帳とボールペンを渡してくれたので、わたしは空白のページを開いて〈☽〉のマークを書いた。

「……三日月の形？」とハルタ。

「弓弦にとれるね」と草壁先生。

「他にも、こんなマークがあちこちに」わたしは〈⊙〉と〈♆〉を書き足す。草壁先生とハルタは眉《まゆ》を顰《ひそ》め、首を傾げている。ふたりにもわからないことがあるんだ、とちょっとだけ優越感に浸ることができた。「……実は、コンビニで立ち読みした雑誌の占いのページで、こんなマークを見たことがありまして」

マークがなんなのかを、ふたりに話した。

「占星術の天体記号か」草壁先生は驚く声をあげて、「このフォークみたいな三つ叉《また》の槍《やり》の形で思い出したよ。最初が月、次が太陽、最後が海王星だ。太陽と海王星があるということは、その間の惑星も隠されているかもしれない」

「そうです、そうです。他に冥王《めいおう》星〈♇〉もあったりして、幸運の木星〈♃〉を見つけられれば、ラッキーなことが起こるかもしれないと思いまして……」

言葉の終《しま》いをハルタが引き取った。「夜更かしするほど夢中になったわけだ」

「そうなんです……」恥ずかしくなったわたしは両手で顔を覆う。練習の合間の密《ひそ》かな楽しみと化していた。

ハルタは総銀製のフルートの主管に顔を近づけ、目を凝らしていた。模様の太い線は、極細の四本の線の束で構成されていて、角度によって新たに浮き出てくる波形の線もある。

「ぼくには全然見えないし、あるかどうかもわからない」

「オーナーになってフルートに触れてるとわかるんでーす」

「本当に？」

「……そういわれると自信ない」

ハルタがつかの間沈黙し、草壁先生に顔を向ける。「こういうの、目の錯覚以外で、なにか呼び方がありましたよね？」

「よく覚えているね。夏のコンクールで演奏した、チャイコフスキーの交響曲第六番『悲《ひ》愴《そう》』ですこし教えただけなのに」

「なんですか、それ？」

みんなの演奏についていくことでいっぱいいっぱいだったわたしにはわからない。

「君たちが演奏したのは第一楽章だが、あれの面白さは終楽章の冒頭にある。終楽章の冒頭は、どのパート譜を見ても主旋律がない。しかし観客として聞くと主旋律がはっきり聞こえる」

まるでマジックのようだ。ハルタが小声で教えてくれる。

「ぼくたちが東海大会まで使った譜面も、終楽章の特徴を取り入れていたんだ」

「え。主旋律って、成島さんのオーボエじゃなかったっけ？」とささやき返す。

「オーボエはソロ以外、裏旋律だよ。音の高さや音色の同じパートが、主旋律のパーツを出し合うアレンジで演奏していたんだ。フルートパートもそうだったじゃないか」

わたしは見えない空気に押されるかのように身体を引いた。本当に心の余裕がなくて、まわりが見えていなかったんだと猛省する。夏の大会で出会ったフリーライターの言葉を思い出した。（草壁信二郎が書くスコアによって大きく支えられているんだ。スコアの差でかろうじて他の出場校とのギャップが埋まっている――）いまになってあの意味がようやくわかった。

草壁先生が教えてくれる。「ゲシュタルト崩壊というんだ。僕たちのまわりにはテレビや音楽、子供の遊び声、自動車の走る音など、いろいろな音源があるだろう？　その混じり合った音の中から、特定の音を聞き分けて、意味のある情報として取り出すことができる。本来は視覚の情報で起こるもので、たとえば……怖いと思っていると、壁にあるシミでさえ、だれかの顔に見えてしまう心理現象かな。月のクレーターに人面があるだとか、人面魚だとか、心霊写真がそれにあたるね」

わたしは総銀製のフルートの主管をまじまじと見つめた。先生の話を聞いたあとだと、複雑な模様がだまし絵みたいに映った。

「穂村さんが見た天体記号が実在するかどうかは、メーカーに直接問い合わせることにしよう。真琴がドイツ語を話せるし、向こうに知り合いがいる」

山辺コーチがドイツ語を喋《しゃべ》れるなんて、意外な気がした。

「音楽家を目指す世界中の若者がドイツの音楽大学で学んでいるよ。真琴もそのひとりだった」草壁先生は袖口《そでぐち》から腕時計を出してつづける。「日本とドイツの時差は七時間。今日の午後六時くらいに電話させればちょうどいいかな」

「え。今日調べてくれるんですか?」

「一日も早いほうがいい」なぜか草壁先生は結論を急いでいた。「さっき、真琴がロンドンで同じようなフルートを一度だけ見たことがあるといっただろう? 僕が聞いた話が本当なら、穂村さんにとってあまりよくない効果が出ている」

ベッドの上でわたしは瞬《まばた》きをくり返し、持っていた総銀製のフルートに視線を落とす。

よくない効果……

歴代オーナーの身に起きた、風変わりな不幸と関係あるのだろうか？

成島さんにも草壁先生にもいわれたので、おとなしく部活を休むことにした。とはいっても家にすぐ帰らず、保健室のベッドを占拠しているうちに、いつの間にか眠りに落ちていた。目が覚めたのは午後七時過ぎで、がばっと起き上がって唖然《あぜん》とする。すっかり暗くなった窓を呆《ほう》けた目で眺めながら、わたしって相当な寝不足だったんだ、と自覚した。

コンコンと、引き戸をノックする音が響く。

「はい」とこたえると、ハルタがひとりで入ってきた。部活が終わったらしく、さほど重たくなさそうな鞄《かばん》を肩に担いでいる。

「チカちゃん、起きたんだ？」

まだ体操着姿だったので、ベッドの仕切りカーテンをしゃっと閉めた。

「着替えるからのぞかないで」

「のぞくわけないじゃないか」

ああ、そうでしたよね、とベッドの上でもぞもぞと制服に着替える。

カーテン越しにハルタの影が喋った。「呪いのフルートの件で報告があるよ。これから草壁先生と家に行くことになった」

「うそ。先生の家？」

着替えている途中でカーテンを開けた。ハルタは微動だにしない。

「違う違う。上条家だよ。山辺コーチが夕方から入り浸っている」

わたしは顔を赤くしながらカーテンを閉める。隙間から頭だけを出した。

「山辺コーチが？　どうして？」

「手短にいうよ。夕方に草壁先生が山辺コーチに電話。なぜかぼくの姉さんが電話に出る。先生が混乱。ぼくの家で飲んでいることが判明。ようやく山辺コーチが電話に出る。先生は辛抱強く経緯を説明。わかった、ドイツに国際電話しておくから、その代わり仕事が終わったら来てよ、という流れで。大人の飲み会という社会見学をするつもりで、チカちゃんも来る？」

整理に時間がかかった。ついでに着替えにも手間取って、スカートのまつり糸がファスナーに引っかかる。

「……いいけど。酔い潰《つぶ》れている山辺コーチを迎えにいくの？」

「ああ見えても先生の恩師の孫娘だからね。まだ七時前の段階で日本酒五合とワインを三本空けている」

なんとなく、異様な事態になっていることは想像できた。

「先々週につづいて、また飲んでるんだ？」

「先生にはとてもいえなかったけど、今日は第二金曜日だから『バッカス会』の日なんだ」

「バッカス？」

テレビのコマーシャルで、そんなカタカナの名前を聞いたことがあった。確かビールの宣伝だ。白い布を身体に巻きつけて、お花の冠が似合う神様の姿が脳裏によみがえる。ローマ神話のお酒の神だと思ったけど……

ハルタの顔にげんなりとした影がさしたように見えた。

「バカとカスが集まる最悪の日だよ」

バッカス会とは、上条家で月一で行われる、バカとカスの集まりではなく、酒の神バッカスに感謝しながらおしとやかにお酒を飲む会合らしい。上条家では、先々週の「宅飲みワイン女子会」といい、なにかと理由をこじつけて飲み会を開くのだという。

わたしは酒豪の三姉妹を思い浮かべる。呪いのフルートの真相解明が意外な方向に進んでいる気がして、ごくっと唾《つば》を飲んだ。

「ま、まさかお姉さんたちが全員揃っていて、わたしを道連れにするつもり？」

「いやいや。幸いにも今日は南風《みなみ》姉さんだけだよ。会社の有休を使って、わざわざこっちにやって来て山辺コーチとサシで飲んでいるんだ。前から楽しみにしていたみたいで」

夏の季語で南風。上条家の長女だ。都内の建築事務所で働いている。今年の八月、ハルタがアパートを追い出されたときに学校をおとずれて、草壁先生と面識があった。

つづく彼の言葉に、わたしは驚愕《きょうがく》する。

「山辺コーチと南風姉さんが、呪いのフルートの話を本当に酒のつまみにして、五分で正体を突きとめたらしい。その程度の謎なんだってさ」

ハルタは深々と吐息をもらして、もう嫌になっちゃうよ、とパイプ椅子に腰を下ろした。

5

草壁先生とハルタと一緒に、電灯でぼうっと白く浮かび上がる上条家の前に立つ。場所は閑静な住宅街の一角で、木目を活《い》かした二階建ての家だった。プランター栽培しているミニバラが門扉から玄関までの通路脇に並び、姉妹のセンスのよさが滲《にじ》む佇《たたず》まいだ。駐車場に見覚えのある白いスポーツカーが駐《と》まっていた。南風さんの愛車で確かホンダのシビック・タイプRだ。今年の夏、わたしはこの車の暴走運転の乗車を体験している。

草壁先生は居間に灯《とも》った明かりに視線を投じた。

「真琴は目を患ってから、すこし酒の量が増えた」

わたしとハルタは無言で草壁先生を見る。

「上条くん」

「は、はい」

「君の家に迷惑をかけて申し訳ない」

「め、迷惑だなんて」

首を左右にふったハルタが玄関まで行き、急いで鍵《かぎ》を開けようとした。待って、とわたしもあとにつづく。家の中から、ガシャン、ドン、とテーブルかなにかを激しく叩《たた》く音がして、ふたりでびくっとする。え？　なんなの？　この家でなにが起きているの？

「くそっ。母音のア段ではじまる言葉にろくなもんがなかったぞ。パワースポット、パワーストーン、マイナスイオン、マクロビオティック。最近だとパンケーキもそうだな。それに……かわいい、だいすき、さすがですぅ、吐き気がするわ」

聞き覚えのある声がした。南風さんのものだ。

「よくいったっ」今度は山辺コーチの声が響いた。「見栄《みえ》という鎧《よろい》をいま……脱ぎ捨てた南風さんのために吹かせていただきます。小泉今日子《こいずみきょうこ》の……『優しい雨』」

鍵盤《けんばん》ハーモニカのクラビエッタが甲高く鳴り、鋭いクレッシェンドからはじまるイントロが流れた。

南風さんの音程の外れた歌声が聞こえてくる。

こーこーろのーすきーまにーやさーしいーあめーがふーるー
つーかーれたーせなーかをーそっとーしめーらせてーくー
これがバカとカスの集まり……いやいや、バッカス会なのかとわたしは固唾《かたず》を呑《の》む。

「だ、だだだ、だいじょうぶよね？　中のふたり」

ドキドキしながらつぶやくと、隣のハルタの反応はない。不思議に思って見ると青ざめた顔で震えている。ここにもだいじょうぶじゃないひとがいた。長女だけでこうなるんだから、三姉妹が揃ったらどうなるんだ？

相手はふたり、こっちは三人。数の論理で勝てると思ったのだろう。彼はきっと顔を上げると勇ましく玄関を開けた。

「姉さん、いい加減にしてくれよっ。近所迷惑だっ」

上条家の不遇な末っ子が靴を脱ぎ捨てて家の中に躍り込んでいく。歌声がやみ、乱暴になにかを蹴《け》る音、ガンと壁が揺れる音がつづいた。恐る恐る中の様子をうかがうと、ハルタが居間の前の廊下でのびている。

彼のそばにはオリーブ系のパンツスーツに、シュガーピンクのシャツを着た南風さんが仁王立ちしていた。小顔で八頭身の美人モデルの見本のような容姿で、面差しはハルタとすこし似ている。確か今年二十八歳になるはずで、長い髪は下ろしただけでもきまっていた。

「邪魔だ」と、南風さんはハルタを足でどけている。

彼を介抱するため、「あの、穂村です。や、山辺コーチに会いにきたんですが……」と慌てて靴を脱いで家に上がるわたしに、南風さんはやさしそうな笑みをこぼした。

「ああ、チカちゃんか。まだご飯食べてないんだろう？　お母さんに連絡してあげるからここで食べていきなさい。おい、春太。いますぐ炭水化物を買ってこい」

南風さんはパンツスーツのポケットからきれいに三つ折りした一万円札を出すと、ぴっと床に投げる。ハルタが女性不信になる理由がよくわかる光景だった。

「あら、穂村じゃないの」

騒ぎを聞きつけた山辺コーチが居間から顔を出した。ボーイッシュなくらいの短い茶髪が印象的で、家の中でも黄色いスカーフを首に巻いている。彼女は鍵盤ハーモニカのクラビエッタを脇に抱え、ふう、と息を吐いて廊下の壁に背中を預けた。

「話は聞いたわ。で、その呪いのフルーチェは持ってきているの？」

「フルートはいま、持っています」

山辺コーチの間違いをやんわりと訂正した。

「きっと力になれると思う」

「本当ですか？」

「呪いのホラ貝……こいつは厄介よ」

「フルートですから」

「ごめんごめん。ちょっと待って」すこし朦朧《もうろう》としているのか、山辺コーチはこめかみを指で押さえて、「呪いのフルーツポンチじゃなかったっけ？」

「フルートですっ」

甲高い声を張りあげる。山辺コーチも南風さんも酔っているとはいえ、世慣れしていて、本音や本性がわからず、なにをいってもしても駆け引きになるのだから、正直わたしなんかは子供扱いされてしまう。

玄関のほうから物音がした。冗談が一ミリも通じない堅物が来たようね、と山辺コーチが首をまわして警戒し、つられて南風さんの視線が注がれる。

「顧問の草壁です。夜分お邪魔して申し訳ありません」

先生の背後にこそこそ隠れたい衝動に駆られた。

「氷で割った赤ワインを飲み過ぎたせいか、私たちの胃も呪われています」

居間の北欧風のテーブルで南風さんと山辺コーチが肩を並べてうなだれ、彼女たちと向かい合って座る草壁先生が頭を抱えていた。

テーブルの上には飲み干した日本酒の空き瓶も転がり、本当に呪いのフルートの話を酒のつまみにして五分で正体を突きとめたのか怪しくなってくる。そんな心の声が、口からうっかり洩《も》れ出てしまったようだ。

「……怪しい？」と山辺コーチ。

「いえいえいえいえ！　なんというか、その」草壁先生の隣に座るわたしは総銀製のフルートのハードケースを胸にぎゅっと抱く。

「穂村のいう通りよ。見ての通りのポンコツで、役に立てるかどうか……」

「いまさらなんなのよ」

　こうなってしまったら、買い出しに行かされたハルタの戻りを待つしかない。上条家のいじられ役として、本領を発揮してくれるはずだ。

「おい」と、今度は南風さんが眉間《みけん》をピクリと動かす。相変わらずの男勝りな口調だった。ほらほらきたきた。「な、なんでしょう？」と、わたしは怖々と反応する。

「さっきから十代の視線が痛いんだが」

「い、いえ、そんな」

「本当のことをいうとね、若いチカちゃんがうらやましいのよ……」南風さんは指を組んだ両手を額に寄せ、顔を伏せて、いまにもすすり泣きしそうにぐすっと鼻を鳴らす。

「あ、あの、わたし」

「……唇にも脳みそにも皺《しわ》がなくて。夢って見るものじゃないよね、叶《かな》えるものだよねって、どこかのクソラッパーみたいにいえちゃうんだろ？」

「最低の大人ですね」

「調子を聞かれたら、嘘でもいいから絶好調とこたえちゃうんだろ？」

「アホ全開じゃないですか」

「心外だなあ」彼女は大仰に笑い、片肘《かたひじ》をついた。「どうした？　なんだか元気がないみたいだぞ。ああ、わかった。お腹が空《す》いているんだな。だれかこの娘にあたたかいご飯を」

「そこ、そこ！　十代はみんな腹ペコに見えるんですか！　こっちが心外です！」

「ふふ。春太のいう通りだ。吹奏楽の腕はいっこうに上がらないが、突っ込みのレベルがまた上がったようだな」

「いやあ」

などという、わたしと南風さんのくだらないやり取りをよそに、ようやく草壁先生が頭を上げる。どこ吹く風の山辺コーチに向かってたずねた。

「真琴。ドイツのメーカーに問い合わせた結果、どうだったんだ？」

眼鏡の奥から鋭く睨《にら》まれた山辺コーチが、顔をぽりぽり掻《か》きながらこたえる。

「フルートの秘密はわかったわよ。穂村にはまだ早い」

「なんだ。もうわかっているじゃないですか」と、わたしは日本酒をグラスになみなみと注ぐ南風さんを放っておいて、テーブルに身を乗り出した。

草壁先生が袖《そで》から腕時計を出して見る。「上条くんも知りたがっていたようだから、彼が戻るまで待とうか」

保健室のハルタの訴えを覚えていたんだ……とやさしい先生の横顔に見惚《みと》れる。

「呪いの楽器と聞いちゃうと、チェリーニのヴァイオリンを思い出しちゃうのよね」

山辺コーチが額にかかる髪を指でいじりながらつぶやくので、わたしは聞いてみた。

「そういえば、あの伝説の結末はどうなるんですか？」

「呪いが解けたのは慈善演奏会でよ。貧しい人々のために演奏することによって、ヴァイオリンの呪いを解くことができたの。散々ひとを殺したヴァイオリンが、最後は絵本みたいにご都合主義的な結末を迎えるのよ」

それを受けて、草壁先生がつづける。「聞き手に不安をあおるように整理されすぎているんだ。古今東西、呪いにまつわる話はどれもそうだよ」

「そうだったんだ」

わたしが素直に感心すると、南風さんは冷笑交じりで、自嘲《じちょう》気味な声をあげた。

「結局、呪いは物語の寄せ集めということか。パワースポットやパワーストーンにまつわる話と同じで」そして一言、吐き捨てた。「金返せ」

「……あの。このひと、都会でなにがあったんですか？」

わたしが山辺コーチにささやくと、彼女は黙って首を横にふった。触れてはいけないことらしい。その南風さんが、意地の悪そうな目をこちらに向けてきた。

「だいたいチカちゃんはさ、物に頼って上達への近道をしようとしたから駄目なんだ。お金を使って未熟な自分を誤魔化そうとしたんだぞ？　スピリチュアルやオカルトや婚活パーティーと同じだろうに」そしてまた一言、吐き捨てる。「うえぇ、気持ち悪い」

「わたしいま、絡まれているんですか？」

「チカちゃんみたいなへたっぴは、練習だ、練習」と南風さん。

「練習、猛練習、スペシャルな練習はやっていますよ」わたしはそっぽを向いて、口をすぼめてこたえる。

一方で、草壁先生と山辺コーチは吹奏楽指導や編曲について小声で語り合っている。呪いの危機感ゼロだった。いいんですかそれで！

玄関の扉を開ける音が響いた。

「ただいま」

待望のハルタがスーパーの袋を提げて居間の入口にあらわれた。タイムセールの総菜パンとおにぎりをどさどさと置いて、わたしの隣の椅子を引いて腰かける。どこか脱力した様子だった。

「頭が冷えたら、呪いの正体と、呪われた人物がだれなのかがわかったよ」

彼はテーブルの上に額をゴンとぶつけて突っ伏した。

ハルタがもらした言葉を、わたしはうっかり聞き流しそうになった。

……呪われた人物がだれなのか？

どうしてそんないい方をするのだろう。呪われたのは、初代から六代目のオーナー全員と、わたしじゃなかったの？　七人の中で、呪われたオーナーと、呪われていなかったオーナーがいるっていうこと？

記憶のページを懸命にめくった。クラサワ楽器店の店長から聞いた初代オーナーの話を、いまさらながら思い出す。

（初代オーナーは日本のアマチュアミュージシャンの女性。このフルートには不思議な魅力がありますね、と意味深な言葉を残して売却）

すくなくとも、わたしが知り得た情報では、彼女は呪いにかかっていないのではないか……

思考がぐるぐるとまわる。思わず姿勢を正し、上条家の居間に集まったみんなを見た。

呪いのフルートの種明かしがはじまっていた。

「信二郎の推測通り、フルートに仕掛けはふたつあったんだ」山辺コーチはそういって頰《ほお》杖《づえ》を突くと、彼女もまた酒の飲み過ぎで気持ちが悪いといった素振りでうっと口に手を当てる。「南風さんに確認してもらったほうが早い」

え？　いきなり放り投げるの？　南風さん？

ハードケースの中の総銀製のフルートを草壁先生が組み立てる。先生からハルタ、ハルタから南風さんにまわされた。

「酔ってませんか？」わたしがふくれっ面をしていうと、「さっきのは手近にある楽しいものにちょっかいを出しただけだ」と、南風さんはこたえる。つまり、それはわたしか。

彼女はペンライトの明かりを当てて顔を近づけていた。「素材は銀だったな。反射率は金属の中で最高だぞ」と持つ角度を変えながらいい、観察がやたら様になっている。ペンライトの形状も、プロ仕様というか、本格的なものっぽい。

草壁先生の興味が注がれる。「それ、普段から持ち歩いているんですか？」

「仕事で使うのよ。外装材の映り込みとかを調べるのにちょうどいい」目を細める彼女が一級建築士であることを思い出した。「……彫り物は菱形《ひしがた》と葉模様のくり返しか。ペルシャ絨毯《じゅうたん》のペイズリー柄に似ているな。曲面加工のせいで歪《ゆが》んでいるから、指先の微細な動きや、光の乱反射で、模様が動いているように見える」

鮭おにぎりをかじるハルタが口を挟んだ。「南風姉さん、どう思う？」

「どうって？」

「ずっと前、呪いの家の話をしてくれたことがあったじゃないか」

「おまえが住んでいるアパートのことか？　傑作だったな、あれは」

「違う、違う」

「ああ、あれか。都心部の建売で構造に歪みがあったケースだな」

わたしは小さく混乱しつつも、「歪み？」と梅おにぎりに手を伸ばす。

「欠陥住宅によく見られる。屋根を支える角材がフローリング用の余った板で継ぎ足してあったり、床下で家を支えるコンクリートの台座が一個だけ壁用のブロックだったり、そんな歪みの積み重ねが、本人の気づかないうちに、視覚情報や三半規管に影響を及ぼすケースがあるんだ。視覚というのは本当にちょっとしたことで騙《だま》されやすい」

目をぱちくりさせて聞き入る。だんだん理解が難しくなってきた。下手に出ようにも、言葉の意味を教えてもらえるような雰囲気ではない。

「模様の中にはな、一種の催眠状態や興奮状態を誘発するものがあるんだぞ。数学でいえば平面充塡形《じゅうてんけい》で、心理学の観点だと心理学的模様──幾何学模様といわれている」

「はあ……」

「まわりくどいことをいうのはやめて、山辺さんがドイツのメーカーに問い合わせてくれた結果をちゃちゃっといおうか」

「ちゃちゃっとお願いします」

「チカちゃんが十日くらい使いつづけたフルートの模様は、カジノのカーペットをモチーフにしている」

ぶっと、ご飯粒を吐き出しそうになった。

「カジノ？」

とても聞き流せない言葉に頓狂《とんきょう》な声をあげてしまう。テレビで見た、あの、すごく派手なスロットマシンやルーレット盤が並ぶ光景を思い浮かべた。わたしの隣に座るハルタも、

「へえ、そうだったんだ」と驚いている。

「カジノのカーペットは、心理学者やデザイナーが計算してつくりあげた万華鏡デザインなんだよ。非日常を思わせる華やかな模様は、アドレナリンを分泌させて、客を興奮状態にして、眠らせないよう仕向けるためのものだ」

それ、身に覚えがあります、とあやうく口に出しそうになる。

「民生品に応用されているのは聞いたことがあるけど、楽器ははじめてだな」南風さんは総銀製のフルートの向きを変えながら、ひとり感心していた。「けばけばしい色はつけられないから、彫刻のデザインパターンと銀の反射の特性を活《い》かして再現しようとしたわけか」

「思いっきり物騒なものじゃないですか」

わたしはテーブルをばんと叩《たた》きそうになった。

肩をすくめた山辺コーチが、「物騒なものにならないよう、色素がない銀をわざわざ選んだってメーカー担当者がいっていたくらいだから、たかがしれているわよ」と軽くあしらってつづける。「カジノは、ネオン、喧騒《けんそう》、窓がない、という客に時間を忘れさせる三つの環境要素も備えているの。この程度なら、仮に効果があるとしても、ひとを選ぶ」

「……へ？　ひとを選ぶって？」

「視覚の暗示、催眠にかかりやすいひとの特徴を、特別に教えてもらったんだけど」

「ご教授お願いします」

「他人のいうことをすぐに信用してしまう。不安が多い。自分の意志をしっかり持てない」

最近の自分のことをいわれているようで胸がズキズキと痛む。

「初心者のやる気を底上げするブースターみたいなもの？」というハルタの喩《たと》えを、山辺コーチが「まあ、それに近いかな」とうなずく。「スランプ中の奏者にも有効かもね。所詮《しょせん》は子供騙しの仕掛けだから、効いたらラッキー程度なもので」

首を横にまわして草壁先生を見た。盛大なため息をもらしている。

「海外で一時期出まわった。もう製造は中止されているよ」

ううう、とわたしは悄気《しょげ》てしまい、甲羅に首を引っ込める亀みたいに縮こまった。愛着があっただけに、どうにも居心地が悪く、この総銀製のフルートをまともに正視しにくくなる。

グラスをあおる南風さんがいった。「探究心が高くて遊び心のあるメーカーのものなんだろう？」

「……そ、そう聞きましたけど」

「本当につくってしまうところが粋《いき》じゃないか」

「で、ですよね」

「物との出会いも大事だぞ」

「は、はい！」

落ち込んでからの回復が異様に早いよな、穂村は、と山辺コーチが感心とも嘆息ともつかない声をもらして、滔々《とうとう》と語りはじめる。「もうひとつの仕掛けのほうが面白い。クラサワ楽器店の店長が、弦の存在の根拠にしたものだけど」

関心があったように草壁先生が聞き返す。「フルートの模様に隠された天体記号？」

「そう。いまからすこし難しいことを話すから、穂村と上条は聞き流していいわ。このフルートは銀の地金に銀めっきをしていて、地金のほうに彫刻がされているの。カジノのカーペット模様の上に天体記号を重ねて彫っているんだけど、銀めっきをすることで天体記号だけ消えてしまうようにしているのよ」

話が見えなかったが、黙っていることにした。

「で、銀めっきは、地金を完全に包み込んでいるように見えて、実は電子顕微鏡で観察すると細かい穴があるの。その穴はポーラスといって、ひとによっては適度な摩擦を感じるから好まれるようになる」

確か草壁先生がそんなことをいっていたな、と思い出す。

「ただ、使い込むうちに手の指の汗が地金に達して、黒ずみを生じさせたり、銀めっきそのものをだんだん剝《は》がしてしまうのよ。つまり時間が経つごとに天体記号の一部がうっすらと浮き出る仕掛けになっている。照明の当たり方や角度で、見えるような見えないようなぎりぎりの加減にしているから、信二郎が指摘した通り、印象はゲシュタルト崩壊に近い。そして三、四年のメンテナンスサイクルで銀めっきをし直すと、元に戻る。そのくり返し」

なんともいえない呻《うめ》き声が居間を包んだ。無論、草壁先生と南風さんのもので、わたしとハルタはぽかんとしている。

沈思黙考するような間を置いて、草壁先生がいった。

「穂村さんに見えて、僕や上条くんに見えなかったのは？」

「天体記号の見える角度というのが、奏者がマウスピースに唇を当てたときなのよ」

「そういうことか」

と、草壁先生は納得している。ハルタが口を開こうとして、言葉を呑《の》んだ。やっぱり気になるようで、山辺コーチにたずねていた。

「天体記号を、隠して彫る理由があるんですか？」

「だれもが一度は耳にしたことのある曲で、『星に願いを』ってあるでしょ」

山辺コーチの言葉が思わぬ方向に流れる。あ、ディズニーのピノキオかな、とすぐイメージできた。フルートで吹いたことがあるからメロディラインもドレミでわかりますよ。最初のほうだけだけど。

眼鏡のフレームを人差し指で持ち上げながら、草壁先生が口を開く。

「歌詞を訳すと、『星に願いをかければ、あなたがだれであろうと、心に抱いた望みは、叶《かな》えられるでしょう』だったかな」

「そう」山辺コーチがうなずいていた。「この間、特別支援学校で石井《いしい》ゆかりの本の朗読をしてもらってさ、印象に残る言葉があったのよ。――星が単なる物質でできていて、月の表面は塵《ちり》で埋め尽くされていて、火星はつむじ風の渦巻く赤錆《あかさ》びた荒野だとわかっていても、あたしたちは相変わらず、星の美しい輝きに、神秘的な感動や畏怖《いふ》を感じる」

まぶたを閉じるふたりの間で、ふたりにしか通じないような詩的な会話が交わされている。

なんだろう、この感じ……

昔はいったいどんな仲だったのか、とか、もしや学生時代に交際していたのでは、など と余計なことを考えてしまいヤキモキする。

つづく山辺コーチの言葉が印象深かった。

「あなたたちも大人になれば、世界を旅するときがくると思う。寺院だったり、教会だったり、モスクをおとずれる機会もあると思う。そこにはたくさんの人々が集まって、祈りを捧《ささ》げ、深く頭を垂れて、泣いたり笑ったりしている。祈りには宗教的な意味合いがあるけど、祈る心は特定の宗教の信者だけじゃなく、人間の心の中に普遍的に存在しているのよ。古代から人間は、太陽に、月に、星に、絶え間なく祈りを捧げつづけてきたから」

わたしは首を動かして総銀製のフルートに目をとめる。

「……祈るためのものなんですか？」

「そうよ。人種を選ばない。練習をくり返して、フルートを使い込んだときにはじめて、祈りが必要になってくる」

「祈りって、なにを？」

「古今東西、奏者の祈りはただひとつ。現役だった頃のあたしと信二郎もそうだった」

山辺コーチは椅子の背にもたれて、胸の前で腕を組み、草壁先生のほうに下顎《したあご》を向ける。

それを受けて、草壁先生がこたえてくれた。

「――本番でミスをしないように」

わたしは面喰《めんく》らう。

ハルタも息を呑む表情をして、身を引いている。

（音楽に限らず、どの世界でもいえることだけど、ひとはプロになればなるほど自分の専門領域で失敗する）クラサワ楽器店の店長の言葉が脳裏によみがえり、あまりに拍子抜けしたので、椅子からずり落ちそうになった。

「そ、その。もっと壮大な祈りを、てっきり……」

「はは。驚いたかい。そんなものだよ」

ひさしぶりに草壁先生の楽しそうな笑顔を見られた気がして、わたしの頬が赤らむ。先生たちでもミスが恐かったんだ、とちょっとだけうれしくなった。いや、ちょっとどころではない。頭の中が、それ一色で染まってしまった。

「チカちゃん、なに可愛い顔してにやにやしてるの？」

横からハルタが聞いてきたので、

「え？　いやあ、明日から頑張ろうと思って」

「ふうん」

珍妙なものでも見るかのような目を向けられたけど、気にしない。

山辺コーチが鼻に皺《しわ》を寄せて微笑む。

「どう？　そのフルートがまだ物騒なものに見える？」

首を横にふると、テーブル越しに南風さんが総銀製のフルートを返してくれた。探究心が高くて遊び心のあるメーカーのもの……。十日余り、付き合ってきた相棒に目を落とす。そういえばこのフルートを無料レンタルで借りたとき、楽器に罪はない、と啖呵《たんか》を切ったことを思い出した。

草壁先生がぽつりという。「問題があるとすれば、ひとつ目の仕掛けか」

メーカーに悪気はないんだろうけどね、と山辺コーチが頭の後ろのほうに両手をまわした。

「プロにも自信をなくした奏者は大勢いる。良かれと思ってしたことじゃないかな。カジノのカーペットを完全に再現できているわけじゃないんだし、この程度で因果関係があるようなら、ラスベガスやモナコの旅行者は全員体調不良になる。しかし実際は、そうはならない。クラサワ楽器店の歴代オーナーの不幸と結びつけるのは乱暴だと思うよ」

「ああ。すくなくとも話の中では、初代オーナーは不幸を訴えているわけじゃない」

草壁先生も気づいていたんだ、と無言で見返す。

「二代目オーナーの女子学生は親友と絶交するほどの大喧嘩《おおげんか》をして、ゲンが悪いからといって手放したんでしょ？　物は物でしかないんだから、フルートのせいにされちゃあ……という感じがする。三代目オーナーの主婦は悪いものをたまたま食べたかもしれないし、四代目オーナーの高校生男子はただのうっかり者で勉強不足だっただろうし、五代目オーナーの中学生女子はかわいそうだけど、演奏するのに熱が入るあまり、日頃出さない表情を出してしまったわけだよね。吹奏楽は普段使わない表情に関係する筋肉を、楽器の音を出すために酷使するのだから仕方ない。フルートを換えたばかりならなおさらよ。残る六代目オーナーの中年男性は……そうよね……子離れできない被害妄想かな……」

「真琴のいう通り、解釈はいくらでもできる」

「ねえ、穂村。だれが最初に呪いという言葉を使い出したの？」

いきなりふられたので、記憶を一生懸命掘り起こしてみる。

（呪いやジンクスは不確かなもので科学的根拠はない。その点に関して君と同じ考えだ。

なのに私は呪いやジンクスという言葉をこうして使ってしまう）

「……たぶん、店長だ」と、わたしはこたえる。

「歴代オーナーの中には、売却のときに下取り価格をすこしでも上げたくて、呪いに便乗した訴えをしたひとがいるかもしれない。フルートの買い取りの際、クラサワ楽器店の店長と元オーナーの間に会話が必ず発生するそうじゃない。そこがポイントだと思うのよ。店長は初対面の上条にも歴代オーナーの話をしたくらいだから、相当な話し好きなんでしょ？　次のオーナーに先入観を与えている可能性があるわけよ」

うなずいた草壁先生がまとめてくれる。

「不合理な現象や悪いジンクスというのは、人間の記憶なんだ。人間はなにかをしたとき、たまたま起こった悪いことを結びつけて覚えてしまう。これが呪いの正体だよ」

わたしは目を見開いたまま、深々と息を吸う。

「草壁先生も、山辺コーチも、南風さんも……すごい」

「すごい？」と草壁先生。

「だってなんでも知っているんだもん」

このとき、気のせいかもしれないけど、返答に困った草壁先生の顔に影がさしたように見えた。こたえを探して、伏し目になる。

「たくさんものを知っているひとが偉いとは限らない。半端な知識で渡っていけるほど世の中は甘くない」

「え」

「穂村さんは、穂村さんのままでいいんだよ」

草壁先生の言葉の意味をじゅうぶんに理解できずに、わたしはまた頬を赤らめる。

「そんなあ……。やっぱり、先生たちを尊敬します」

居ても立っても居られなくなり、急いで総銀製のフルートを分解してハードケースにしまった。鞄《かばん》の中を漁《あさ》り、クラサワ楽器店の店長の名刺を取り出すと、椅子から立ち上がる。

「店長に電話してあげないと！」

「え、いま？」それまでずっと黙っていたハルタが呆気《あっけ》に取られた。

「まだ営業時間だし、早いほうがいいじゃん」

ちょっと待って、チカちゃん、と声をあげるハルタの制止をふり切り、携帯電話を持って居間から出た。廊下の壁に寄りかかってクラサワ楽器店の番号を押す。

愛着の生まれたフルートとお別れするのは寂しいけど、呪いという不名誉なレッテルを剝《は》がすことができそうなので心が躍る。

星に願いを――

なんて素敵な仕掛けなんだろう。早くわたしの口から店長に教えてあげたくてウズウズした。

ている のかな、と想像した。

電話の向こうで呼び出し音がつづく。この間みたいに三階の修理室に籠《こ》もって仕事をしているのかな、と想像した。

プルルル、プルルル、プルルル、プルルル、プルルル……

出ない。首をひねったわたしは、携帯電話を耳から離し、表示画面を見る。呼び出し音は一分以上つづいていた。留守番電話に切り替わらないから待つことにして、その間、首を伸ばして居間の様子をのぞいて見る。

ん？　居間では四人が小声を出して揉《も》めていた。どうしたんだろう。携帯電話を持ち替えて耳をそばだてる。片耳には常にプルルル……という呼び出し音が入るので、注意しないとよく聞き取れない。

釈然としないようなハルタの声が届いた。

「この際はっきりさせておきたいんだけど、呪いのフルートの話を酒のつまみにして、五分で正体を突きとめたのはどっち？」

「それ、私」こたえたのは南風さんの声だった。「音楽は門外漢だけどね」

「山辺コーチがドイツのメーカーに問い合わせる前、それとも後？」

「前に決まっているじゃない」

「やっぱり……」

え？　どういうことだろう。わたしは片耳を澄ませた。

つづいて草壁先生の小声が交ざる。

「すまない。実は僕も保健室の時点で薄々気づいていたんだ。彼女の話を聞く限り、歴代オーナーの身に起きた出来事以外に、明らかに不合理な現象が起きている」

「そりゃないわー。知っているなら、チカちゃんに教えてあげればいいのに」

と、南風さんがなじる声をあげ、草壁先生が沈黙する。

すると山辺コーチのため息がした。

「まあ、穂村は純粋だし、いい娘だし、下手に怖がらせてもね」

「山辺コーチは気づいていたんですか？」

というハルタの声に、

「当たり前じゃないの。そもそも呪いというのはね、一カ所に不幸の話が集約されるから成り立つのよ」

と、彼女の声がこたえる。

ここから南風さんとハルタのやり取りがはじまった。

「おい、春太。いまのうちに考えをまとめておこうか」

「そうだね。クラサワ楽器店の店長は、『さすがに歴代オーナー全員が、この店のお客さんとなると、正直へこむんだよ』っていっていたんだ。ここを聞き逃しちゃいけない」

「市内に中古楽器を扱う楽器店は何軒あるんだ？」

「八軒。チカちゃんから聞いた。確かだよ」

「じゃあ低めに見積もって、八軒以外に〈市外の店に売る〉と〈ネットオークションに出す〉という選択肢を入れてみようか。たとえば十の目のサイコロがあって、それをふって同じ目が六回つづけて出る確率だな」

「うん。六代目オーナーまでだからね」

え、え？　ちょっと待って。

やだ。なにをいっているんだろう……。わたしは内心ドキドキしながら、忍者みたいに壁に隠れて、さらに耳をそばだてる。

電卓を叩《たた》く気配がした。やがてそれは終わり、南風さんの口からついに真相が明かされた。

「確率は百万分の一。売っても売ってもクラサワ楽器店に戻ってくる。それが呪いの本当の正体だ。捨てても捨てても戻ってくる人形の話と同じだな。もし呪われているんだとしたら、それは歴代オーナーじゃなくて、クラサワ楽器店の店長だぞ」

なんだってえええええっ。

わたしは居間に勢いよく飛び出した。みんながぎょっとする中、携帯電話を落としそうになってあたふたする。携帯電話のスピーカーからようやく、〈大変お待たせしました。クラサワ楽器店です……〉と今日も疲れ切ったかわいそうな店長の声が響いて、ああ、どうしよう、と宙を見つめる。

……あれ？

わたしも昔、似たような現象を経験してない？

幼心にミルクを与えたばかりに、ある日家までついてくるようになり、何度元の場所に戻しても家にやってくる仔猫《こねこ》のことを思い出した。


♪


呪いの単純な正体が明らかになったところで、この話もそろそろ終わりに近づきます。

翌日の夕方、「なるほど」と感嘆する声が、クラサワ楽器店の三階のフロアで響いた。

フルートの返却でおとずれたわたしに、店長は淹《い》れ立てのネルドリップのコーヒーをふるまってくれる。

「心のどこかで引っかかっていたというか、おかしい、おかしいと思っていたんだが、それがなんなのか、実体がよくわからなかったんだ。ようやく憑《つ》き物が落ちた思いだよ」

「……憑き物？」

フロアにある椅子に座ったわたしはカップを傾け、熱っと唇を濡《ぬ》らすようにして飲む。

店長はやや当惑するような顔をし、立ったままコーヒーを口にしている。

「私としたことが、仕事のやり方にいっさいの疑いを持たなかった。フルートが手元に戻ってきたことは偶然じゃないよ。自分で招いたことだ」

自分で招く——あのときの仔猫が脳裏によみがえった。

店長はふうっと頬を膨らませてから、カップを持つ指を縁に滑らせる。

「怒らないで聞いてほしいんだけど、買い取りの営業をかけていたんだ。中古楽器店の競合は質屋でもあるんだよ。どこの中古楽器店も良い商品は何度でも取り扱いたい。だからメンテナンスを理由にオーナーと連絡をまめに取る。古物営業法のおかげで個人情報は持っているわけだから、オーナーに手放す意志があれば買い取りの話を持ちかけられる。オーナーだって、こちらを信頼してくれれば、また手元に置きたいときに取り戻せるから売ってくれる」

わたしは半ば呆《あき》れながらも、首をねじ曲げて、棚の上に置いたハードケースに視線を送る。「そうだったんですか……」

「総銀に彫刻というのはやはり希少品なんだ。その割に音が良かっただろう」

そういえば店長は、プライスタグを破ったのに、わたしに吹かせてくれた。

口元に小さな笑みを浮かべて、店長がつづける。

「きみに預けてよかったよ。おかげで模様の秘密と、隠された天体記号の意味がわかった。祈りのフルートか。月並みな表現かもしれないけど、最高の仕掛けだ。もしかしたら知らなかったのは私だけで、もうひとりの持ち主は気づいていたのかもしれないな」

「もうひとりの持ち主？」

「この前もいったが、国内に二本しか入荷されていないんだよ。四、五年ほど前かな。名前はもう忘れたけど、フルートの天才少年と呼ばれた高校生が手に入れているはずだ。まあ、天才は毎年のように出てくる厳しい世界だけどね」

「厳しい世界……」

今年の春、ひとの三倍、四倍頑張るといったわたしを、その程度、と切り捨てたハルタの言葉を思い出す。

星に願いをかければ、あなたがだれであろうと、心に抱いた望みは、叶《かな》えられるでしょう。

草壁先生が訳した歌詞を反芻《はんすう》する。

あのとき先生は甘いことをいったわけじゃない。努力しても夢が叶う保証はないのだ。それでもライバルより多く、ボロボロになるまで努力をつづけた人間が、ときには他人を傷つけ、自分も苦しみ抜いて、最後の最後になってようやく手にするもの──

「ところできみはどうする？」

「え」夢からさめたようにわたしは顔を上げた。「どうするって？」

「きみが買うのなら取り置きしておく。まけてもいい」

そっちのほうか。「家族会議で却下されました」

ははは、取り付く島もなかったんだね、と店長が肩をすぼめて、「世の中甘くないねえ」

「甘くないですよお」とわたしも店長の口調を真似る。「いいんです、もう」

「あきらめるのも、きみたち十代が出す立派な決断だ」

「いや、未練たらたらで」天井をふり仰ぎ、大きく息を吸う。「お父さんとお母さんを説得できなかった時点で、わたしの気持ちが本物じゃなかったんです」

「そう……」店長の目もとがゆるむ。「ここで悔いが残らないよう、すこし深いアドバイスをしようか」ひと呼吸置いたあと、くだけた口調がいくらか変化した。「良い楽器は奏者に自信をもたらしてくれる。しかしいまのきみに必要なのは不安なんだ。臆病者《おくびょうもの》じゃないと上手《うま》くならない。これは私の高校時代の恩師の言葉だ」

瞬《まばた》きをくり返して聞き入る。つかの間の沈黙を置いて、店長は付け足した。

「卒業までにわかればいいね」

わたしの胸の中がじんわりと熱くなる。「は、はい！」

「実は私はいまだによくわからない」

「なんなのよ」

「まあまあ。きみがあのフルートを買わないなら、考えていることがあるんだけど、聞いてくれる？」

「え。それはなんですか？」

カップを両手で包んで見上げるわたしに、店長は話してくれた。

「信頼できる同業者に転売しようかと思っているんだ。この店では私のせいで悪いジンクスがついてしまったようだからね。新しい土地で、新しい物語が生まれることを祈るとするよ」

♫

最後に余談を。

中古売買の話でまだ明かされていない事実がありますが、それはあとでわかります。

そして幼い頃にわたしが餌付《えづ》けした仔猫が現在どうなったか、気になるひとがいるかもしれない。なんと、たくましく居場所を見つけて育っているのですよ（※）。

※単行本『退出ゲーム』六十三ページ十三行目、もしくは文庫版六十九ページ一行目、某吹奏楽部員の台詞《せりふ》、「へえ。うちの猫も食べるかな」参照。

ヴァルプルギスの夜

当事者以外の者には意味がわからないようにする手段、またはそれによってつくられた文章のことを暗号という。ここでは推理小説のフィクションの世界のものではなく、世の中に実在する暗号について触れてみたい。

暗号の歴史は暗号開発者と暗号解読者の知恵比べの歴史でもあって、有名どころだと、紀元前のヒエログリフ、十六世紀のヴォイニッチ手稿、二十世紀の第二次世界大戦時にドイツ軍が使用したエニグマなどが挙げられる。わたしたちが住む日本でも、戦国時代に上《うえ》杉謙信《すぎけんしん》の軍師だった宇佐美定行《うさみさだゆき》が、上杉暗号となるものを開発している。お侍さんが数学の行列を駆使していたなんてびっくりしちゃうよね。

さて——実は音楽の世界でも暗号は実在する。

音楽暗号、もしくは五線譜の中の暗号と呼ばれるものだ。五線譜だからといって難解な特殊記号を覚える必要はまったくなく、音楽をやっていないひとでもわかる音名を暗号に使う。

単純だよ。

ド、レ、ミ、ファ、ソ、ラ、シってあるでしょ？

この七つの音名に対応するアルファベットを使うの。

ド＝C　レ＝D　ミ＝E　ファ＝F　ソ＝G　ラ＝A　シ♭＝B　シ＝H

こんな感じで、使用できる文字はAからHまでの八つという、実にシンプルな暗号表が完成する。

軽音楽やジャズの経験者なら、シの音はHじゃなくてBじゃないの？　と首を傾げるかもしれないが、それはアメリカ音名であって、オーケストラや吹奏楽では基本的にドイツ語に準じたドイツ音名を採用する。ドイツ音名といっても、ドイツ語と英語は同じアルファベットを使うので、難しくかまえる必要はない。

なんでドイツ語に準じるの？　ここ日本じゃん。なんでなんでー、と南高吹奏楽部で一番音楽に詳しい芹澤さんにしつこくたずねたところ、いきなり鼻をつままれて、「いいかよく聞け、このド素人が。医療用語がドイツ語で書かれている、パティシエのケーキのレシピがフランス語で書かれている、それらと同じように、オーケストラの音名は基本的にドイツ語だ」と怒られた。海の外から渡ってきた文化や技術は、なんでもかんでも日本語にすればいいというわけではないらしい。

なおシの半音下がった音――シの♭については、ドイツ語で「ベー」と発音するから、半音記号のついた音名の中でも特別にBと表記する。

ここまではオーケイ?

AからHまでの音楽暗号に、最初に命を吹き込んだのは、十八世紀の偉大な作曲家バッハだった。彼の晩年の未完の傑作『フーガの技法』には、「シ♭ラドシ」という半音を含む四音の重大なフレーズがある。彼の死後、「シ♭ラドシ」を解読すると、「BACH(バッハ)」になることを遺族が発見した。生前の作為か、神の啓示か――。この驚くべき事実は世界中に流布された。

おかげで十九世紀の作曲家たちが音楽暗号に魅入られることとなる。いってしまえば、自分が作曲した譜面に秘密のメッセージを入れてしまおう、と。

しかしAからHまでの八文字ではやっぱり足りない。

第一、母音はAとEのふたつしかないから、まともな文章はつくれないし、組み合わせできる単語もかなり限られてしまう。

あぁ、せめてもう一字あればなあ……とだれもが考えたんだと思う。

そこで新たに追加してしまった別の巨匠があらわれた。

ロマン派音楽を代表するひとり、ロベルト・シューマンだった。ミの♭はドイツ語で

「エス」と読むから、この際、ミの♭をSにしてしまおう、と彼は提唱した。英語でもドイツ語でもSを使う単語は多く、待ってましたとばかりに多くの賛同を得た。

シューマンは初期の傑作といわれる『謝肉祭』において、半音を含む三音の「ミ♭ドシ」と、半音を含む四音の「ラミ♭ドシ」のフレーズを楽譜の中でくり返し使用した。それぞれを解読すると、自分の名前の「SCH（シュ）」と、当時の婚約者の故郷の名前の「ASCH（アッシュ）」になる。譜面の中に自分の名前と婚約者の故郷を隠すなんて……ロマンチックすぎない？　でもロマン派だからいいんだよね。

〈新暗号表〉

ド＝C
レ＝D
ミ♭＝S
ミ＝E
ファ＝F
ソ＝G
ラ＝A
シ♭＝B
シ＝H

こうしてシューマンの手によって、Sの文字が追加されたのだ。ちなみに豆知識だけど、吹奏楽用語でE♭管をエス管と呼ぶのは、これが理由だったりします。

え？　もっと使える文字はないかって？

残念ながら、音楽暗号の進化はここでとまってしまうのです。

そもそも解読の前提となる音名は七つなのだ。

七つの音名に半音記号の♭や♯を付けたとしても、ドイツ語の発音の仕方で新たなアルファベットに変換できたものは、前述した通りミの♭とシの♭しかない。

もうどんなに頭をひねっても、ドレミファソラシ以外の新たな音名を発明しない限り、増やしようがなく、音楽暗号で使用できる文字は九つのまま数百年の時が経ってしまった。語弊のあるいい方かもしれないが、改変することはできても、十個目の文字を新たに追加できる者はだれもいなかった。

偉大な音楽家たちが築き上げた音楽暗号の系譜に、挑戦する者はあらわれないのか？

意外にも名乗りをあげたのは現代の日本人だった。彼は想像を絶する方法で、一文字を追加してしまったのです……

1

——するとお子さんは密室状態で襲われて亡くなったわけですね。

——なんとか犯人を捕まえてくれますか？

そんな不穏な会話がわたしの耳に入った。

下校途中、自転車に乗って信号待ちをしていたときのことだ。後ろをふり向いて見上げると公園があった。見上げたのは、公園が二段のつくりになっているからで、さっきの怪しい声は、自然石で土留めされた高いほうの敷地から聞こえてきた。

歩行者用信号が青になる。

横断歩道を渡りかけたところで、自転車のハンドルをくいっと曲げてUターンさせた。ペダルを漕《こ》いで公園の入口を目指す。

公園の敷地は鉤《かぎ》型のいびつな形で、大きなヒマラヤ杉が道に覆いかぶさるようにして葉を繁らせていた。濃い茂みが多く、死角が多いのも特徴だ。

自転車に鍵《かぎ》をかけ、通学鞄《かばん》とフルートケースを持って中に入った。

やぐら、すべり台、ロープネット渡りなどの木製遊具、昼間だったら木陰ができそうな場所に並ぶベンチ。それらのどれもが物寂しく目に映った。干上がった噴水の胴部には凝ったレリーフの彫刻があり、池の水は躍ることなく、汚れるまま放置されている。人気《ひとけ》がなく、しんと静まり返っていて、街の喧騒《けんそう》から完全に切り離されたような空間だ。

吹奏楽部の後輩の後藤さんたちがゴーストタウン公園と呼ぶだけはある。

存在を知っていても、通り過ぎるだけで、いままで足を踏み入れたことがなかった。

すこし前屈《まえかが》みになり、いつでもダッシュで逃げられる体勢を取りながら、公園の奥――道路から一段高い敷地を目指す。こんなときに、なぜか緊張感のない大きなあくびが出てしまう。毎朝六時起きで部活漬けの日々を送っていると、学校から解放された途端、固い結び目のようになっていた疲労が解《ほど》けて、抵抗できない眠気に襲われる瞬間があるのだ。

いけないいけない。気を引き締め直し、ログハウス風の古びた階段を慎重に上がっていく。そこで他校の男子生徒と鉢合わせになった。びっくりしたわたしは「きゃっ」と声をあげ、相手も「うわっ」と驚く。

「……南高の穂村さん？」

「……岩崎《いわさき》くん？」

まさか藤が咲高校吹奏楽部の部長とここで会うとは思わなかった。八月の東海大会以来なので三ヵ月ぶりだ。彼はわたしと同じ二年生で、ハンドボールから転向して高校から吹奏楽をはじめた経歴を持つ。噂では、ハンドボールを辞めたのは肘《ひじ》の疲労骨折が原因らしい。元スポーツマンらしく贅肉《ぜいにく》のない体形で、髪は短め、頬にわずかなニキビの跡を残している。

岩崎くんは巨大なそら豆に似たケースを背負っていた。担当楽器のユーフォニアムだ。高校からはじめた初心者にもかかわらず、その年の夏の大会で、百人を超える部員の中からコンクールメンバーに選ばれた。そこから部長まで上りつめたんだから、学校は違えど、同じ運動部からの転向組として尊敬してしまう。

本来の目的を思い出したわたしはつま先立ちして、彼の肩越しに視線を走らせる。小さめの広場に、屋根付きのベンチがあるだけだ。

「ねえ。ここにだれかいなかった？」

「え」岩崎くんは首を後ろにまわす。「……僕もさっき来たばかりですけど、だれもいませんでしたよ」

あのサスペンスドラマ調の会話を話すかどうか迷ったが、混乱させると思ってやめた。

「そう……」

「ホルンの上条くんを探しているんですか？」

「ハルタ？　なんで？」

「この公園から急いで出て行くところを見かけましたから」

眉《まゆ》を顰《ひそ》める。部活帰りにハルタがこの公園に寄っていたなんて、いったいなんの用だったんだろう……と思念にとらわれていたわたしの意識に、岩崎くんの声が届く。

「あの。前から聞こう聞こうと思っていたんですけど、ふたりは付き合っているんですか？」

「は？」

「すごくお似合いです」

「ないない！」全力で否定した。「ないわー、それ」顔の前で手のひらをうちわみたいに左右にふる。「ないどころか、武器屋で棍棒《こんぼう》が買えたら、ボコボコにしたいときがあるんです、ううう……」最後は両手で泣きそうになる顔を覆った。

「よ、よくわからないんですけど、僕の誤解なんですね？　そ、そうですよね？　すみません、変なことを聞いて。実はうちの部の後輩に上条くんのファンがたくさんいて、交際中の彼女がいるかどうか気にしているんです」

「ハルタは──」

「え？」

「いや、その」と口籠《くちご》もる。いまのわたしでは、この場にいない少数派のことを正しく伝えられる自信がまだなかった。「彼女は現在募集中じゃないみたいで……」

「そうだったんですか」

話題をハルタから変えたくて、「家、このあたりなの？」と、彼が背負うユーフォニアムのケースを見てたずねた。気になっていたのだ。十キロくらいはあるんじゃないかと思う。

「家は近くないですよ。今日は部活が休みだからスタジオで練習していたんです」

「──休み？」

藤が咲高校吹奏楽部は拘束が厳しいことで有名だった。そもそも学校自体がスポーツの強豪校で、全国レベルの部は、台風の日に暴風警報が発令されても休みの連絡はないという噂もある。中学時代にそれを経験したわたしにとってはリアルな話だ。

岩崎くんがユーフォニアムのケースを背負い直していった。「意外と金管を禁止しているところが多くて、直前の予約となると場所が限られるんです」

「もしかして地区会館のスタジオを使ったの？」

「よくわかりましたね」

「今日部屋がひとつ空いたこと、知ってるもん」

急な予約キャンセルを入れたのは、わたしの学校のアメリカ民謡クラブだ。略してアメ民。活動内容はハードロックとヘヴィメタル専門の演奏発表で、アメリカの民謡とはまったく関係ない。九月の文化祭以降、メンバーが吹奏楽部の部室に頻繁に出入りしている。

「スタジオでの練習が足りなかったから、帰り道にこの公園に寄ってみたんです。広さもちょうどいいし、静かだし……。でも、駄目なようでした」

「駄目ってなにが？」

こっちに来てください、と岩崎くんが説明のために案内してくれる。階段を下りて敷地を歩くと、公園のすぐ隣に昔ながらの家屋が並んで建っていて、緑色のネットが張り巡らされていた。わたしが来たときは薄暗くてよく見えなかったものだ。

そこには「大声禁止」「ボール遊び禁止」「鬼ごっこ禁止」などの手書き看板が掲げられ、挙げ句の果てには「赤ちゃんの泣き声禁止」とまであった。丁重に読み仮名まで大きくふっているので、漢字が読めない、という子供の言い訳は通用しそうもなかった。

深いため息がした。岩崎くんのものだった。

「最近では噴水の音や子供の声でさえ、それが迷惑だというひとがいたら、裁判で騒音認定されるらしいですよ。クレームをつけるのは団塊世代みたいですけど」

そりゃあエビが逃げ出すように、この公園にだれも近寄らなくなるわけだ。

ふと、緑色のネットの高い部分に黒いスピーカーがぶら下がっているのを見つける。

なんだろう、あれ……

隣の岩崎くんに聞こうにも、彼は気づいていない様子だ。まあ、とにかく、集会やデモのようで圧巻の光景に思えた。

「どこもこんな感じになっちゃったのかな」

「僕の学校の近くの公園は、なんとか共存を図っています」

「共存？　どうやって？」

「先輩たち——OBやOGの功績ですけど、藤が咲の吹奏楽部では、汚さない、とか、時間を守る、といったルールをつくって地域に申し入れているんです。吹奏楽の練習なので、はじめは高齢の住民に反対されましたが、演奏会を定期的に開いたり、笑顔で挨拶《あいさつ》をするようにしたり、すすんで清掃作業をして、いまはそれほどクレームがつかなくなりました」

わたしは素直に感動する。行動が立派なところだけではなく、そうやって練習場所を学校以外に確保している点もだ。さすが全国レベルは違う。普門館へのノアの箱舟に見えますよ。末席の小動物として、乗せてほしいくらいですよ。

「これから帰るの？」

「ええ。地区会館のバス停まで」

「市内に戻るなら小学校前のバス停がいいよ。ここから地区会館と同じくらいの距離で、ひと停留所ぶん料金がお得だから。付き合おうか？」

「いいんですか。助かります」

お安いご用だ。公園を出て、岩崎くんの隣でわたしは自転車を押して歩く。

工事現場だらけでアスファルトを敷き直す臭気が漂う県道は、夕闇が迫る海岸線の印象からだいぶかけ離れていた。道すがら、岩崎くんとは差し障りのない会話をする。その彼が思いきった様子で口を開いたのは、公園を出て十分くらい経ってからだった。

「南高の吹奏楽部に秘密兵器というか、コーチがついたみたいですね」

「情報早いなあ」

「うちの顧問から聞いたんです。山辺真琴さんでしたよね？　音楽家でもう亡くなられた山辺富士彦《ふじひこ》のお孫さんで、世界で通用した元天才ピアニストだとか」

そういって彼は鞄《かばん》の中から一冊の雑誌を取り出した。古いバックナンバーの「月刊ピアノ」で、付箋《ふせん》を貼ったページに山辺真琴のインタビュー記事が載っていた。写真は黒髪のゆるふわロングにワンピース、お嬢様のような出で立ちだ。この清楚《せいそ》な元天才ピアニストが空白期間を置いて、ムーミン谷から人里に下りてきた旅人のような姿に変貌《へんぼう》し、鍵盤《けんばん》ハーモニカ吹きになったなんていえなくなった。

「月刊ピアノ」のバックナンバーを持ち歩くなんて……と不思議に思って彼を見る。その半身が、車の眩《まばゆ》いヘッドライトの光に照らされた。

「実は今日、南高の近くまで行けば、山辺さんに会えるかもしれないって、心のどこかで期待していたんです」

「え。どうして？」

「あの、山辺さんは音楽に詳しい方ですよね」

音楽に詳しいだなんて、県内の強豪吹奏楽部の部長の台詞《せりふ》に違和感を覚える。岩崎くんは慌てて付け加えた。

「学問としての音楽です」

たぶん、と宙を睨《にら》みながら自転車を押して歩く。英才教育を受けたんだろうし、留学経験もあるだろうし、クラリネットのプロ志望の芹澤さんを手玉にとるくらいだから造詣《ぞうけい》は深い。

「一度お会いするには、どうすればよいでしょうか？」

「会う？」

「ええ。初対面で非常識なお願いかもしれませんが、相談したいことがあるんです」

「顧問の堺《さかい》先生じゃ駄目なの？」

「吹奏楽部の活動とは直接関係なくて、いま先生は忙しいですし、できればうちの学校関係者以外の方に相談したいんです。それで最初に思い浮かんだのが南高の草壁先生でした。でも、もう、とても迷惑はかけられません」

以前、堺先生が突然の謹慎になったとき、草壁先生が藤が咲高校吹奏楽部の臨時のコーチを引き受けたことがある。その結果、過労で倒れた。

わたしの声が一段低くなる。「それってコーチにも迷惑をかけるような相談？」

岩崎くんはぶるぶると首を横にふった。「いえ。お知恵を借りるだけです。まだわからないことだらけですし、変に解釈されて噂が広がるのは本意じゃなくて、その、なんというか……信じてください」

畏縮《いしゅく》した彼をじっと見つめる。初対面で非常識なお願い――と口にできるように、悪いひとじゃないのだ。かといって、わたしひとりで決められることではない。

「用があるなら伝えておくけど」

「本当ですか」

「伝えるだけだよ。断られても知らないからね」

一応わたしなりに仁義を切ったあとで、岩崎くんと携帯電話の番号を交換をした。

「日時はこっちが合わせます。山辺さんにこう伝えてもらえませんか？　解いていただきたい音楽暗号があるって」

おんがくあんごう？　普通の吹奏楽の活動をしている限り、まず聞くことがない単語だった。いろいろ想像をめぐらせてしまう。

「穂村さん、採譜《さいふ》ってわかりますか？」

話の流れで財布のことじゃないな、とすぐわかる。「音を耳で聴いて、音名をあてていくやつでしょ」

「そうです。暗号とは、採譜なんです。いま、うちの部の精鋭メンバーで取り組んでいますが、どうしても解けなくて」

面妖《めんよう》な話の展開になってきたので、停留所に着いたわたしは懐疑的になる。道路の先から、見覚えのある行先表示板と車幅灯をともす大型車が近づいてきた。

「あ……バスだよ。ほら、バスがきたよ」

「もし山辺さんが乗り気でなかったら、こうも伝えてください。暗号にはタイトルがついているって」

路線バスが到着し、プシューという空気が抜けたような音とともに前部のドアが開く。乗り込んだ岩崎くんが暗号のタイトルを早口でいった。

「――え、え？　悪《わる》キリギリス？」

「『ウ』に濁点の、『ヴァルプルギスの夜』です」

ドアが自動でバタンと閉まり、岩崎くんが何度も頭を下げている。

去っていく路線バスを見送りながら、わたしは忘れないよう何度も復唱した。

2

翌日の放課後。掃除当番だったわたしは、すこし遅れて吹奏楽部の部室に到着した。

部室は音楽準備室の隣にある空き教室を使っていた。壁にはコンクールの記念のポスターをびっしり貼り、部室の半分以上のスペースを割いて、音楽準備室に入りきらない楽器や楽譜の詰まった段ボール箱を、ステンレスラックに整頓《せいとん》して置いている。

ふたつ並べた長机では部長のマレンと副部長の成島さんが今日の練習メニューを決めていた。バストロンボーンの後藤さんをはじめとする一年生の金管奏者は、部室の隅のほうでマウスピースのみで音を出すバジングをしている。

部室にいないメンバーは音楽室や他の空き教室でウォームアップ・チューニングを行っている様子だった。隣の音楽準備室からは、打楽器のカイユのタタタタ、タタタタ……と正確なリズムピッチを刻む音が響く。

三年生が引退して、現在の部員は二十二人。

去年の春は五人だったから、ずいぶん賑《にぎ》やかになった。

荷物を置いてケースからフルートを取り出したわたしは、成島さんの肩を後ろから指でちょんちょんと突《つつ》く。「今日、山辺コーチが来る日だったよね？」

成島さんがわたしをふり仰ぐ姿勢になり、「さっき、合唱部に連れて行かれたわよ」

「また？」

「すぐ戻ってくると思うけど……」

なぜか山辺コーチは合唱部の面々に人気がある。正確には、一台三千円くらいの鍵盤ハーモニカが合唱部の中で急速な普及を見せていた。合唱は吹奏楽と似ている。スタッカート、レガート、テヌート、マルカートなどの音の使い方、フレーズ感、ブレスの位置や処理の仕方などを確認する必要があり、鍵盤ハーモニカがパート練習での音取りに最適らしい。それに持ち運びも楽だから、なんと、ピアノやオルガンのない野外での練習も可能になる。合唱部員にとって画期的な発見だった。

成島さんが小さく咳払《せきばら》いをして、「コーチのおかげで合唱部と揉《も》めずに、この時間に音楽室を優先的に使わせてもらえるようになったんだから感謝しないと」

「うん」

わたしはフルートを持ち直してうなずく。夏のコンクールが終わってから、ウォームアップに基礎合奏を行うメニューが定着してきた。やりたい曲だけ個々に練習しても、技術や音色の向上はいっこうに望めない。メンバー全員で見られるよう指揮者の棒の高さにメトロノームをセットし、テンポ六十でブレスとロングトーンの練習、それからテンポを上げながら金管のリップスラーに合わせて木管の全階スケール、アンブシュア、半音階が基本的な流れだ。「惰性でやるならやめたほうがいい」と、クラリネットの芹澤さんが厳しくいうので、内容のバリエーションを日々変えている。少人数ならではのバンドとしてのまとまりを、もっとよくさせようと心掛けていた。

少人数バンド……

長机の上に、来年四月までの練習スケジュール表があった。部長のマレンが頭を悩ませている表だ。

マレンだけではない。二年生のわたしもハルタも成島さんも、卒業するまでにこのメンバーで、全日本吹奏楽コンクールの大編成であるA部門にエントリーしたいと思っている。思っているが、だんだん口に出せなくなっていた。

吹奏楽部に籍を置く生徒にとって、A部門は特別な存在だ。A部門と、その他の部門には大きな隔たりがあって、語弊を恐れずに喩《たと》えていうなら、アメリカのプロ野球のメジャーとマイナーくらいの差がある。A部門に出場しなければ、ルール上ほぼ全国大会はないのだ。

現実は厳しい。

五十五名の上限いっぱいで出場する強豪校とタメを張るには、二十二名では話にならない。

共通の課題曲が大編成を前提にしたスコアになり、原則として指定された楽器編成に従わなければならないからだ。南高吹奏楽部にはレベルの高い奏者が揃っているけど、巨大な音のかたまりで勝負するA部門ではほとんど通用しない。強豪校のトランペットの出だしなんかは、客席の後方の壁に跳ね返って聞こえてくるほどだ。はじめて会場をおとずれるひとはまずびっくりする。

なによりA部門の課題曲が発表されるのが前年の夏で、楽譜やCD、DVD、資料メディアが一月くらいに発売される。課題曲は五曲あって、その中から一曲を選ぶ。強豪校は早ければ二月に課題曲を決めて練習を開始する。

部員増のあてが来年の新入生頼みの南高吹奏楽部では、大幅な遅れをとってしまうのだ。ただエントリーすることと、夢に実現性を持たせることは別だ。

無謀と勇敢は違う。妥協と慎重も違う。現状のメンバーのままでは、どんなに頑張っても越えられない壁がある。

南高の四月までの練習スケジュール表を見つめていると、胸の中でチリチリとなにかが焦げる音がした。

成島さんがなにかいいたげな表情で顔を上げる。目が合った。自分でも不思議だけど、こんなときこそ暗くなっちゃ駄目だという思いが湧いてくる。新しいフルートはあきらめたけど、こっちはまだしぶとくあきらめていないのだから。

「やってやれないことはない」

わたしは口にする。成島さんの形のいい眉《まゆ》がかすかに上がり、ひと呼吸置いたあと、

「やらずにできるわけがない」

と微笑んで返した。

「チューニングしてくるね」

「今日は四時半に音楽室に集合よ」

「うん。気合入れていこう」

部室の隅にいる後藤さんたちにも聞こえる声でいった。いまのわたしたち、ちょっと恰《かっ》好《こ》いい。

フルートのチューニングは無駄だとアドバイスをするひとがいるけど、わたしにとっては楽器と自分の身体を慣らすための大切な儀式だ。

部室の引き戸に手をかけたとき、外から勢いよく開け放たれ、慌ただしく中に入ってきた男子生徒四人と正面からぶつかった。跳ね飛ばされたわたしは背中から床に倒れ、フルートはなんとか死守したが、ゴツンと派手に後頭部を打つ。

すみません、すみません、と必死に謝る男子生徒四人の輪郭がぼやけて見えた。彼らがだれなのかまだよくわからない。椅子から立ち上がった成島さんが駆けつけてきて、

「穂村さん、だいじょうぶ?」

「あ、頭が……」

わたしの首をやさしく抱き起こす成島さんが、人差し指と中指の二本を立てた。

「これ、何本に見える?」

「ピース……」

成島さんはきっと男子生徒四人を見上げ、

「バカボン理論で偏差値が三十まで下がったらどうするのよ!」

と怒鳴っている。最初に会ったときから性格がずいぶん明るくなりましたよね。ところでわたしってそんなに輪をかけてバカになるんですか。

わたしと衝突した彼らがぺこぺこと頭を下げている。よく見ると、清春《きよはる》くんをはじめとするアメ民の四人、杉本《すぎもと》くん、横田《よこた》くん、長澤《ながさわ》くんだった。

「あら。今日はなんの用?」

成島さんが立ち上がり、首の支えを失ったわたしはゴンと後頭部を床に再びぶつけた。なんだなんだ、という感じで後藤さんたちが集まってくる。

「副部長、なんの用とはひどいな」

彼らのひとり、清春くんが代表して一歩前に出た。色白で身体の線が細く、短めの髪を後ろに流すように整髪料でセットし、着崩した学生服の下から見え隠れするインナーがきまっていた。

「ひどいって？」と唇に手の先を当てる成島さん。「そっちは人数に入れてないかもしれないけど、僕たちは籍を置いているんですよ。そろそろ基礎合奏に交ぜてほしい」

成島さんは目を大きく見開き、うそでしょ、といった顔つきのまま、清春くんたちをまじまじと見つめる。

彼らについて説明が必要だ。アメ民は三年生が引退したことで、二年生が四人だけの部活になった。南高のクラブ活動は五人以上の在籍が必要で、このままでは存続を認められなくなり、ただでさえすくない予算はカット、部室まで取り上げられる可能性があった。

そこで草壁先生の提案で吹奏楽部から二名、ハルタとカイユがアメ民に籍だけ置く形をとった。南高は兼部がオッケーなのだ。

アメ民の四人は義理堅く、バーターという形で吹奏楽部に籍を置いた。最初は形だけのつもりだったけど、彼らは部室にまめに顔を出すようになった。ヘヴィメタルを極めるには様式美が重要らしく、熱心にスコアを眺めたり練習曲のクラシックCDを借りていた。

そんな彼らに草壁先生は、「どうだい？」と中古の楽器を与えた。それは南高吹奏楽部のOGやOBから譲り受けたものだった。実は草壁先生と元部長の片桐《かたぎり》先輩は夏の三回の大会のたびに手書きの招待状を送っていた。でないと十数万円はする思い入れのある大切な楽器を、たとえ卒業生だからといって見ず知らずの在校生に譲ったりはしない。

そういった背景で、清春くんはフルート、杉本くんはユーフォニアム、横田くんはホルン、そしてバンドでドラムだった長澤くんは打楽器の練習をこそこそはじめていた……と、わたしが知っているのはそこまでだった。

基礎合奏に交ぜてほしい、という清春くんの発言に、成島さんは大袈裟《おおげさ》に手を横にふっている。

「無理に私たちに合わせなくていいから。ね？」

「最初から無理なんかしてませんよ」

「だって」

「いまの吹奏楽部の窮状を知って形だけ在籍するのは失礼じゃないですか。吹奏楽部だって、三年生が引退して結構寂しくなったんでしょう？」

正直な成島さんはすこしうつむいて口を閉じる。

よく通る爽《さわ》やかな声で、清春くんはつづけた。

「ヘヴィメタルバンドは高校を卒業してもこのメンバーでつづけるつもりだし、僕たちが助太刀に入ってコンクールの上位大会に進めば、アメ民の活動実績にするって教頭先生が約束してくれたんです。今後のアメ民に大きな箔《はく》がつく」

成島さんの肩がピクリと動く。同情を拒むように、眉間《みけん》に険しさが刻まれる。

「……簡単にいうわね？」

「じゃあ本音をいいます。僕たちの代で吹奏楽部と縁をつないでおけば、部員の減少をたどっていくアメ民はこれから先、生き残れます」

「片手間でできるほど甘いものじゃないのよ」

「甘い？」意味のわからない表情を清春くんはしている。

「二兎《にと》を追うものは一兎をも得ずっていうじゃない」

「それはウサギを追おうとするから油断するんだよ。ライオンを追うつもりで必死になればいい」

とんでもない喩えを平気で口にする清春くんに、成島さんはしばらく唖然《あぜん》としていた。やがてぷっと噴き出すと、身体を折り曲げてそれはとまらなくなり、人差し指で目尻《めじり》を擦《こす》る。

「あはは。相手がライオンなら、しょうがないよね」

「生け捕りにしてみせますよ」

アメ民の四人はうそぶいて部室の中に堂々と入り、手を叩《たた》いてはしゃぐ後藤さんたちに迎え入れられた。そんな彼らの背中に向かって、成島さんは小声でいう。

「いつだって逃げていいんだからね……」

清春くんの耳に届いたようで、彼は立ちどまってふり向く。

「副部長だって、僕たちだって、あとがないじゃないですか。悔いがないよう、ここはみんなで踏ん張って道を切り開きましょうよ」

成島さんは完全に吹っ切れたような顔になった。うん、とこくりとうなずく。

長机の椅子に座る部長のマレンは、ペンを持つ手をとめて一部始終を黙って見守っていた。完全に蚊帳《かや》の外に放り出されたわたしは後頭部をさすって彼に近づく。

「マレンは知ってたの？」

「ああ。上条くんから聞いていた」

「いいの？」

「いいもなにも、僕も成島さんも、上条くんに声をかけられるまで、いろいろなものをなくしたり壊したりしていた」

他にもなにかいいたげに、マレンはわたしを見つめる。

「え？　な、なに？」

「やっぱり仲間と一緒に楽しくやる吹奏楽が好きだな。もちろん、目標は高いほうがいい」

「だよねー。まずはA部門のエントリーかあ」

わたしはフルートを持ったまま、すこし伸びをする。

「来年はアンコン（アンサンブルコンテストの略）もあるよ」

「武者震いがするねえ」

マレンは椅子を引いて立ちあがり、サックスのストラップを肩にまわした。わたしはちょっと目を動かしてから、声の調子を変えてたずねてみる。

「で、ハルタはどこ？」

「で、か」マレンはにやにや笑う。「上条くんならいま頃、屋上の階段室の隣の教室にいるんじゃないかな」

「サンキュ」

チューニングをソッコーで終わらせたら顔を出そうかな、と軽やかな足取りで部室から出て行った。穂村先輩は超合金でできているんですか、と後藤さんたちの声がしたけど、気にしませんよ。


屋上につづく階段室の隣に、倉庫代わりにあてがわれた教室がある。備品の入った段ボール箱や、未使用の机、椅子が積み上げられていて、昼休みなどにハルタが仮眠を取るのに利用する場所だった。

そこから、ふたりで短いフレーズを淡々と吹き合う楽器の音が聞こえた。

ハルタの他にだれかいる。

ホルンとクラリネット……

「僕もだ」

リズミカルで舞台のショートコントを彷彿《ほうふつ》させる軽妙さがあった。

教室の後ろの扉が開いていたので、スリッパ（南高は上履きではなく、学年ごとに色が違うスリッパなのです）の音を立てずに近づき、様子をうかがってみる。

やっぱりハルタと一緒にいるのは芹澤さんだった。クラリネットのプロ奏者を目指す同級生で、今年の九月、吹奏楽部に入部してくれた。

ふたりは交互にフレーズを受け渡していた。そのとき上半身で合図を送っている。傍《はた》から観察すると、いろいろはっきり見分けられて、ああすればいいんだと参考になった。

演奏は芹澤さんが打ち切る形で終わり、彼女は教室の壁掛け時計に向けて顎《あご》をしゃくる。そろそろ音楽室に集まる時間だった。ハルタはペットボトルの蓋《ふた》を開け、生ぬるそうな水道水を喉《のど》に流し込み、唇を手の甲で拭《ぬぐ》っている。

中に入っていいタイミングかな、と思ったとき、芹澤さんがハルタに向かって口を開いた。

「上条くん……」

「なに？」

「アンコンの練習で穂村さんの駄目出し、多くない？」

「そう？」

「あんた、彼女のことになると厳しくなるわよ」

「フォローはしてるけど」

「どこが？　あんたみたいな実力者――虎や熊が大きな手で、元気出しなよ、って女の子の肩をぽんと叩いても、叩かれたほうは血まみれになって倒れるのよ」

「…………」

「普通なら心が折れる」

「折れたの？」

「この間、『わたしを励ましてくれる言葉だけを覚えたオウムと一緒に無人島へ行きたい』ってこぼしてた」

「それだけいえれば、まだだいじょうぶだよ。全然こたえてない」

全然こたえていないわたしは、ふたりの前に顔を出しにくくなった。まわれ右して、こそこそと退散しようとする。

背後でハルタの長いため息が聞こえた。溜《た》めていた膿《うみ》を、一気に吐き出すかのようだったので、わたしは首をまわす。空き教室でのふたりの会話はまだつづいていた。

「あのさ、失敗からいろんなことを学ぶとかいうじゃないか。失敗は成功の元とか。ぼくは違うと思うんだよな」

「違う？」

「そんなことといったら世の中成功者だらけじゃないか」

芹澤さんの苦笑に似た笑い声が響く。「遠まわしに穂村さん批判？」

「そうともいえるし、いえないともいえる」

「あーあ。そういうところが駄目なんだよなあ」

「え」ハルタが戸惑う様子だった。

「穂村さんの敵討ちのつもりで、あんたに駄目出ししていい？　音楽家の卵をいっぱい見てきたから、聞く価値あるわよ」

「……ああ」

「あんたのように器用で、なんでもこなせるひとは頭がいいぶん、将来を見通しちゃう能力があるのよ。自分の能力の限界値を早めに決めちゃうから、すぐ見切りをつける。私のピアノの先生がいってたけど、そういう考え方は危ない」

「ぼくが？」

「聞いたわよ。東海大会の発表のあとで、あんただけ『もう無理だ』的な発言をしたんでしょ」

「…………」

「私は自分の未来のことを考えないくらいのバカになりたい。そう決めた」

「…………」

「伸びしろがなくなりそうなあんたに必要なのは穂村さんよ。アンコンのメンバーにあの娘が入ったこと、理解したほうがいい。先生やコーチに感謝することね」

「………ぼくは……」

ど、どどど、どうしよう。話がよくわからなくて、頭の中が混乱した。気軽に立ち聞きする内容じゃなかった。

音楽室に向かって逃げるように走ると、階段のそばでまただれかとぶつかった。「きゃっ」とお互い叫び、尻《しり》もちをつく。今度の相手は山辺コーチだった。いけない。わたしは慌てて立ちあがり、彼女に肩を貸す。

「コーチ、お怪我はありませんか？」

「……ん？　その声は穂村？」

「はい」

「あのねえ、あなた、いつか車に轢《ひ》かれるわよ」

だいじょうぶそうでほっとした。それからすぐに「すみません……」と、しおれた花のように首を垂れる。本日二度目で、ぐうの音も出ない。そういえば昨日も、同じ感じで、だれかと鉢合わせになってぶつかりかけた気がする。

藤が咲高の岩崎くんの顔を思い浮かべた。

「あの、コーチ」

「なに？」彼女は服をはたき、分厚い丸眼鏡を装着した。本人はあまりかけたがらないが、これですこしはマシになるらしい。

「練習が終わったら、相談したいことがあるんですが」

「相談？　いいよ。今日は信二郎が来られないし、練習が終わったあと、まともに口が利けたらの話だけど」

「え」

「最近思うことがたくさんあってね。全員泣かすスパルタコースでいくから、よろしく」

わたしはごくっと唾《つば》を飲む。アメ民の四人、だいじょうぶなのだろうか。

空き教室のほうから、「あ、穂村さん」、「チカちゃん、そんなところでなにしてるの？」と、芹澤さんとハルタがやってきた。

3

午後七時に練習が終わった。閉め切った音楽室の窓が部員たちの熱気で曇り、そこから暗い空が透けて見えた。成島さんはぐすっと鼻を啜《すす》り、アメ民の四人に至っては、「恰好つけなきゃよかった」と折り重なるようにぐったりしている。みんな額に玉の汗を浮かべ、口腔《こうこう》内が乾ききり、一年生の後藤さんはどんなに強くトロンボーンに息を吹き込んでも、ふーという気の抜けた音しか出せなくなっていた。

よろよろとマウスピースを洗いにいく部員、唾液《だえき》で汚れた床をモップで掃除する部員、帰り支度をはじめた部員の足音が乱れる中、「金管がまだ弱いなあ……」と、山辺コーチが首をひねっていた。全員泣かすといいつつも、一生懸命やっている部員を潰《つぶ》すような真似はしていない。

「コーチ!」〈まだ体力が余って口が利ける部員①〉のわたしは抱きつく勢いで声をかけた。

「穂村か。このあとランニングでもできそうだな」

「土日の練習に比べれば平気ですよ。中学時代はもっとひどかったですし……。それより相談があって」

「部活動のこと?」

「いえ」

「じゃあ思春期の悩みと、恋愛と、勉強以外でお願い」

なにが残るんだ、と思いつつ、昨日、藤が咲高の岩崎くんから受けた相談を順序立てて話そうとした。

ストップと、山辺コーチが小声で遮り、手招いて、わたしの耳元でささやく。「結果、理由、経過の順で。まだここに後輩もいるんだし、マレンを見習いなさい」

頭をひねりながら説明し直した。

「……音楽暗号?」案の定、山辺コーチは胡散《うさん》臭そうに表情を曇らせる。

わたしの伝え方がマズかったのかとひやひやした。両手の指先をつけ合わせながら、

「その、岩崎くんが、すごく困ってるみたいで……」

「音楽暗号というと、音楽史において限られるわよ。たぶんバッハの『フーガの技法』に隠された署名のことだと思うけど」

「すごい。話を聞いただけでわかっちゃうんですか？」

「『フーガの技法』の署名くらいなら、うちの芹澤でもわかるよ。おーい、芹澤」

〈まだ体力が余って口が利ける部員②〉の芹澤さんがやってきた。物事の切り替えが早いというか、すでに帰り支度を済ませ、楽器ケースと鞄《かばん》を提げている。山辺コーチがわたしの話を手短に説明した。要点を押さえた喋《しゃべ》り方に、自分もいつかこういう姿を後藤さんたちに見せてあげられるのだろうか、と思った。

「音名にアルファベットをあてて、譜面に自分の名前や恋人の故郷を残した古典的なやつですか？」と、芹澤さんがたずねると、「そう。バッハの場合は意識的にやったかどうかはわからないけど」と、山辺コーチがうなずいている。

芹澤さんが小首を傾げた。「譜面から目で読み取るんじゃなくて、耳で聴いて文字に置き換えるんですか？」

「そうみたい」と山辺コーチ。

「コンクールで争う敵のくせに、そんなことでわざわざコーチの力を借りようとしている

んですか？」

時折過激な一面を見せる芹澤さんが不満をあらわにしたので、わたしは彼女の腕を引いてなだめる。

「……ねえ、そんなことって、簡単なの？」

「だってオクターブは関係ないから、九文字しかないのよ」

「九文字？」

「残り二文字はミ♭のSと、シ♭のB。吹奏楽用語でエス（S）管とか、ベー（B）の音を出して、とかいうでしょう」

「あ。そうか」単調なメロディを聴いて、音名に対応する九文字のアルファベットを当てはめていく作業を想像した。ド、レ、ミ、ファ、ソ、ラ、シの音の違いくらいなら、いまのわたしでもなんとかわかる気がする。ミ♭とシ♭に関しては自信がないけど。

「簡単じゃないんだよ、たぶん」

わたしたちの会話に割って入る男子部員があらわれた。〈まだ体力が余って口が利ける部員③〉のハルタだ。洗い終わったホルンのマウスピースをハンカチで拭《ふ》いている。

「聞いていたの？」と芹澤さん。

「チカちゃんの声が大きいんだよ」そんなに声が大きかったかな、と思ったけど、彼はかまわずつづける。「藤が咲高の精鋭メンバーでも解けなかったんでしょ？」

いわれて芹澤さんは頰に手を当てた。「……そういえばそうね。あそこくらいの大所帯なら、音感のいい部員がいそうなのに」

「気になるのはそこ」山辺コーチが話を引き取った。「穂村が持ち込んでくる相談って、なんかややこしいというか、厄介な気がするんだよね。うーん、どうしようかなー」

彼女が腕組みし、難しい顔で悩んでいるので、「や、厄介？」と、わたしの胃のあたりがきゅっと縮まる。

「呪いのフルートの話、忘れた？」

「素敵なフルートでしたよね！」笑顔をつくってコンマ五秒で返してみた。

「まあ、あの件は置いておいて、岩崎という藤が咲高吹奏楽部の部長があたしに会いたいといった。それは別にいいの。岩崎は個人的なつもりかもしれないけど、こっちとしては向こうの顧問を通したいわけよ」

岩崎くんはそれができないから古いバックナンバーの「月刊ピアノ」を持って、山辺コーチと会えるかどうかわからないのに、南高の近くまでおとずれたのだ。

山辺コーチがいった。「顧問に相談しない理由が『先生が忙しいから』でしょ？」

「そ、それは、吹奏楽部の活動とは関係ないからで……」

「穂村はいま、あたしに相談してくれているじゃない」

「あ」

「普門館常連校があり得ないよ。楽団員のときに経験したけど、職制を無視した行動って、積もれば、組織崩壊のサインだったりするわけだし」

そういえば昨日、平日なのに藤が咲高吹奏楽部は休みだった。それと関係あるのだろうか？

もしかしてわたし、すごく面倒な事態のパスを彼から受け取ってしまったの？

「ちょっと考えさせて」

山辺コーチが細く息を吐き、ショートヘアの髪を掻《か》いて黙りこくる。話しかけないで、という雰囲気にとれた。

わたしがしょぼんと膝《ひざ》を折って落ち込むと、「ドンマイ、ドンマイ」と、一緒にしゃがみ込む芹澤さんが慰めてくれて、ハルタも向かい合わせに座る。「ところでチカちゃん。あの公園にいたんだったら、声をかけてくれればよかったのに」

記憶の場面がよみがえる。

――するとお子さんは密室状態で襲われて亡くなったわけですね。

――なんとか犯人を捕まえてくれますか？

テレビドラマの中でしか聞けないような、物騒な会話のことをハルタに話してみた。

「それ、ぼくだよ」

「ぼく？」

「だからぼく」

「はあ……」

「あの公園で練習するのはやめたほうがいいよ。つい最近まで、夜遅くになると中学生の不良の溜《た》まり場になっていたから」

「つい最近？」

「いまは近寄らなくなった。それはそれで問題なんだけど」

敷地の境界のネットに掲げられた、「ボール遊び禁止」や「大声禁止」の手書き看板を思い出した。「赤ちゃんの泣き声禁止」まであったから、確かにあれらはやり過ぎの気がする。いつからあんな状態になったんだろう……

いやいや待て待て。放っておくと満足な説明のないまま話が進んでしまうぞ。わたしがまっさきにいいたかったことを、芹澤さんが頼もしく代弁してくれた。

「一番の問題はあんたの発言よ。お子さんが密室状態で襲われて亡くなった？」そうだぞうだ、とわたしは心の中で思う。「いつから高校生刑事《デカ》になったの？　ホルンに桜の代紋が隠されているわけ？　顔洗って出直してこいや」いや、そこまでは。

「こっちは真面目なんだって」

「あのとき、いったいだれと話してたの？」わたしはたずねてみる。

「行きつけの深夜スーパーでレジ打ちしている主婦。賞味期限切れのお総菜をたまに分けてくれるんだよ」

なんとも所帯じみたネットワークをお持ちで……と、ある意味感心した。

「昨日の学校帰りにたまたま会って、場所を移して世間話をしているうちに、犯人を捕まえる気になったんだ。密室状態でお子さんが襲われたのは本当だよ」

芹澤さんが苛立《いらだ》たしそうに、「密室だなんて、探偵小説や推理漫画のトリックでしょ。現実にあるわけないのに」

「密室は日常でも起こり得ることだよ。つくろうと思えば、子供でも老人でも病人でもすぐにできる。試しに、いまここで密室を完成させてみようか？」

密室を、いま、ここですぐ？

できるの？

ハルタはホルンのマウスピースをハンカチで包んでポケットにしまい、わたしたちの目の前になにかを突き出す。それは彼の両手だった。重ね合わせた両手が、空気を包み込む形になっていた。意表をつかれたわたしたちは顔を上げる。

「ほら。この掌《てのひら》の中に密室があるだろう？　『お子さん』は両手の中に収まるハムスターの子供のことなんだ」

山辺コーチが真剣に悩む傍らで、ハルタが鼻を膨らませて熱心に語り出した。

「知り合いの主婦をAとしようか。主婦Aには六歳の娘がいて、その娘のためにパート仲間からもらったハムスターの子供を、両手で大切に包んで持ち運んでいたんだ。時間は夜の十時頃。娘が起きたらびっくりさせるつもりだったらしい。パート仲間の家と、主婦Aの家の間には、あの公園があって、ショートカットで横切った。いい？　そこで事件が起きたんだよ」

ここまでは我慢して聞いた。わたしと芹澤さんは無言でうなずき合い、髪留めの輪ゴムを取り出して、ハルタの額目がけてぴんと飛ばす。

「痛っ。なにすんだよ」

芹澤さんが心底呆《あき》れ果てた声で、「話が横道に逸《そ》れるどころか、横転しているわよ」

「そう？　吹奏楽の活動と関係なくもないけど」

「え」と反応するわたし。

「主婦Aの母親にあたるひとが、自治会連合会の会長なんだよ。ひょっとしたら今回の事件を機に、知り合いになれるかもしれない」

あくまで芹澤さんは喧嘩《けんか》腰《ごし》で、鼻息が荒い。「知り合いになって、どうするのよ」

「チカちゃん。あの公園の別の異常さ、気づいたでしょ？」

話をふられたわたしはこくりとうなずく。横で芹澤さんが説明を求める目をしたので、かいつまんで話した。案の定、彼女は思いっきり眉《まゆ》を顰《ひそ》める。

「それじゃあ、お年寄りのための公園じゃない」

「どこもそうだよ。もう公園で子供は遊べなくなったというし、吹奏楽の練習なんて論外」そういってハルタは山辺コーチのほうをちらっと見て、「ぼくらは音楽室の確保ひとつで、コーチに苦労させているじゃないか。合唱部のこともあるし、来年は後輩をたくさん入れたいし……」

座った状態のまま芹澤さんがハルタに詰め寄る。

「もしかして町中の公園を自由に使えるようにしたいの？」

「大それたことは考えてないよ。一ヵ所でいい。いつかそうなったらいいなと思って」

「自治会なんたらの会長を味方につけて、町のお年寄りたちと闘うつもり？」

「まさか」

と、ハルタは首を横にふり、こたえた。

「顔見知りになるところからはじめる。二年先、三年先のことを考えて」

芹澤さんの目が大きく開き、瞬《まばた》きを何度もくり返している。わたしは……。公園で岩崎くんから聞いた藤が咲高吹奏楽部のＯＢやＯＧの話を思い出していた。静かに真面目に話すハルタの顔を見て、胸の奥が熱くも、痛くもなり、このバカ……と思った。卒業したあとのことをいまから考えてどうするのよ。

「わたしも手伝う」

「え」芹澤さんがふり向く。

「手伝う。手伝うから、その代わり、いま、二年先だなんていわないで」

「ちょ、穂村さん……」

間隔を置いて、長く息を吐く音がした。口を結んだハルタのものだった。ふと暗い目をして、声もなく笑う。「こういうところがぼくの駄目なところか」

気詰まりな沈黙が彼のもとに落ちた。ハルタ、駄目じゃないよ。ちゃんといってあげようとしたとき、

「悪い意味で上条は頭がいいのよ。信二郎が心配するほどに。まったく呆れちゃうって」

三人の会話に加わる声があった。山辺コーチで、いつの間にかこっちを向いている。

「面白そうな話ね。あたしもちょっと交ざろうかな」

「コーチ」ハルタが当惑の表情を見せた。

「くだらないけど、密室殺人……いや、密室殺ハムスター事件を解かないと、上条は上条で前に進めないでしょ」

「くだらなすぎて、怒らないんですか？」

「世の中には刻苦勉励という言葉もあれば、急がばまわれ、もあるわけよ。寄り道がかえって財産になることもあるからさ。ほら、ほら、つづけて」

「え、ええ」山辺コーチに背中を押される形で調子を取り戻したハルタが、早口で説明を

再開する。「ハムスターの子供は、主婦Aの掌の中の密室で何者かに襲われたんです。突然苦しみ出して、明らかにおかしいと思える暴れ方をしました。事前に毒を食べたわけではありません。きつく両手で包み込みすぎて、窒息させたり怪我をさせた可能性はナシでお願いします。それとハムスターの子供の体調は悪くなかった。一番元気のいい個体をもらったんですから」

ハルタは掌でつくった密室をもう一度、わたしと芹澤さんに見せてくれた。ふたりで頬をくっつけるようにして、彼の手をくまなく観察する。空気穴といえる隙間は指の間に空いている。だけどわずかだ。

山辺コーチの声がした。

「ハムスターの子供が掌の中で苦しみ出すまで、主婦Aは異変を感じなかったの？」

「まったく気づかなかったそうです。あと、運んでいる間はだれとも会っていません」

「状況としては本格的ね」

「そういっていただければ」

確かに……とわたしと芹澤さんは固唾《かたず》を呑《の》んで聞き入る。

「ハムスターの子供は、それからどうなったの？」

「突然のことでしたので、主婦Aの気が動転しました。その結果、躓《つまず》いて転んだんです」

「転んだ？」

「ええ。ハムスターの子供が、ぽーんと高く放り出されて、その結果残念なことに……」

そういって彼は、胸の前で合掌する。

「犯人は主婦Aじゃないの！」

当然というか、芹澤さんが怒り出した。

「まあ落ち着いてよ。きっかけをつくったのは主婦Aじゃないんだ。何者かが、掌の密室の中で、凶器を使ったことは間違いない」

「ねえねえ。で、上条はどこまでわかっているの？」

山辺コーチの好奇心の強さを尊敬する。

「半々といったところです。まだはっきりした確証はありませんが」

「目の悪いあたしじゃ解けない謎？」

「それは」ハルタはなにかをいい淀《よど》み、再び掌で密室をつくって視線を落とす。「たぶん、コーチには凶器の存在がわからないと思います」

「そう。残念」山辺コーチの陶器のような細い指がハルタの手を探り当てる。「掌の中の密室か。大昔のひとは両手を包み込む形にして、組んだ親指の隙間からのぞくことで自分だけの夜をつくったっていうわね」

夜——

その言葉が連想するものに、わたしの背筋が伸びる。

「どうしたの、チカちゃん？」

「夜って言葉を聞いて、大事なことを思い出した。コーチ、さっきの岩崎くんの音楽暗号にはタイトルがついているんです」急いで鞄《かばん》を引き寄せ、中から生徒手帳を取り出した。ページをぱらぱらとめくってメモ書きを探す。

「思わぬところで話が戻ったわね……」

山辺コーチがいささか驚いた表情でいい、わたしは縮こまって「すみません。話の腰、折りました？」と上目遣いになる。

「ぼくは構わないけど」ハルタがいう。

「早く教えて」山辺コーチが先を促す。

「あった。音楽暗号のタイトルは『ヴァルプルギスの夜』」

ハルタと芹澤さんは顔を見合わせた。聞いたことのない名前のようだ。

ふうん、と山辺コーチは深く考え込む仕草で鼻梁《びりょう》をなぞっている。

「ヴァルプルギスの夜なら、ドイツの留学時代に聞いたことがあるわよ。中欧や北欧で広く行われる祝祭のことだけど」

祝祭……。なんのお祭りだろう。

山辺コーチはなにか思うところがあるように片手で口元を覆った。やがてその手が動き、ゆっくり顔をあげてから声を発した。

「気になるわね」

「え」

「密室殺ハムスター事件は上条に任せるとして、こっちはこっちで岩崎という部長に貸しをつくっておこうかな」

「……ということは？」わたしは期待を込めてつづきの言葉を待つ。

「いいよ。岩崎と会ってあげる」

やったあ、と小学生みたいに喜ぶ声をあげてしまい、山辺コーチの苦笑いを誘った。

「穂村は本当にお人好《ひとよ》しだね。まあいいや。次の土曜日の練習が午後四時までだから、できればそれ以降の時間帯で、場所は藤が咲高以外。あたしが指定するのはそこまで。あとは岩崎が決めていい。コーヒーでも飲みながら話そう、って伝えて」

「じゃあ今日中に電話して聞いてみますね」

「穂村も付き添いで来るように」

「え。わたしも？」

「安請け合いの責任を最後まで一緒に取ろうよ」

「……ですよね」

頭《こうべ》を深く垂れると、制服の袖《そで》を引く手があった。芹澤さんのものだった。なあに、と目を向ける。

「穂村さんも行くの？」

「いまの話、聞いてた？」

「ふうん。じゃあ私も行ってあげようかな」

「いいよいいよ」申し訳なくて、さすがに遠慮した。「練習のあとだし、無理しなくても」

芹澤さんがうつむき気味になり、くぐもった声が、唇を薄く割る。「採譜でしょ？　私も役に……」

「山辺コーチがついているからだいじょうぶだって」

「私も一緒にコーヒー飲みた……」

「コーヒーなんていつでも飲めるじゃん。ね？」

芹澤さんがうっと両肩を震わせたので、わたしは慌てて彼女を抱き寄せ、ぽんぽんとやさしく叩《たた》いた。

「ごめんごめん。放課後にマックでポテトをつまむ女子高生になりたかったんだよね。この間、そういっていたんだもんね」山辺コーチのほうに首をまわす。「この娘《こ》もいいですか？」

「マックは行かないって。なんなのよ、あなたたちは」

かくして音楽暗号を解く三人の人選が決まった。

4

土曜日。総銀製の祈りのフルートの件以来、わたしは空を見上げる機会が増えた。街の上にとろりとたゆたう雲のふちが蜂蜜《はちみつ》色に染まっている。腕時計の針は約束の午後五時を指そうとしていた。

岩崎くんが指定した場所は、藤が咲高と南高の中間地点くらいにある、青色の屋根が目印の個人輸入雑貨店だった。二階が常連のカフェスペースになっているらしい。

交差点を渡って、山辺コーチ、芹澤さん、わたしはお店の前に立つ。

「知り合いが経営しているみたいですよ」

ふたりに説明して、先に中に入る。

店主と思える中年男性がいたので、自分の名前を告げた。すると奥の階段からつづく二階のカフェスペースに案内してくれた。店主は「浩二《こうじ》、お客さんが来たよ」と声をかける。カウンターもレジもメニューもなく、小型のアップライトピアノ、スタンドに立てかけたコントラバス、円形テーブルが三つしかない板張りの部屋で、岩崎くんがひとりで待っていた。

「わざわざお越しいただいて申し訳ありません」

彼は勢いよく立ち上がってぺこりとおじぎをする。上下ジャージ姿で、鞄を床に置いていた。ふと、わたしたち三人を見る彼が眉根《まゆね》を寄せる。古いバックナンバーの「月刊ピアノ」を開いて、顔を何度も上下させた。

「あれ？　山辺真琴さんは？　あとからいらっしゃるんですか？」

「これこれ、お姉さんの心は傷つきましたよ？」

平謝りする岩崎くんは見ものだった。革張りのソファ席を勧めてくれた彼は、おとなしくふるまっている芹澤さんに目を留めて、「芹澤直子さんですよね。うちの顧問から噂は聞いています。来年一月のアンコンの予選ではお手柔らかにお願いします」とまた丁寧に頭を下げた。お互い同学年だけど、慇懃《いんぎん》な態度が全然嫌味にならない。

店主がカップに入れたコーヒーを四つ、盆に載せてやって来た。挽《ひ》きたてのような豆の香りが部屋に充満する。芹澤さんがカップの縁に唇をつけて、「……美味《おい》しい」と目を見開いた。わたしも口に含みながら、そう思った。下世話だけれど、「幾らくらいなの？」と小声で岩崎くんにたずねてみる。メニューも価格表もない。今月のお小遣いも残りすくない。

岩崎くんが首を左右にふってなにか喋《しゃべ》ろうとしたとき、「下の店主の厚意なんだから、帰るときにちゃんとお礼をいっておきなさい」と、代わりに山辺コーチがわたしたちふたりにいった。「コーヒーひとつ出すにしても飲食の営業許可がいるのよ。ここは雑貨店なんでしょう?」

岩崎くんは山辺コーチをまじまじと見つめ、姿勢を正した。「よかったです。最初見たときはびっくりしましたけど、山辺さんがなんとなく想像通りのひとで」

「そう?　ふたりも連れてきちゃったのよ?」

「勝手なお願いをしたのは僕のほうですから。下のお店は父の知り合いがやっていまして、ときどきこの二階でジャズのセッションを楽しんでいます。藤が咲の人間も限られたひとしかやってきませんし、今日僕は部活の個人練習をこっそり抜け出してここにいます」

わたしはカップをソーサーに戻す。「部長がそんなことしていいの?」

「去年フルートパートの女子部員が決起して、練習中に全員脱走したことがあります。あのときの騒ぎにくらべれば」

「はあ……」

そして岩崎くんは目を伏せていう。「いまは、とにかく、時間がないんです」

時間がない?　どういうことだろう。隣の芹澤さんとちらっと目を合わせ、お互い首をひねる。

「内緒事を話すには手頃な場所よね……」

と、山辺コーチがぽつりというと、岩崎くんは「すみません」となぜか謝った。

「岩崎は、南高の草壁先生と面識があるのよね?」

　さすがにここでは、信二郎と呼び捨てにしないんだ、と思った。

「面識どころか、指導でお世話になった時期があります」

「最近、繁華街で中高校生の補導が増えているらしくて、臨時の会議やら見まわりやらで忙しいのよ。どこの学校も若い先生が雑用をまわされるみたいだから」そういって、ひと呼吸置いて、また喋りはじめた。「草壁先生から聞いたわ。とくに藤が咲は大変なんだって？」

　含みのある声だった。「大変って、吹奏楽部が？」と、わたしが口を挟むと、山辺コーチは首をふって、「もっと大きな話。藤が咲全体のクラブ活動の話」とこたえた。

　話が思わぬ方向に流れて、わたしは驚き、目を丸くする。

　岩崎くんは頭をすこし垂らした状態で話しはじめた。

「……今日の僕の相談と関係があることなので、穂村さんも芹澤さんも聞いていただいて結構です。藤が咲の野球部を例に出します。野球部は甲子園《こうしえん》の出場経験はないものの、県下ではベスト4まで勝ち上がれる強豪なんです。それを維持するための練習のきつさと規律の厳しさは有名でして、鉄拳《てっけん》制裁なんてザラにありました。もうすこし踏み込んだ例を挙げますと、夏の合宿では昔から、一年生部員は練習中に水を飲んではいけません。練習中に吐くことがあっても、水を使わせてもらえず、グラウンドの砂を使って自分で掃除するんです」

ひどい……

監督や先輩が監視している中でのしごきは、ときに理不尽さを伴って、中学の女子バレーボール部時代にさんざん経験していた。程度の差はあれ、強豪校という冠がつく運動部は、どこも似たようなところがあるかもしれない。

なにがあってもぜったい反対とか、お互いに信頼関係があれば多少は許されるとか。口でいえばわかるとか、精神がひねくれたやつには言葉が通じないとか。一般論で済ませられるとか、単純に白黒がつけられないとか。

なまじ当事者だから、考え出すと頭がぐちゃぐちゃになって整理できなくなる。

ただ岩崎くんの話の中で、これだけはいわせてほしい。

エアコンがない昔の時代と、コンクリートとエアコンだらけのいまの時代を比べたら、夏の暑さは違う。いまのほうがはるかに暑い。お母さんとの話し合いの結果、それがわかったわたしは、女子バレーボール部の年配の監督に喧嘩《けんか》を売ったことがある。

隣の芹澤さんと山辺コーチを見た。ふたりとも、幼い頃から苛烈《かれつ》な音楽教育を受けてきただけあって、表情を変えずに聞いている。むしろ、さめてさえいた。

「……当然のことですが、野球部の一年生部員の親が学校にクレームをつけました。二年前の話です。クレームの輪はあっという間に広がって、学校の掲示板を載せているインターネットでも、いろいろなひとが書き込んで非難するようになりました。ＰＴＡや人権擁護の市民団体も加わって、平たくいえばボロカス状態です。僕はそういったクレームや非難自体は間違っているとは思いません。理不尽といわれれば理不尽としか返しようのない統率を部活動で強制してきたんですから。まず野球部が槍玉《やりだま》にあげられて、きつい練習量や先輩のしごきはいっさい廃止になりました。生徒の自主性を尊重した練習内容に切り替わったんです」

へえ、前進したんだ。わたしは顔を上げた。

その結果、と岩崎くんは苦しげにつづける。

「……一年生部員の喫煙が発覚して、夏の大会は出場停止です。創部以来はじめての出来事でした」

わたしは喉《のど》の奥で呻《うめ》きそうになった。

「……あの。誤解しないでほしいのですが、僕は体罰やしごきを認めているわけじゃありませんし、極端な成果主義や実力主義にも反対しています」

事の本質がだんだんと見えてきた。

ああ、そういうことか、と山辺コーチは鼻から息を抜き、ソファの背もたれに体重を預ける。

「規律や風紀をゆるめて受け皿ばっかり増やしたら、今度は部員が『減らない』のね。やる気がなくて中途半端、それでも辞めるに辞められない部員が残って、軋轢《あつれき》を生んで問題を起こす。他のクラブも同じ？」

「……おっしゃる通りで、ひとりの声が大きくなって、個別の事情を斟酌《しんしゃく》しすぎて、バランスが取れなくなっています。どこも火種を抱えて、中には実際に問題を起こして、全体責任を取らされたクラブもあります」

「フランスの会社みたいだな。ふるいにかける必要があると？」

「……結果はだれもが出せるわけじゃありませんし、身体が弱くて能力がない部員でも、望めばレギュラーと一緒に頑張ることのできる環境はあるべきです。コンクールに出られないまま卒業することがあっても、代えがたいなにかを得てほしい。藤が咲高吹奏楽部はそういうクラブづくりを目指しています。ただ、本当にむかない生徒は、自分に合う場所を見つけに外に出なければならないと思います。実際、僕もそうでした」

　わたしもそうだ。こうして吹奏楽と出会っている。

　そういえば勧誘に失敗した経験者の同級生は、いまは帰宅部で、学校に内緒でアルバイトに精を出しているけど、この間ひさしぶりに話したらびっくりするくらい大人びていて楽しそうだった。自分に合う場所って、クラブだけじゃない、もっと外側——学校以外にもあるのだ。

　山辺コーチはカップを両手で支えて持ち上げ、ふた口ほど啜《すす》ってからいった。

「自分で探せない生徒はどうするの？」

「僕たちはもう高校生です。辛《つら》くても自分の足で歩いてほしい」

「十代にその要求はレベルが高いんじゃない？」

「部活教にしたくないんです。いまなら失敗や挫折《ざせつ》や、いい方はアレですけど、嫌な場所から全力で逃げることが許されると思うんです。もちろん引き留めはしますけど、それが無理なら、きれいに辞めさせてあげたい」

胸にじんときた。わたしの場合は、すったもんだの末、一部のひとから恨まれてバレーボール部を辞めた。

「なるほどね。大人になったら、もっと多くの代償を払わなきゃならない。たとえば信用、名声、お金、人脈とか。全国レベルの高校吹奏楽部の部長に、未経験者の岩崎が抜擢《ばってき》された理由がわかったよ」

「え？」

「自覚がないのか」山辺コーチはふっと笑う。「さっきの話の流れで、藤が咲高吹奏楽部の内情はどうなのよ。部員を百人以上抱えていると思うけど」

「一部の保護者から厳しいルールの撤廃、練習時間の短縮、休みの日を増やすなど、強くいわれています。顧問の堺先生を飛び越えて、校長に直談判《じかだんぱん》が多いです」

さっきから岩崎くんは理路整然と話を進めている。語彙《ごい》も豊富だ。何度もくり返し、だれかとこういう話を語ってきたのだと思わせた。

「部員の変化は？」と山辺コーチ。

「僕の前の代から、練習にロクに参加しない部員があらわれています。彼らはやる気がないし、辞めない。昔とくらべて、それがはるかに許される環境になっています」

あのねえ、と山辺コーチは呆《あき》れていた。「彼らの全員とはいわないけど、一部は顧問や先輩を舐《な》めているわけでしょ。うっかり万引きでもしたら、コンクールの出場は辞退になるのよ」

「部員である以上、まだ仲間である以上は、顧問の堺先生は覚悟しています。僕も同じ気持ちです」

「あ、そう」と、山辺コーチは気の抜けた返事をする。「残念。そこで建前論に走っちゃうのか」

「……すみません」

「いや。岩崎はまだ高校生だ。責めていったわけじゃないよ」

「クラブに対する彼らの愛着は薄いです。うちの部にはパートごとに部員の緊急連絡網がありますが、それが二年くらい前から全パートぶん流出しています。いろいろな楽器店、クラブ活動と両立させられる学習塾からのダイレクトメールが、僕のところにも届きますので、すぐわかるんです」

「他のクラブもそうなの？」

「ええ。藤が咲は初等部と中等部もある小中高一貫校で、裕福な家庭の子女が多いですから、連絡網をほしがる外部のひとは大勢いると思います。怪しい業者も増えました。その中で藤が咲高のOBを名乗る人物が、吹奏楽部、合唱部、軽音楽部の部員に連絡を取っています。連絡網には電子メールのアドレスがありますから」

吹奏楽部、合唱部、軽音楽部？

どこか既視感があるような、ないような……

「きな臭い話になってきたわね」と、山辺コーチは腕組みする。

「きな臭いです。その自称OBは、クラブを休みがちな部員に絞って連絡を取っています。自分より物を知ってて、先生みたいなひとって、尊敬できるじゃないですか。こういうのなんていうんでしたっけ」

「たぶん路上の知恵《ストリート・ワイズ》でいいのかな」

「堺先生が一度だけ、僕の前で弱音を吐いたことがあります。部員が二十人、十人なら、自分はもっといい指導者になれると。悔しそうにいっていました。僕から見ればとんでもない。百六人の部員を抱えてベストを尽くしています」

山辺コーチの顔つきが変わった。

「その自称OBは、三つのクラブの問題部員たちになにをさせているの？」

「奇妙で不可解なんです。賞金をかけて、音楽暗号を解かせようとしています」

「音楽暗号。ようやく本題に入るわけね」

「一番に話すべきだったでしょうか？」

「いや。先に世間話をふったのはこっちだから、気にしないで。背景がよくわかったし」

岩崎くんは呼気を整えるように長く息を吐くと、唾《つば》を飲み込む仕草を見せてつづけた。

「……山辺さんが問題部員と称した生徒の中に、僕の後輩がいます。僕は藤が咲に高校から編入した外部生で、彼は同じ中学の出身なんです。貴重な男子部員ですし、かわいがってきたつもりですが、夏のコンクールが終わってから学校にもクラブにも顔を出さなくなりました」

「草壁先生から聞いたけど、不登校生徒は夏休み後にどっと増えるらしいね」

「はい。でも彼は引き籠《こ》もりというわけじゃないんです。似た境遇の仲間とつるんで堂々とサボっています。素行も悪くなりました。その彼らが自称ＯＢから与えられた音楽暗号に夢中になっているんです」

「待って」と、山辺コーチが手を前に出して遮る。「自称ＯＢというい方が気になってきた」

「電子メールでしか連絡が取れないそうです。メールを打っている相手は本人かどうかわからない。電子メールってそういうものでしょう？」

「おい。穂村と芹澤。いまの、心のノートにメモっておけ」

山辺コーチがわたしたちに小声で指示する。こくこくとうなずいて、岩崎くんの話のつづきを待った。

「音楽暗号のタイトルは『ヴァルプルギスの夜』です。ヴァルプルギスの夜になにが見えるのか？　を解く暗号で、後輩の家をたずねたときに知りました。先ほど万引きという言葉が引き合いに出されたように、いまの僕たちには越えてはならない線があります。だれかわからない相手から、お金をもらって、暗号を代行して解く。きっかけは流出した連絡網ですよ。まるでマフィアかやくざの取り引きに利用されているみたいじゃないですか。力ずくなんてことはしたくなかったんですが、彼の部屋でスマートフォンを取り上げて中身を見たんです」

山辺コーチが相槌《あいづち》を打ち、先を促す。

「自称ＯＢの正体はなんとなく想像つきました。どこかの音大生の集団だと思います。メールごとに言葉遣いが微妙に違うし、六回生という文字がありました。ひとつのアドレスを共有して、面白がって連絡を取っているようです」

わたしは隣の芹澤さんの制服の袖《そで》をちょいちょいと引く。

「……芹澤さん、六回生って？」

「……留年、かける、二」

「……勉強熱心ってことでいい？」

「……穂村さんってどこまでも前向き」芹澤さんはわたしの耳元に唇を寄せる。「音大を四年間まっとうして卒業するのはゴールじゃなくてアウトよ。本当に才能があって食えるひとは、在学中に国際コンクールに入賞して、卒業を待たずに海外で仕事をする」

とんでもない世界だー、とわたしは口をあんぐりと開けたくなった。

山辺コーチの声が急に、低くなる。

「音大を辞められない連中と、高校のクラブを辞められない連中か。自分でいって、嫌な響きね。ところで賞金をかけた暗号って、本当に賞金をもらえる担保なんてあるの？」

「後輩たちの立場からすれば、もらえるに越したことはない、というレベルだと思います」

「どういうこと？」

「僕らの年代は意外とお金で動かないものなんですよ。むしろいまだけは、お金で買えないものがほしい。後輩は僕に、バカには解けない暗号だといっていました。バカを相手にしない、選ばれたひとだけが解ける暗号だと。おそらく、自称ＯＢの受け売りだと思いますが」

そういう人種に心当たりがあるのか、山辺コーチが苦々しい顔つきになった。

「で、選ばれたひとって煽《あお》られたのが、吹奏楽部、合唱部、軽音楽部の問題部員のわけ？」

ふたりのやり取りを聞きながら、世界を救うためにあなたは選ばれました、と導かれたゲームの勇者をイメージする。ハリー・ポッターシリーズも似たようなものだったっけ。

「ヒントとして、三つのクラブが協力しないと駄目みたいです」

パーティーを組んで冒険するのか。

岩崎くんは身を乗り出して、言葉を継いだ。「『ヴァルプルギスの夜』の音楽暗号は、自称OBは自力で解けないそうです。代行といったのは、そういう意味です」

「音大の六回生にわからなくて、高校生の彼らにわかることってあるの？」

至極もっともな意見だと思い、わたしも芹澤さんも首肯する。

「そこが謎です。全部で九問。僕の後輩がいうには、五問目と八問目が難問だそうです。暗号がすべて解けたらどうなるんでしょうか。彼らはまだクラブに籍を置いています。僕には嫌な予感しかしません」彼ははっきりと、拒絶する口ぶりでいった。

「あたしと同じか。音楽暗号のタイトルがね、なんか気になるのよ。釣り針を垂らして、群れからはぐれて弱った魚がエサをつつくのを待っている感じで」

ヴァルプルギスの夜……

中欧や北欧で広く行われる祝祭……

なんだろう、いったい……

岩崎くんは鞄《かばん》の中からスマートフォンと五線譜を取り出して、円形テーブルの中央にすっと置いた。「音楽暗号は古典的なものだそうです。音声ファイルからメロディが流れますので、ド、レ、ミ、ファ、ソ、ラ、シの音名を当てて、対応するアルファベットに変換します。正解すれば次の問題に進めます」

「古典的っていうことは『フーガの技法』や『謝肉祭』で使われたものと同じでいい？」

「考え方はそれで結構です。自称ＯＢは、問題の後輩たちとしかコンタクトを取りません。ここにあるスマートフォンは彼らのうちのひとりのものです。吹奏楽部の活動に戻ってきてくれた別の一年生部員で、かなり無理をいって借りてきました。すぐ返さなければなりません」

「時間がない、っていったのはそういうこと？」

「他にもあります」

「どんな？」

「急転直下というか、状況が変わりました。一昨日《おととい》、問題の後輩たちは音楽暗号を九問、すべてクリアしたみたいです」

わたしも芹澤さんも、山辺コーチも、「え」と驚きの声をもらす。

「後輩の家はときどきたずねています。やっぱり気になって部活帰りに寄りましたら、部屋に閉じ籠もって中に入れてくれませんでした。だいぶショックを受けていた様子です。ヴァルプルギスの夜になにを見たのか、僕に教えてくれません……」

開けてはいけない箱をイメージした。

話を聞いていて不安になる。

ううん、と唸《うな》ったのは山辺コーチだった。「ねえ、岩崎」と、彼女は声の調子を落としてつづける。「やっぱりさ、相談の相手、間違ってない？」

「昨日、顧問の堺先生に話しました。彼らがやっているのは、ある種のゲームのようなものなので、説明がとても難しかったですが」

「そう」山辺コーチは、どこか安堵《あんど》する表情を見せた。

「別の一年生部員からスマートフォンを借りて堺先生にもやってもらいました。先生の力をもってして八問目どまりです。たちの悪いゲームというか、いたずらというか、いまのところはそんなふうに受けとめられています」

芹澤さんが、興味深そうな目の色を浮かべ、首を伸ばしてきた。

「すごく単純な採譜のはずなのに、どうしてみんな、そこまで手こずるの？」

「やればわかります」

負けず嫌いの芹澤さんが、だれに向かって口を利いているのよ、と唇を尖《とが》らせ、ソファからすっと立ち上がった。「コーチ。この部屋、奥にピアノがありますんで」そういって彼女はアップライトピアノのある場所まですたすたと歩き、蓋《ふた》を開く。鍵盤《けんばん》のひとつを指でポロンと叩《たた》いて、山辺コーチのほうをふり向いた。「調律は問題なさそうです」

「適当な和音でいいよ」と山辺コーチ。

岩崎くんがぽかんとした顔でふたりを交互に見ている。

芹澤さんは「きれいに鳴らしませんから」と、鍵盤の上に両手を振り下ろす形で、グワシャン、と鳴らした。その姿勢のまま、山辺コーチに静かに問いかける。

「下から二番目と三番目を当ててください」

「E♭とG」

岩崎くんは慌ててソファから立ち上がると、芹澤さんが指で押さえる鍵盤をのぞきに行く。彼の身体が仰《の》け反り、後ろに下がった。

「待って、まだ」山辺コーチが静かに告げた。「いまのピアノの音で弦が共鳴している」

つづいて岩崎くんが息を呑《の》み、スタンドに立てかけたコントラバスを凝視する。

「小、中、高、と運動会と遠足に行けなかった私たちをなめんなよ」

芹澤さんの口から発せられたのは、すくみ上がるような、凛《りん》とした強い声だった。

山辺コーチは首の後ろを軽く揉《も》みながらいう。

「いいよ。その音楽暗号っていうのを聴かせて。ヴァルプルギスの夜にいったいなにが見えるのか、解き明かしてあげようじゃないの」

小、中、高、とアイスの当たり棒で喜んでいたわたしは、この緊迫した場面にいちゃいけない子供になった気分がした。

5

岩崎くんは円形テーブルの上でスマートフォンを操作している。電子メールの画面を表示させて、「藤が咲」という名前のついたフォルダを指で押した。一年生部員に頼んで暗号解読用につくったフォルダらしい。他の個人用フォルダは当然ロックされている。

スマートフォンは憧《あこが》れの機器なので、色鮮やかに映り動く画面につい見入ってしまった。お母さんに何度おねだりしても買ってくれない。

「これから自称OBのアドレス宛にメールを送ります。件名に、名前と学年と出席番号、本文に、暗号に挑戦させてください、とだけ打ちます」

「……返信を待つの?」と、山辺コーチがつぶやく。

「反応が早いのが特徴です。見ていてください」

二分も待たないうちに、メールの着信音が響いた。

「どういうこと?」

「飽きやすい高校生相手ですから。たぶん、こういうところは抜け目ないんです」

返信メールの内容は次の通りだった。

［件名］一問目。
［本文］音名をアルファベットに変換したあと、
　それを次の件名にして返信お願いします。
　添付ファイル『ヴァルプルギスの夜①ハ長調』

　文面を、芹澤さんが山辺コーチの耳元でささやいている。山辺コーチが顔を上げた。

「はじめるのね？」

「はい。添付されてきたのは音声ファイルです。特殊なプロテクトがかかっているようで中身は解析できません。こっちが操作できるのは再生のみです。正解なら二問目がきます。不正解ならきません」

「不正解で再チャレンジしたら、同じ問題が出るの？」

「問題は変わります。一日二、三回のチャレンジなら、自称ＯＢは付き合ってくれます」

　手持ち無沙汰《ぶさた》のわたしは、円形テーブルの上の五線譜を手前に引き寄せ、シャーペンで書く準備をした。解答の記録くらいしておこうと思った。これが後に、謎を解く大きな手がかりになることは知る由もない。

　岩崎くんはスマートフォンの音量を最大にし、音声ファイルを再生した。

　ハ長調の伴奏と四分音符のメロディが流れた。結構音が大きいんだな、とまず感じた。

わたしでも聞き取れる音が七つつづく。
ド、レ、ミ、ファ、ソ、ラ、シ。
「CDEFGAH」山辺コーチは静かにこたえて、「なめてるのか」とテーブルを乱暴に拳《こぶし》で叩く。「なめまくりですよ、師匠」と芹澤さんも噛《か》みつき、なんだか楽しそうだ。

「意外とよくできた一問目ですよ。ドイツ音名とアメリカ音名のふるいをかけていますから。シの音をうっかりBにしたら不正解です」

岩崎くんは解答を素早く入力し、返信した。メールの着信音とともに二問目がすぐ来る。


[件名]二問目。

[本文]なし。

添付ファイル『ヴァルプルギスの夜②ハ長調』

文面を、芹澤さんが山辺コーチの耳元で再びささやく。

「ねえ、こんな感じでつづくんだ？」

「最初は辛抱してください」抑えた声で、岩崎くんがいう。

「わかっているわ。油断はしない。難問の五問目までとりあえずいくわよ」

問題の出題と解答がくり返され、わたしは五線譜にちまちまと書き込んでいく。

〈二問目〉
ヴァルプルギスの夜②ハ長調
解答　GEFGECAG
〈三問目〉
ヴァルプルギスの夜③ハ長調
解答　CCGGAAGFFEE
〈四問目〉
ヴァルプルギスの夜④ハ長調
解答　DECAHGDECAHG

岩崎くんは四問目の解答を送信し終え、ふう、と大きなため息に身を揺らした。

「ここまでは懐かしの曲シリーズと呼んでいます……」

「そうだよ。『おお牧場はみどり』と『キラキラ星』と『エンターテイナー』の冒頭だよ！」

山辺コーチが憮然《ぶぜん》とした声を返す。元天才ピアニストが、本当に我慢強く付き合っていると思う。

「ここまでは肩慣らし、いや、耳慣らしみたいなもので、五問目から曲でなくなります。メロディの間隔が開いたり、突然鳴ったりしますから、注意してください。四分音符のリズムは変わりません」

「つまらないフェイントね……」

「穂村さんにはいいましたが、藤が咲の精鋭メンバーで越えられなかったのがこの五問目です。堺先生に教えられて、突破口を知りました」

「ふうん」と、ソファに座る山辺コーチの背筋が伸び、「私も参加していいですか？」と、芹澤さんが片耳の補聴器の位置を直して加わる。

意地悪い声で、山辺コーチがいった。「岩崎の後輩、やる気のない問題部員たちがクリアできたんだよね？」

「はい。驚きました。目的があって、仲間と協力し合えば、彼らも底力を出せるんです」

おや、と思った。部員をふるいにかける、という意見を肯定して、自分の足で歩いてほしい、といい切ったのは、部長という枷《かせ》によるものかもしれない。そんな気がした。わたしは六月に会ったときの岩崎くんを知っている。すこし自信なげで、繊細な面差しの部長だった。六月といまの間には、夏のコンクールという厳しい闘いがあった。

難問といわれる五問目がスマートフォンに着信する。

［件名］五問目。

［本文］なし。

　添付ファイル『ヴァルプルギスの夜⑤ハ長調』

　音声ファイルが再生された。芹澤さんの目がこっちを向き、いままでの採譜で蚊帳《かや》の外だったわたしにもわかるように、ドレミで口ずさんでくれる。

「……ミ♭、レ……ファ……ド♯、ラ、ド……ソ♭……」

　え、と思った。驚いて声を出しそうになる。

　ド♯

　ソ♭

　古典の音楽暗号では、この二音を一文字で示すアルファベットがない。ド、レ、ミ♭、ミ、ファ、ソ、ラ、シ♭、シに該当するC、D、S、E、F、G、A、B、Hに含まれていない。そもそも九つの音名以外が暗号に使用されるなんて、想像すらしていなかった。

「聴き間違いはないわ」冷静につぶやく芹澤さんは、すこしの間、考え込む顔つきになる。再び口を開いた。「岩崎くん……」

「なんでしょう」

「こたえはまだいわないでね」

「わかりました」

山辺コーチはすでに解答がわかっている様子だ。表情に余裕がある。自分の教え子に任せて、あえて口にしない、という態度にも取れた。その芹澤さんは視線を宙に泳がせたり、テーブルの上に落としている。

「──あ。なんで気づかなかったんだろう。ドイツ音名で♯は『〜ィス（ｉｓ）』、♭は『〜ェス（ｅｓ）』をつけるから、ド♯なら『ＣＩＳ』、ソ♭なら『ＧＥＳ』になるんだわ。五問目のこたえは『ＳＤＦＣＩＳＡＣＧＥＳ』よ」

グッドです、と岩崎くんは解答を素早く入力し、返信した。メールの着信音とともに、次の六問目がすぐ来る。

正解だったのだ。

芹澤さんは上機嫌で、テーブル越しの岩崎くんに顔を近づけ、肩まで伸びた髪を揺らす。

「この程度もわからなかったの？」

岩崎くんはバツが悪そうに、「……まあ、言い訳をさせてもらえば、五問目から音声ファイルの質が変わったというか、採譜そのものが難しくなっていまして、無理やり九つの音名に当てはめてしまったんです。スピーカーに接続すれば、ちゃんと聴き分けられたかと……」

山辺コーチが小鼻に皺《しわ》を寄せる。「なるほど。五問目からこのパターンになるわけ？」

「え、ええ。堺先生が解くのを横で見ていました。おそらく」

「じゃああたしたちも八問目までは余裕ってことね。アルファベットとしては、『I』の一文字が追加になるから、貴重な母音が増えたわよ」

「あ……」岩崎くんが声を呑《の》んだ。「もしかして、これってすごい発見じゃないですか」

〈六問目〉
ヴァルプルギスの夜⑥ハ長調
解答　FISEFISCDBSH
〈七問目〉
ヴァルプルギスの夜⑦ハ長調
解答　HEGESDISAABB

六問目、七問目と順調に解いていき、いよいよ次の難問の八問目になった。

「気をつけてください。八問目は、ハ長調の伴奏が消えて、無音状態で、全音符のメロディだけが流れます」

岩崎くんが緊張した面持ちになる。彼がいう全音符は、四分音符四個分の長さだ。一小節でトントントントンの音のリズムがト――――ンになる。

「いままで鬱陶《うっとう》しかった伴奏はなくなるの？」と割り込む芹澤さん。

「はい」

「全音符だろうと、二分音符だろうと、四分音符だろうと、音名とアルファベットの関係は変わらないのよ。♯も♭もそう。邪魔な伴奏がないぶん、むしろ簡単になるけど、それをわかっていっているの？」

「ええ。八問目にして、全音符のお遊戯レベルになるんです。でも、甘く見ないほうがいい」

「なんで？」

「堺先生が職員室で発情期のゴリラみたいに暴れた問題です」

「だってあのひと、ゴリラだもん」

「岩崎、芹澤」両方をたしなめる声がした。山辺コーチだった。

すみません、と岩崎くんが身体を縮めて、申し訳なさそうに謝る。「八問目は僕も堺先生のそばで聴いていて、びっくりしたので、つい……」

わたしは五線譜から顔を離し、首を伸ばしてスマートフォンの画面をのぞく。

メールの文面がすこし変わっていた。

[件名] 八問目。

［本文］ここまでたどり着いたきみは優秀です。

　次はこの壁を越えてみて。

　添付ファイル『ヴァルプルギスの夜⑧ハ長調』

　この壁を越えてみて……？

　問題のハードルを下げたはずなのに、どういう意味だろう。

「岩崎。他に注意するところは？」

「メロディの間隔が開いたり、突然鳴ったりするところは、五問目から七問目と同じです」

「気合入れます」と、芹澤さんはスマートフォンのスピーカー部分に片耳を寄せる。

　八問目の音声ファイルが再生された。わたしはごくっと唾《つば》を飲んで耳を澄ました。全音符の採譜なら、高校から吹奏楽をはじめた自分でもできそうだ。

　伴奏がない、無音状態の再生。なかなかメロディが流れない。

　やっと最初の一音が、音無しの暗闇の世界からポーンと奏でられる。

　芹澤さんの唇が動き、ドレミで口ずさんでくれた。

「……シ……………ミ…………………ミ…………」

　革張りのソファから衣擦《きぬず》れの音がした。拍子抜けしたように、山辺コーチが呆気《あっけ》に取られている。わたしの耳でもはっきり聴き取れる音。それがたったの三つ。

「HEE」

こたえた芹澤さんが顔を上げ、こっちを見る。合っているはずよ。こんなの間違うはずがないから。彼女の目は訴えていた。

「芹澤のいう通りよ。あたしもそう」ひと呼吸置いて、山辺コーチがかたい声でつぶやく。わたしは岩崎くんの反応をうかがった。心なしか、彼の顔色が悪くなっている気がする。首を左右にふっていた。

「同じです……」

「え」と山辺コーチ。

「堺先生のときと同じ問題です。僕もシとミとミと思います。それ以外の音はいっさい聞こえないし、不審な箇所もありません。だけどHEEじゃ不正解なんです。最後の九問目をもらえないんです」

「そんなはずないわよ」

岩崎くんに突っかかる芹澤さんの制服を、山辺コーチがぐいとつかむ。

「難問といわれるからには、一筋縄ではいかない気がしたわ。岩崎、もう一度再生できる？」

「再生なら何度でもできます」

岩崎くんはスマートフォンを操作し、もう一度、八問目の音声ファイルを再生した。

遠くの弦の共鳴でさえ聞き取る山辺コーチが集中し、呼気を静めた芹澤さんが再び片耳を寄せる。真剣な横顔には、一音も聴き逃さない気迫がみなぎっていた。

無音の静けさの中から、シ、ミ、ミの音が、間隔を置いて響く。

……シ…………ミ…………ミ…………

山辺コーチの表情に、狼狽《ろうばい》と焦りの色が滲《にじ》み出た。自信家だったコーチの顔から、じょじょに平静さが失われていく。

一方で、テーブルを挟んだ芹澤さんと岩崎くんの言い争いがはじまった。

「解答を入力し間違えたんじゃないの？」

「いままでと違うんですよ。ＨＥＥのたった三文字です。間違えようがありません」

「いいや。間違えた。私の目の前で打て、さあ打て」

「入力は正確にしています」

「じゃあ、あれよ、あれ。ドイツ音名じゃなくて、イロハの日本音名。ＨＥＥはロホホ」

「いま、ここで、八問目で、暗号の大前提を覆すんですか」

芹澤さんは怯《ひる》む顔を見せる。彼女もまた、山辺コーチと同じく、ひどく動揺しているのだとわかった。

とても口を挟める雰囲気ではない。わたしはうつむき、自分の耳を、手のひらで軽くパンパンと叩《たた》く。ようやくまともに参加できた八問目には、どこか違和感があった。小さな違和感……。でも、わたしだけ気づいて、山辺コーチや岩崎くんや芹澤さんが気づかないものってあるの？

「聴く側の環境を変えましょう。この店にはオーディオケーブルと小型スピーカーがあります。いまから借りてきます」

「待って。スピーカーなんて本当に必要なの？」

気を取り直した芹澤さんが、岩崎くんの腕を取って引き留めようとする。

「え」

「スマートフォン一台で完結できるものじゃないの？　高校生相手なんでしょ？　私が自称ＯＢなら、そうする」

確かにその通りだと思った。

「いや、それでも試してみないと――」

立ち上がった岩崎くんが身体をひるがえす。その足がとまった。ぽつりと、山辺コーチの小さな声が彼に届いたからだった。頭を深く垂れた彼女は、片手の指を広げ、目元を覆っている。

「あたしは耳がいいのよ。それだけは自信があった。ショックだな」

「山辺さん……」岩崎くんが息を吸い込む。

「岩崎の後輩たちと、あたしたち、なにが違うのかな？」

岩崎くんは瞬《まばた》きしながら山辺コーチを見返し、表情を引き締める。開いた唇から、この場にいる唯一の男子として、全員を鼓舞するような、明瞭《めいりょう》な声が響いた。

「トライアル・アンド・エラーです。彼らには、無限といっていいほどの自由な時間がありました」

「試行錯誤か……」山辺コーチは首を大きく左右にふって、ようやく顔を上げる。「ごめん。弱音なんて何年かぶりに吐いたわ。……らしくない。スピーカーを持ってきて。何度でもやってやろうじゃないの……」

自分にいいきかせる言葉のはずが、自分でうまく呑《の》み込むことができない。そんな虚《うつ》ろで、弱々しい声音を、山辺コーチの口からはじめて聞いた。胸にこたえる光景だった。心もプライドもズタズタに折れたひとの姿は、女子バレーボール部時代に何人も見てきた。

どうしよう。

どうすればいい？

無意識に唇を噛《か》み、下を向いた。困ったときのハルタ頼みだ。〈いまどこにいるの？〉と彼にメールを送ってみた。携帯電話を閉じて胸にぎゅっと抱く。返信がほしい。すぐほしい。お願い、来て。

6

岩崎くんは小型スピーカーとスマートフォンをオーディオケーブルで接続し、電源ケーブルのコンセントの穴を探した。革張りのソファの裏側の壁にあったので、わたしたちは無言で立ち上がり、みんなで協力してスペースを空ける。

下の階から雑貨店の店主の声が響いた。「おーい、浩二。またお客さんだよ」

「え」岩崎くんが虚を衝《つ》かれた顔で階段口のほうをふり向く。

あ、おかまいなく、おかまいなく、と聞き覚えのある男子の声がした。彼は店主のコーヒーの勧めを丁重に断ったようで、ギシッ、と階段を上がってくる。

まさか。うそ……

こんなに早く？

まだメールの返信もきていないのに。

わたしは胸の前で携帯電話をかたく握りしめる。ああ、やっぱりそうだった。部屋の入口の陰からひょこっと顔をのぞかせたのはハルタだった。

「暗号解読、終わった？」

と制服姿で中に入ってくる。手には鞄《かばん》とスーパーの袋を提げていた。

「上条くん……。ひさしぶりです」

突然の来訪者に岩崎くんはびっくりした様子だ。今年の六月に彼は、ハルタに大きな借りをつくっている。

「上条が、なぜここに？」と、山辺コーチが首をひねり、隣の芹澤さんも眉間《みけん》に皺《しわ》を寄せる。

「ハルタ」わたしは叫んで、彼のそばまで駆け寄ってしまった。「来てくれたんだ……」

「場所、聞いたら、教えてくれたじゃないか」

「それは、そうだけど」

「この店の外で、終わるのを待っていたんだよ」

「待ってた？」

「密室殺ハムスター事件の謎が解けてさ、主婦Aからお礼をもらったんだ」

岩崎くんが聞いたら耳が腐りそうな台詞《せりふ》を、彼はおかまいなく喋《しゃべ》るのでひやひやする。

彼が掲げるスーパーの袋に入っていたのは、みたらし餡《あん》と小豆《あずき》餡の串《くし》団子だった。パックでふたつ。

「チカちゃんの家にも分けてあげようと思って」

じゃあ、と受け取ろうとすると、ひょいと上げられ、お預けの恰好《かっこう》になった。

「いまは渡さない。ハンドルネーム、チカママさんに、自分から渡す」

わたしは自分の額に指を当て、冷静に考えをめぐらせる。こめかみの部分が脈打った。

「ごめん。整理しよう」

「いいよ」

「……晩ご飯たかりに来たの？」

かーっ、おいおい、みなまでいうなよ、しーっ、しーっ、と惚《ほ》れ惚《ぼ》れするほどの醜態を彼は四人の前でさらしてくれる。

「チカちゃんは知らされていないだろうけど、今日のメニューは鶏《とり》の唐揚げと、シーチキン入りポテトサラダと、『まんが日本昔ばなし』に出てくるような山盛りご飯なんだ」

真顔でいうので、彼の足を踵《かかと》でぐりぐり踏み、えい、と全体重をかける。変な音がした。いてててて……と板張りの床で、つま先を押さえてうずくまるハルタに、屈《かが》み込んだ岩崎くんが懇切丁寧に状況を説明している。いいひとだと思った。

「この超ド級カスが。なにしにきたのよ」

見下げ果てた口調で、芹澤さんが吐き捨てる。わたしもうなずいて同意した。

「ええ！　まだ八問目？　早く終わらせようよー」

空気を読まないハルタがとんでもないことを無邪気に口走るので、わたしと芹澤さんは共同して彼をポカポカと叩く。

ふふ、ははっ、と坂道を転がるような笑い声がして、ふり向いた。山辺コーチのものだった。目元が緩み、それまでかたさを帯びていた表情が完全に解《ほぐ》れている。

「上条。あんた、いいタイミングで来てくれたよ。ありがとう。おかげで気持ちのいい空気に入れ替わった」

わたしと芹澤さんはハルタを叩く手をとめ、ふり仰ぐ。

ハルタが制服の埃《ほこり》を払い、ゆっくり立ち上がった。ドキリとするほど真剣な顔になる。

「ここからぼくも参加していいですか？」

「頼むよ」スイッチを切り替えるかのように、山辺コーチは首からスカーフを外した。ショートカットと、しっかりした首の線が映える。顔を綻《ほころ》ばせ、にこにこ笑っていた。見ているこっちの胸の中に、きれいに吹き通っていく風を感じさせる笑顔。草壁先生がときどき見せてくれる笑顔。「意外とおまえが最終兵器になるかもしれない」

ハルタがわたしのそばを通ってソファ席に向かうとき、彼の口が、もう心配しなくていいよ、とかすかな声を出した気がした。え……と彼の後ろ姿を見やる。

「八問目を再生しますか？」

岩崎くんが円形テーブルの上でスピーカーの音量を調整した。その正面のソファ席に、ハルタがマフィアのボスみたいにどかっと腰を下ろし、足を組む。

「いいよ。はじめて」

わたしと芹澤さんはハルタを両側から挟む形で、固唾《かたず》を呑んで見守った。

小型スピーカーから、八問目の音声ファイルが再生される。無音状態から流れる全音符の音。三つの音が、間隔を置いて二階の部屋に響く。いままで聴いてきたものと比べて、スピーカーからの音量は明らかに違った。

音声ファイルの再生が終了し、生真面目な表情で黙り込んでいたハルタが顔を上げる。彼の口が開いた。

「……シミミだ」

芹澤さんがハルタの後頭部を平手で叩《たた》く。ぺちーん、といい音がした。

「なんなんだよ」

「こっちの台詞よ。最終兵器どころか、とんだポンコツじゃないの」

「ポンコツなめんなよ」

「はいはーい。喧嘩《けんか》はやめ」ハルタの正面に座る山辺コーチがふたりを制した。「岩崎。くり返し、八問目の再生をつづけてくれない？　じっくり聴いてみたい」

わたしが解答を書いてきた五線譜を、ハルタがひょいと取り上げた。それから立ち上がって部屋の隅に移動する。

……シ……………ミ……………ミ……………

何度も聴いてきたフレーズがくり返し流れる。

ハルタにこっそり近づこうとしたわたしは足をとめた。まただ。違和感がある。なんだろう。軽く耳を押さえつけた。

「どうしたの？　チカちゃん」ハルタが五線譜から顔を上げる。

「なんでもない」わたしは首をふって平静を装った。

「ところで四人も揃っていままでなにをやってきたの？」

責める口調だったので戸惑う。「なにって？」

「どこが音楽暗号なんだよ。『フーガの技法』なら『BACH』、『謝肉祭』なら『SCH』の単語がつくられているのに、一問目から七問目まで、解答はアルファベットの羅列じゃないか。こんなの、ただの採譜だよ」

そういってハルタは五線譜を突き返す。

思わず解答を読み返した。一問目の「CDEFGAH」、二問目の「GEFGECAG」、三問目の「CCGGAAGFFEE」……その先も、確かにいわれた通りだ。単語でもなんでもない。わたしたちは、採譜だけをさせられてきたことになる。

「それ、実は気になっていたのよ」

いきなり声が飛んできて、横を向く。山辺コーチのものだった。彼女は岩崎くんに八問目の再生をつづけさせながら、ハルタに向かってたずねた。

「上条。あたしたちはまだ本当の意味で音楽暗号を解かせてもらってないってこと？」

「すくなくとも一問目から七問目までは暗号じゃないですね。ただの採譜です」ハルタがこたえる。

「あのね。正解したからここまできたのよ」と山辺コーチ。

「採譜として正解、という意味じゃないでしょうか。一問目のドイツ音名、五問目の♯、♭と、クリアするごとにプレイヤーのスキルを向上させているように見えます。そのほうが、やる気が出る。ゲームの基本ですよ」

「いま聴いている八問目は？」

ハルタの口調が、慎重に言葉を選ぶようなものに変わる。「〈この壁を越えてみて〉というメッセージが気になります。残り二問がいよいよ本番だと受け取れませんか？　だってまともに採譜すると『ＨＥＥ』ですよ。いままでと比べて明らかに短い。いかにも単語をつくってくださいっていう問題じゃないですか。足りないパズルのピースがあるんですよ」

「単語を成立させるための音を、あたしが聴き洩《も》らしているってわけ？」

「岩崎くんの後輩たちは、聴けたんです」

「本気でいっているの？」

「まあ」

「上条らしくない。どうして、そんな突拍子もない考えに行き着くのよ？」

「それは……」ハルタは板張りの床に視線を落として沈黙する。それからゆっくり顔を上げ、天井を仰ぎ、口を開いた。「密室殺ハムスター事件の謎を解いたからかな。公園問題といい、もっと練習場所がほしいとか、最近いろいろ考えることがあって……」

「再生をとめて」

山辺コーチが岩崎くんに指示し、スピーカーからのメロディが急にやむ。彼女はハルタのいる方向を探し、視線を虚空に投げる。抑えた、低い声でいった。

「……あたしに聴けなくて、岩崎の後輩たちに聴ける音なんて本当にあるの？」

「あるにはありますよ。密室殺ハムスター事件のトリックがまさにそれでしたから」


——目の悪いあたしじゃ解けない謎？

——たぶん、コーチには凶器の存在がわからないと思います。


ソファ席の隅では、「密室だの、殺ハムだの、事件だの、なんですか？」と岩崎くんが首を傾げ、「気にしないで。彼、頭がおかしいスカタンだから」と芹澤さんが小声で返している。

一方で、息を深く吸う気配があった。それは山辺コーチのもので、長くつづいた。

「あのときあたしは……てっきり目で見えるものだと思ってた……」

「違いますよ。音のようで音じゃない。音程もない。掌《てのひら》の密室の中にいるハムスターの子供をパニック状態にさせたのはモスキート音です。十七キロヘルツくらいの不快な高周波音。歳をとるごとに高周波音は聞こえなくなりますから、十代の若者避《よ》けのブザー音で使われます。一時期、授業中に先生にばれない着信メロディでも使われたことがありました。ネズミや小鳥や猫も反応しますよ」

モスキート音？

それって蚊のこと？　蚊の音？

十代の若者に不快な高周波音。歳をとるごとに聞こえなくなる音——

ハルタの言葉を思い出した。夜遅くになると中学生の不良の溜《た》まり場になった公園。いまは近寄らなくなった公園……。そういえばわたしは見ている。ネットの高い部分に、黒いスピーカーがぶら下がっていた。主婦Aがあの公園をショートカットで利用したのは夜十時頃。若者避けに、あのスピーカーが使われていたっていうこと？

わたしは自分の耳に中指をそっと触れる。

八問目を聴いていたときの違和感の正体がやっとわかった。

途中で、キーン、という蚊の羽音のような、高い不快音があったのだ。

耳鳴りと間違ってしまうほどの……

「本当に八問目の中にモスキート音なんて混じっているんですか？」と、岩崎くんが疑問を口にして中腰になる。

「たとえばの話だよ」ハルタが返した。

「そうですよね、僕には全然聞こえませんでしたから」

え？　と思った。

「私も聞こえない」と首をふる芹澤さん。

え、え？　ちょっと待って。

うそ。みんな、聞こえないの？

「実はぼくもなんだ」ハルタが腰に手を当てて、ため息を吐く。「耳年齢が進行していると歳に関係ないみたいでさ、十代でも案外早く聞こえなくなるケースがあるらしいんだよ」

「ああ、そうか」理由がわかった様子で岩崎くんは落胆する。「僕は大編成で練習漬けですからね。吹奏楽は大音量で音圧も高いし、拘束時間が長い」

「ここにいるメンバーのように」中学時代から吹奏楽をはじめているハルタが、両手を広げて力説した。「真面目に音楽に取り組んでいる十代は、早めに聞こえにくくなると思うんだ。仮に八問目にモスキート音が隠されているとしても、ここで証明することができないんだよ」

この場から、わたしだけ蒸発したい気分になった。

「チカちゃん、落ち込まないでよ。チカちゃんの頑張りはみんなよく知っているから」

「南高は少人数バンドだから。ね？　最初は五人からのスタートだったんでしょ？」

「穂村さん。きっと個人差があると思います。穂村さんって、耳というか頭というか身体中が赤ちゃんみたいにやわらかそうですし。これは褒め言葉ですから」

「おい、穂村。いつまでメソメソしているんだ。さっさと立て。一秒でも早く八問目にチャレンジしろ」

わたしは半ば強制的に立たされ、両脇を山辺コーチと芹澤さんにがっしりと抱えられる。そのまま頭をぐりぐりとスピーカーに押しつけられる形で、「おい、岩崎。再生をはじめてくれ」と、山辺コーチが指示を出した。

八問目の音声ファイルがスピーカーから大音量で再生される。

「……ミとミの間に一回……モスキート音があります……」

「一回で間違いないなっ」山辺コーチが頭上から恐い声を出す。

「……はい」

ぱっと手を放され、テーブルの上にごんと額を打ちつける。

「上条、どう思う？」

「意見をいう前にひと言。最終兵器がチカちゃんだったたっていうのが最高だ」

「連れてきてよかったよ」

「コーチ。八問目から、四分音符じゃなくて全音符にした理由がわかりましたね」

「四分音符だと短いから、モスキート音は聞き取りにくいか」

「ええ。判明したモスキート音を、とりあえずマルの形にして、ミとミの間に入れましょう」

ハルタが五線譜に書いた文字は次の通りだった。

H　E　○　E

かなり前進したのだ。山辺コーチは興奮してきたようで、鼻息を荒くする。

「ここからよ。モスキート音がアルファベットでどう変換されるか？」

「ひとによっては無音で、ひとによっては音程のない音。まずコーチの考えを聞きたいです」と、ハルタがいった。

「クラシック経験者が無音記号を思い浮かべるなら、無音のほう、休符になるわよ」

「僕もそう思います。休符で」岩崎くんがうなずいている。

芹澤さんはすこし考える素振りを見せて、五線譜に視線を転じた。「でも休符とか、音程のない音を音符にあらわすとしたら、記号は数十種類もあるのよ。その中にアルファベットとしてあらわせる記号なんてないし、そもそも全休符はこんな表記になるわけだし……」とペンを持って書き示す。

全休符記号をわたしは凝視した。

「……うーん。強いていえばTの文字？」

「見ようによっては、縦にぺっちゃんこに潰れたTの文字だね」とハルタ。

「勝負所よ。英語にもドイツ語にも、HETEという単語はないから」山辺コーチが腕組みをして考える。「岩崎の後輩たちはここで何度かトライしているのかもしれない」

「消去法も有効な手です。とりあえずTの文字にしてHETEで送信しましょうか。不正解なら最初からやり直せばいいわけですし」岩崎くんが先を急ごうとする。

「待って」五線譜をずっと眺めていた芹澤さんが、「これはなに？」と指さす。小さなメモ書きだった。

吹奏楽部、合唱部、軽音楽部

ヒントとして三つのクラブの問題部員が協力しないと駄目だという、岩崎くんと山辺コーチの会話を覚えていてメモした。ロールプレイングゲームのパーティーみたいだ。わたしから説明を受けたハルタも共感してくれたようで、「へえ。これは面白い」とつぶやく。

「面白い？」山辺コーチが反応した。「いったいどこが？」

「だってそれぞれのクラブは、音楽暗号を解くうえで、ある程度の知識をベースに持っているけど、スキルが違う。たとえば音楽暗号の一問目と五問目を突破するためには、吹奏楽部の部員が持つクラシックの知識が必要になるじゃないか。吹奏楽部の部員だったら、調べようと思えば自分で調べられるし、詳しいひとに聞きやすい」

じゃあ、と芹澤さんがちょっと宙を見るような目つきになり、「この中じゃ、合唱部が一番使えない気がするけど……」

「まさか」と、ハルタがいった。「八問目のモスキート音を聞き分けられる可能性が高いのは、合唱部だと思う。吹奏楽部や軽音楽部に比べて、はるかに耳の老化は遅いはずだから」

「ああ、なるほど」山辺コーチが感心した。「お互い、足りない部分は補えっていうことか。別に協力し合わなくても、この三つのクラブの提示がヒントになっていたわけね」

岩崎くんが五線譜の上の軽音楽部の文字を見て口を開く。「じゃあ、残った軽音楽部はどんなスキルを持っているんですか？」

みんなが沈黙した。

「こういうときは聞いたほうが早いね」ハルタが携帯電話を取り出し、親指で番号を押していく。メモリを使わないからこいつは記憶力がいいんだなあ、と思う。「だれに電話するの？」と、わたしは首を伸ばしてたずねた。

「アメ民の清春くん」

コールがしばらくつづく。通話状態になったようだ。もしもし、清春くん？　上条だけど。いま、電話いい？　ここにチカちゃんや芹澤さんも一緒にいるから、通話をハンズフリー状態にしてもいいかな？

「……快諾してくれたので」

と、ハルタは携帯電話の通話をハンズフリーモードにして、全員が聞ける状態にした。

〈今日も成島の姉《あね》さん、キツかったですよ〉

携帯電話のスピーカーから、清春くんの声がもれた。それはあなたに見所があるからなのよ。

「清春くん」と改まって声を出すハルタ。

〈なんですか？〉

「いま音楽パズルみたいなことをやっていて、ちょっと変わった趣向の質問をしたいんだけど、いいかな」

〈なんだ。それで電話したんですか〉

「清春くんの力を借りたいんだ。迷惑かな？」

〈いえ、上条くんに頼られるなんて、なんだか嬉《うれ》しいですね。いいですよ〉

「音の種類でさ、『ひとによっては無音で、ひとによっては音程のない音』というのがあるとするよ」

〈『ひとによっては無音で、ひとによっては音程のない音』ですか……。つづけてください〉

「それを音楽記号で表現したいんだ。できればアルファベットに直して。清春くんだったらなにが思いつく？」

〈ギターのブラッシング。『X』です〉

即答だった。わたしも芹澤さんも目を見開き、山辺コーチも呆気《あっけ》に取られている。

「それ以外は？」

〈ううん……。いますぐ思い浮かびません〉

「ありがとう。助かった。また明日《あした》、部活で会おう」

〈ええ〉

先にハルタが通話を切り、こっちをふり向く。

「消去法の選択肢が増えましたよ。Xです。Tか、Xの二択」

山辺コーチは顔を歪《ゆが》めていた。

「Xよ。HEXE……魔女」

「魔女？」とわたし。

ちっと舌打ちして、彼女はつづける。「……わかりやすいヒントがあったんだから、もっと早く気づけばよかった。そもそも『ヴァルプルギスの夜』というタイトル自体が、魔女を暗喩《あんゆ》していたのよ」

「八問目の解答をHEXEにしていいですか？」ハルタが確認する。

「いいわよ。たぶん、正解だから」

岩崎くんはスマートフォンの画面に「HEXE」の文字を入力し、メールを返信した。

二分ほど経ったあと、着信音とともにラストの九問目が着信した。

届いたメールの内容は、これまでの短文とうって変わって、ひとが変わったように饒舌《じょうぜつ》な文面だった。

[件名] 九問目。

[本文] あと一問で、きみはテストに合格して選ばれる。

このふたつの音声ファイルがこっちで余っているんだ。

バカに渡して、バレるようなことはしたくない。

プライドが高く、口のかたい、優等生がいい。

仮にバレても、揉《も》み消してくれそうな、私立の小中高一貫校の生徒がいい。

きみならできる。
きみなら一番乗りになれる。
きみの学校でまわしてくれないか。
添付ファイル『ヴァルプルギスの夜⑨ハ長調』
添付ファイル『ヴァルプルギスの夜⑩嬰《えい》ハ長調』

本文の内容を、芹澤さんが山辺コーチの耳元でささやく。

「待って。最後の問題は、音声ファイルがふたつあるの？」

「え、ええ」と戸惑う芹澤さん。

「なんでわざわざ分けるのかな。ドイツ語といい、魔女絡みといい、もう嫌な予感しかしない。ここからはあたしが全部責任取るから、ラスト九問目の音声ファイルを順に再生して」

ヴァルプルギスの夜⑨ハ長調のメロディが流れた。

山辺コーチがドレミで口ずさむ。

「……シ……ラ……ミ♭……」

つづいて、ヴァルプルギスの夜⑩嬰ハ長調のメロディ。違いにふと気づく。嬰ハ長調？

「……ド……シ……」

両方とも八問目と同じ全音符だった。

山辺コーチが、「モスキート音はあった？」とわたしに確認してきたので、「今度は聞こえません」と首を横にふってこたえた。

「ない？」

「聞こえないです」

「本当に？」

「バカですけど、たまには信じてくださいっ」

「じゃあどういうことだろう」山辺コーチは自問するように両手で頭を掻《か》いた。「さっきの八問目は、練習熱心な部員を切り捨てて、ドロップアウトした未成年の部員だけを通すフィルターだってこと？」

一瞬の沈黙があった。山辺コーチは険しさを眉間《みけん》に刻む。

「あたしの知っている『ヴァルプルギスの夜』って、ドイツで魔女伝説を題材にした古い祭りなの。魔女がほうきで空を飛ぶって発想が、どうして生まれたのか？　アヘンを吸ってハイになった昔の村人たちが、幻覚で夜空にひとが飛ぶのを見たことがはじまりなのよ」

「……え？　アヘン？」

岩崎くんが首をまわす。

「これってさ、たぶん九問かけて、これから音楽暗号を使った取り引きがだいじょうぶな相手かどうかを選別していたのよ。大人には見抜けないし、十代にしかわからない。まず最初の『シラミ♭』は『HAS』よ。次の『ドシ』は、嬰ハ長調だから、ドの音はシ♯と同じ。五問目で得た解法にならって、CをHISに変換する。こたえは『HISH』よ」

「そ、送信していいんですか？」

「問いに対して、こたえはひとつなんじゃないの？　⑨と⑩のナンバリングに合わせて、ふたつつなげたら『HASHISH』になる。ハシシ、大麻のこと」

「え」

彼の声は動揺し、震えていた。

「『ヴァルプルギスの夜』は、全問クリアしないと、自称OBの本性が見えないと思う。あとのことは任せて。岩崎たちのことは守るから」

岩崎くんが解答を入力して送った。

着信音とともに、メールが届く。

いまのコーチのこたえで正解だったのだ。

[件名]　電話番号。

[本文]　×××―××××―××××

「返信はなんて書いてあるの？」

山辺コーチが低い声でたずねる。

「……れ、連絡用の携帯電話の番号だけです」

岩崎くんの身が竦《すく》んでいた。

「これが本物か、手の凝ったいたずらなのかは、電話をかけてみないとわからないってことか。ただね、藤が咲高のOBを名乗る人物は、自分からは犯罪に関するワードや隠語をいっさいメールの履歴に残さなかった。最後の九問目で、相手の高校生にメールで直接打たせた、ずるくて、汚いやつだってことはわかる」

「ぼ、僕の後輩は……」

「『きみなら一番乗りになれる』ということは、岩崎の後輩たちは越えちゃいけない線を越えなかったってことじゃないかな。越えられない良心を持っていたんだと思う」

岩崎くんはかたまったまま、息をすることさえ忘れているようだった。

「……あいつ、全部ひとりで抱え込んでいたのか。かわいそうに」

「自分に目をかけてくれた岩崎にはどうしても相談できなかった。わかるでしょう？」

「…………」

「あのさ、岩崎がいった通り、自分に合う場所を見つけに枠の外に出ることってすごく大事なのよ。部活を辞める自由がある、学校に行かない選択肢もある。でもね、人間も動物と同じで、群れから出た途端に狙われるときがあるの。彼らはまだ吹奏楽部の一員だった。それが歯止めになった。そう考えてあげてもいいじゃない」

頭を垂れて聞いていた岩崎くんが顔をあげる。

「いまから行ってもいいですか？」

「いいよ。このスマートフォンはすこし預からせて。あたしに警察の知り合いがいる。警察音楽隊だけどね、コネがないよりはマシでしょ。あとのことはなにも心配しなくていいから」

じっとして居られないという素振りで岩崎くんは立ち上がると、山辺コーチにお礼をいい、荷物を持って飛び出して行った。

二階の部屋に四人が残される。

山辺コーチは、ふう、とソファに背を預けた。

わたしもハルタも芹澤さんも、肩を並べて口を半開きにしていた。

魔女とかアヘンとか、非日常すぎて、なんていっていいのか言葉が見つからない。

ようやく、ハ、ハ、ハムスターの子供のお墓参りでもしにいこうかな……と、ハルタが目を泳がせてつぶやいた。事故とはいえ、理不尽な目に遭ったハムスターの子供が一番かわいそうに思えてきた。

「お墓?」

山辺コーチが首にスカーフをまいてふり向く。

「アイスの棒でつくったお墓です」

ハルタが小声でこたえた。

「ハムスターの子供をもらえるはずだったお子さんがつくったの?」

「ええ。まだ、お墓を見るたびに泣いています」

「そう。だから犯人捜しをする気になったのか。そういうところが、上条のいいところだね」

「泣いている子を前にして、ぼくにはなにもできなくて……」

「今度あたしも連れてってよ。その子も、天国のハムスターの子供も、元気になれるような曲を知っている。クラビエッタで吹いてあげるから」

コーチのことだから突然鳴り響く洗練された音を想像する。

思い出した。

音楽にはひとを笑顔にする力、氷のような悲しみを溶かす力があることを——。わたしも一緒に行って、その曲がどんなものか聴いてみたい気持ちになった。

理由《わけ》ありの旧校舎

わたしたちの街には、声を大にしていいたい観光スポットがいくつかある。

たとえば久能山東照宮《くのうざんとうしょうぐう》。徳川家康《とくがわいえやす》公を東照大神として祀《まつ》る神社なんですよ。街にそんな立派な廟堂《びょうどう》があるなんて、なにをかくそう、十五歳になってからはじめて知りました。

久能山と海岸の間の土地は狭く、海岸から山の斜面を利用して、観光いちご農園を営む業者が多い。他県と比べて暖かい気候なので、いちごの栽培に適しているのだ。沿岸道路には椰子《やし》の木が植えられ、ヤマモモの木も多く、ちょっとした異国気分を味わえる。

そしてなんといっても、日本三大美港のひとつ、清水《しみず》港だ。

日本一深い駿河《するが》湾に面し、県のほぼ真ん中に位置して、波が穏やかで美しく、東南アジアや沖縄方面からの貨物船がたち寄る港湾。

港から富士《ふじ》山の絶景を仰ぐことができて、外国船員の人気は高い。

自慢ではありませんが、その港湾の近くに南高はあるんです。

ある日の夕暮れ——受験勉強で疲れた南高の男子生徒が、学校のグラウンドの上空で、一頭のプテラノドンが滑空する姿を目撃したという。

プテラノドンというと、中生代白亜紀に生息していたやつですよ。

あの翼竜のやつですよ。ハリウッド映画の『ジュラシック・パークⅢ』でひたすら人間に猛威をふるったアイツですよ！

黄昏《たそがれ》どきの薄い闇の中、頭上を飛んでいく大きな影。

グライダーのように長くて狭い翼。

子供の頃、恐竜図鑑の中でしか見たことのないシルエット。

ティラノサウルスと並んで憧《あこが》れた存在……

その日、プテラノドンを目撃したのは彼ひとりだけだった。家族にも、クラスのだれにいっても、信じてもらえない。

驚きと、感動と、喜びを、分け合いたかった。

しかし証拠の写真もなく、疲れているんじゃないのか、とまでいわれた。

現在も過去も夢も幻も溶け合うような奇跡の光景——それは彼ひとりのものに過ぎず、共感を得られないことにひどく落胆してしまう。

やがて彼はその経験を自分だけの宝物にして、だれにもこの話をしなくなった。

1

［件名］一年B組の佐倉真由美です。

［本文］上条先輩。入学してからずっと好きでした。

ハルタがまるで関心のなさそうな素振りで携帯電話を制服のポケットの中に入れた。それまで画面に表示されていた文字を、彼の背後から肩越しにのぞき込んでいたわたしは動揺を抑える。下級生からの告白メールだ。そういえば彼がもてることをすっかり忘れていた。

場所は学校の敷地内にある駐輪場だった。

夜の帳《とばり》が降りる中、屋根の下で等間隔に並ぶ蛍光灯は白い光を皓々《こうこう》と放っている。おかげで朝より壁の汚れがすごく目立つ。練習が終わってぐずぐず部室に居残っていたら、いつの間にか時刻は午後七時半を過ぎていた。

「盗み見したの？」

と、ハルタは自転車を出しながら横目で見やる。朝が早い吹奏楽部員の自転車は、駐輪場の定位置にまとまることが多い。彼の隣で自転車の鍵《かぎ》をカチャカチャと開けるわたしは素直に謝った。

「ごめん、つい……」

「別に見られても構わないけど」

「そういういい方はやめてよ」

唇を尖《とが》らせてフルートケースを肩に担ぎ直した。本当に偶然だったのだ。そもそもわたしは耳が早いほうではないし、積極的にクラスの噂話に加わるタイプでもない。むしろ最近は、学校に行く、イコール、部活に行く、という、お母さんが聞いたら泣き出しそうな娘になりつつある。

ハルタは不機嫌そうにいった。「あんなメール、すぐ消すつもりだから」

「あんな？　どうして」

彼に片想いする下級生の抗議を代弁した。付き合って、とか、会ってほしい、などと要求するわけでなく、想いだけを伝えるなんていじらしいと思う。

「アドレスを教えたおぼえはないし」

「アドレスなんか、道に落ちてるでしょ」

犯人捜しをするつもりはないけど、一年生部員のしわざだと思った。彼女らは現金だから、お昼のパンかジュースで買収されたのかもしれない。いけないことなんだけど。

「だいたい、ああいう形の告白って好きじゃないんだ」

「メールが嫌なの？」

「メールが嫌いというわけじゃなくて、あんなの告白でもなんでもないって。ただのパズルじゃないか」

とっさに話の関連が見えなかった。頭の中に「？」がいくつも並ぶ。

「ごめん。全然わからない」
ハルタが携帯電話を取り出した。カメラ付きの地味なタイプで、古い型なのに、あまり使い込んだ形跡がない。おそらく機種変更するつもりなどないだろう。彼は液晶画面をわたしのほうに向けながら、新規メールの画面を開いて、「す」と打ち込む。
すっかり
過ぎそう
すぐ
少しだけ
すんでのところで
好き
「ほら。『す』ではじまる語句が、いままでぼくが使った語句から順に予測変換で出てくる。こんな感じで、言葉を適当に選んで文面を組み合わせる。パズルみたいに」
なんとなく、彼のいいたいことが理解できた。
「そういう仕組みなんだから、しょうがないじゃん」
「告白って大事でしょ。機械に告白を代行してもらってどうするの？」
まあ、確かにわたしたちは人差し指や親指で言葉をパズルのように組み立てて、コミュニケーションをはかっているかもしれない。でも、恋する下級生に罪はないじゃないか。

責められるほどの間違いを犯したわけではないでしょうに。

「すぐ消すのは反対。消したら絶交です。晩ご飯目当てでの穂村家への出入りも禁止」

「手書きの不幸の手紙のほうが、まだ温かみがあってマシだなあ」

「それ、本人の目の前でいったら許さないわよ」

「いわないよ。いわないけど、これって一方的だよ？　実は二学期になってから五通目なんだ。こういうときこそ、爆弾処理班のチカちゃんの出番じゃないか」

「……爆弾処理班かぁ、もう疲れちゃいました」

お互い、駐輪場でしゅんとする。

「ぼくはどうすれば？」

「なんとかしてあげたいけど、女子バレーボール部時代に培ってきたテクニックも通じなくなりまして……」

「テクニック？」

「いいにくいことを、ひとに伝えるときのコツがあるの。強豪校の人間関係って大変だったんです」

「なにそれ。アドバイスして」

「取り繕うのは駄目よ。相手のベーシックな感情を傷つけちゃうと、ずっと恨まれるから」

「……さすが修羅場をくぐってきたことはあるね。他には？」

「ないない」
「そうか。じゃあもし会うことになったら、好きになってくれてありがとう、気持ちに応《こた》えられなくてごめん、の線でいこうかな。それ以上、なにも足さず、なにも引かずに去っていく形で」
その場にわたしや成島さんがいて、取り残された挙げ句、下級生を必死にフォローする光景が目に浮かぶ。
はあ、とため息がもれた。
自分の携帯電話をこっそり出してみる。新規メールの画面を開いて、すこし考えてから、試しに「お」と入力してみる。予測変換がざっと表示された。
おつかれ
おはよ
お母さん
起こして
遅れそう
オーケー
どれも最近わたしがメールで使った語句だ。ハルタはパズルみたいだと屁理屈《へりくつ》をこねていたけど、便利じゃないか、と思った。

……以上のやり取りをよく覚えていてほしい。

公園で起きた殺ハムスター事件のときにもふれたけど、ミステリー小説のトリックのひとつに「密室」がある。

本をよく読むハルタに教えてもらったんだけど、物理的に不可能と思えたり、常識ではありえない犯罪をフィクションの世界で不可能犯罪と呼び、「密室」は不可能犯罪の中でも代表的なトリックだそうだ。平たく説明してしまえば、犯人の出入りができない空間でひとが殺され、死体だけが発見される事件を指す。もちろんいろいろなバリエーションが存在し、作者の独創性によって多種多様な「密室」が生み出されているという。「密室」はプロレス技でいうロメロスペシャルのようなものだ、ともハルタは熱弁をふるっていた。技に入ってから完成までの難度は非常に高く、美しいフォームはオールドファンを魅了するが、効果（警察の捜査を混乱させる）はゼロに等しいと。まっとうな人生を歩んでいるひと、普通の高校生活を送る少年少女なら、まずお目にかからない事態だと断言していい。

しかし「密室」の対極にあるものだったら話は別だ。

わたしとハルタが遭遇した謎はまさにそれで、いまからそのエピソードを語りたい。

なんだと思う？

ヒントをいいます。死体や犯人や物を、だれも出入りできない空間に移動させる「逆密室」ではありませんよ。

2

自主練の改革を行いましたので、その内容を報告します。

基本的なスケールの練習に、タファネル・ゴーベールの『完全なフルート奏法第二巻』を使うようになった。芹澤さんの知り合い経由で安く手に入り、草壁先生を拝み倒して、わたし向けにわかりやすく意訳してもらったのだ。はじめはかなり無理して吹いていたけど、だんだん指が速くまわるようになり、リズム感も安定しだした。フルートをはじめておよそ一年半、初見の力も知らず知らずのうちに身についてきたらしく、ロングトーンの延長線上にスケールというものが存在することも身体で理解できた。

というわけで、メトロノームを使って日々打ちのめされてきた状態から、ちょっとだけ前進した。

練習が楽しい。

わたしは部活の朝練に参加するために、始業時間より九十分早く到着した。早起きは得だとつくづく感じる。忙しい一日に立ち向かう準備ができるのだから。

学校は早朝からどことなく騒然としていた。駐輪場に自転車を停めて昇降口に向かうと、スチール製の靴箱の前で、教員と生徒たちが深刻そうに顔を突き合わせる姿が見えた。彼らは一様に靴に履き替え、慌ただしく外に出ていく。よく見ると、旧校舎がある方向にひとが集まっている様子だった。

南高の敷地内には、新校舎の他に二階建ての旧校舎がある。新しい建物ができれば通常、古い建物は解体されるが、それでも一部残ったのは関係者の強い愛着があったからだと聞いていた。取り壊しの決まった旧校舎の床を、顔が映るほど磨く生徒たちの姿を目の当たりにして、お偉いさんたちは心を揺さぶられたという。

とはいっても文化財的価値のある建物ではない。耐震診断結果はぎりぎりセーフだったそうで、表向きは合宿所代わり、実際は問題行動を起こす数々の文化部が集められた部室棟と化していた。一部の生徒や保護者からは、青少年サファリパークという不名誉な呼称がつけられている。

立ちどまったわたしは、ひとが集まる旧校舎のほうに視線を投じた。

どうしたんだろう……

まあ、いいか、と顔を元に戻す。

くっきり澄んだ朝空の下、涼やかな風を受けて深呼吸する。

さあ、朝練だ。今日も頑張るぞ。

駆け出し、五、六歩先で、身体をくるりと旋回させた。

ひとだかりの中でハルタの後ろ姿が見えたからだ。遠くからでもホルンケースが目立つので間違いない。彼の隣には、オーボエケースを肩に掛けた女子生徒も立っている。成島さんだ。

息を切らして旧校舎の前に着く。嘆願署名運動までして一部を残したのだから、普通は木造と思うかもしれない。違うのだ。朽ちるのを待つだけの建物だが、セメント瓦《がわら》の屋根を持ち、コンクリートを使用した近代建築特有の重厚な趣がある。正面玄関の脇ではソテツが葉を広げ、象徴のような存在になっていた。野次馬の生徒たちの他に、いつも朝早くきている教員の顔ぶれが揃い、物々しい雰囲気を醸し出していた。

ハルタの隣に移動して、「なにがあったの？」と彼の脇腹を指で突っつく。

「あ。チカちゃん」ふり向いた彼は旧校舎のほうを指さした。「チカちゃんって、あの校舎に私物を置いてない？」

吹奏楽部は一時期、旧校舎を物置代わりに利用していたことがあった。いまはすべて新校舎の部室に移している。

わたしは首を横にふって、「置いてないけど」とこたえた。

「……泥棒が入ったみたいなのよ」

成島さんが腕組みし、片手を頬にあてがっていう。

え、と驚いていると、後方からマレンが近づいてきた。彼は強度のありそうなサックスケースを背負っている。

「まだ泥棒と決まったわけじゃないよ。今朝、旧校舎の鍵《かぎ》という鍵が全部開けられていたというだけで」

「鍵という鍵？」

わたしは二階建ての小さな旧校舎を見上げる。

マレンのいう通り、せり出した正面玄関はもちろん、窓という窓が開いていた。それも中途半端な開け方ではない。「めいっぱい開けました」という状態だった。部室のドアや廊下側の窓もすべて開けられているようで、向こう側の風景が視界に入るほどだ。昔の建物だから風通しがいいよう設計されているんだな……と感心した。

野次馬が集まる理由がわかった。

ひどく奇異に映る光景だからだ。

「うーん、気持ちがいいくらいの開きっぷりだ」と、ハルタが両手を上げて伸びをした。

当事者意識はまるでなく、どこかのんびりしている。

「警察沙汰《ざた》になってもおかしくないね」

マレンが首を傾げた。

けいさつ、ケーサツ……と、マレンの口からさらりとこぼれ出た言葉を、わたしは頭の中で転がしてみる。

「警察！」

まわりのみんながぎょっとした表情でふり向き、「穂村さん、そんな大声出しちゃ駄目」と、成島さんがわたしの腕を取ってたしなめた。

「でも……」

「チカちゃん。いまのところ、どの部室でも盗難があったわけじゃないらしいよ。ほら」

ハルタが顎《あご》で指し示すほうに顔を向ける。ひとだかりの中に、旧校舎を部室として使う文化部の部長の面々があった。さまざまなタイプがいて、好奇心が人一倍強いという点だけは共通している。その中に、演劇部の名越《なごえ》と、地学研究会の麻生《あそう》さんがいた。ふたりともわたしと同じ二年生で、肩を並べて茫然《ぼうぜん》自失している。心なしか顔色が悪く、震えているように見えた。相当なショックだったのだろう。生物部の女子部員が五人、膝《ひざ》を折り曲げてしくしく泣いている姿も印象的だった。

旧校舎の正面玄関にひとの気配がした。マジック同好会の男子部長と年配の教員が一緒に出てきた。髪にひどい寝ぐせをつけた彼は眠たそうにあくびを嚙《か》み殺していたので、朝早くから呼び出されたのだと想像できる。「なにも盗まれていませんし、荒らされてもいませんでしたよ」と首を左右にふり、アメリカ人がわからないときによくやる、両手のひらを上に向けて肩をすくめるポーズを取っていた。

盗難があったわけでもない。
荒らされてもいない。
ということは、なにが起きたのかわからない。話の内容までは伝わらないが、警察に通報した
教員が集まってなにやら相談している。話の内容までは伝わらないが、警察に通報した
ほうがいいのか判断に迷っている様子に見えた。
わたしの胸に得体の知れない不安がじわじわと湧き出し、静かにその波紋を広げていく。
詳しいことを名越と麻生さんに聞いてみようと思い、ふたりの背後からそっと近づいた。
名越は制服のポケットからフリスクを取り出し、手のひらの上でシャカシャカとふって
いた。校内にこういうものを持ち込むのは校則違反で、近くに教員もいるのに、まったく
気にしていない様子だ。麻生さんが「ちょうだい」という感じで手を出している。彼女は
学校で一、二を争うほどの長髪の美少女だが、喋《しゃべ》る声は現金自動預払機の無感情な声音に
近く、愛嬌《あいきょう》の欠片《かけら》もない。
ふたり揃って、フリスクを口にぱくっと入れるはずが、全部こぼれ飛んで、後ろに立つ
わたしの顔面にぶつかった。
「なんなのよ」
「なんだ。穂村じゃないか」と、名越がふり向いた。
「あら。穂村さん」麻生さんも顔をすこしだけ動かす。

「大事な備品とか盗《と》られてない？」口の中に偶然入ったフリスクの一粒を、かりっと噛んで、わたしは聞いてみる。

名越は眉間《みけん》に皺《しわ》を寄せて、頭を掻《か》き毟《むし》った。混乱を隠さずに、集まっている教員を凝視した。

「盗られてないよ。それにしても、とんだ災難だ」

それを受けて麻生さんは長い髪をひとふりする。

「ええ、まったく、とんだ災難。またあとから呼び出されそう……」

ふたりは肩を落として去って行った。旧校舎を根城、もとい部室にする他の文化部の面々もぞろぞろと彼らにつづく。生物部の五人は身体を寄せ合い、うつむき、洟《はな》をすすっていた。得体の知れない何者かに部室に侵入され、こんな形で騒ぎになってしまったのが応《こた》えたのだろう。わたしも自分の家で同じことをされたら気味が悪い。

「チカちゃん、もう行かないと」

ハルタに声をかけられた。あ、そうだった。朝練がはじまるんだった。いけないいけない。新校舎に向かって小走りで戻る。

「どう思う？　ハルタ」

「あそこまで徹底して鍵を開けまくるなんて、愉快犯のしわざじゃないかな」

「愉快犯？　いたずらってこと？」

「そうだとしたら名越や麻生さんがいっていた通り、いろいろと面倒なことになりそうなんだけど……」

さっきのふたりの話を聞いていたんだ。

「面倒って、うちの生徒が犯人？」

「そんなのわからないって」

「だよね」

確かにわからないことだらけだ。愉快犯が旧校舎の鍵を開けまくって楽しむだけならまだしも、それ以外の目的があったのなら……

ホルンケースをゆさゆさと揺らすハルタがいった。

「とりあえず、旧校舎全開事件とでも呼ぼうかな」

3

四時限目の授業が終了する十分前、右後ろの席の男子クラスメイトから手紙がまわってきた。驚いてふり向くと、どうやら手渡しで運ばれてきたようで、廊下を走り去る女子生徒の姿があった。全校集会で見覚えがある……。生徒会の書記の一年生に思えた。授業中に抜け出してきたのだろうか？　なにをやっているんだろう？

余白をだいぶ残して書かれた小さな文字を読んでみる。

『二年B組、穂村千夏さん。お昼休みに二階の視聴覚室まで来てください。なお、お弁当は視聴覚室で食べてください。これは生徒会からのお願いです』

わたしは眉《まゆ》を顰《ひそ》めた。

生徒会とは縁があるけど、こんな強引な呼び出しははじめてだった。悩んだが、手紙の中身を見てしまった以上は無視を決め込むわけにいかない。授業が終わり、お弁当箱と水筒を提げて視聴覚室に向かうことにした。

あーあ、部員が集まる音楽室で食べたかったのになあ……

二階の東端にある視聴覚室の引き戸を開ける。

三年生の元生徒会長、日野原秀一《ひのはらしゅういち》が机の上に腰かけてくつろいでいた。鋭い眼差《まなざ》しに猟犬のようにしまった身体つき、身長は百八十をゆうに超える。

「失礼しました」

わたしは引き戸を静かに閉めた。

「おい、おい、穂村、帰るな！」

引き戸の向こうから子供みたいなわめき声が響いたので、仕方なくもう一度開ける。そして、「げ」と露骨に嫌な声を出した。視聴覚室には日野原さんひとりしかいない。いままでの学校生活の中で、彼にさんざんふりまわされてきた記憶が脳内を巡る。

「おう、穂村。昼休みを潰《つぶ》して悪いな」

日野原さんがこんなことをいうので、

「昼休み、潰れるんですか？」

と飛び上がるという比喩《ひゆ》そのままの驚き方で、びっくりしてみせた。

「もう完全に縁が切れたと思っていましたよ……」

背中にハルタの声が届いたので首を後ろにまわす。彼もわたしと同様、視聴覚室に呼ばれたことを知った。

「困ったときの上条と穂村頼みだ。最近おまえらは練習でなかなかつかまらないからな、飯を食いながら話そうと思ったんだよ」

日野原さんは悪びれずにいい、目前の机を指さす。そこには購買で売っている紙パックのジュースとおやつパンが用意されていた。こういう気遣いができるから憎めない。それじゃあ、と遠慮の皮を一枚脱いで受け取った。

「あの手紙はなんですか？」

椅子に座ったハルタが弁当箱の蓋《ふた》を開けた。高校生のくせにひとり暮らしをしているせいか、ふりかけをまぶした白飯と、シーチキンの缶詰の組み合わせだった。今月はピンチなんだろう。かわいそうなので自分のお弁当から、唐揚げや卵焼きのおかずをせっせと移してあげた。

「あれか？　生徒会の後輩に頼んだ」

日野原さんが購買の総菜パンをかじってこたえる。授業中でもいうことを聞くんですか、どれだけ影響力を残しているんですか、とこぼしたくなった。

「生徒会はもう引退したんじゃ？」

ハルタの問いに、日野原さんが気まずそうに顔をしかめた。

「それがな、俺が引退した途端に機能しなくなってな……」

わたしは頬をもぐもぐと動かしながら、ワンマン、カリスマ、有能の三拍子が揃った経営者が引退して、荒れ地と化した会社を想像する。

「ああ、困ったもんだ」

日野原さんが深くうなだれた。校内一の自信家が弱気を口にする、そんなギャップを目の当たりにして不思議な気分になった。彼はため息を長々と吐く。

「トップの最大の仕事は後継者選びだったんだと、つくづく思ったよ……」

「十代の若さで開眼できてよかったじゃないですか」ハルタは卵焼きを美味《おい》しそうに頬張る。

「そうだよな。これはいい経験だよな」自分を赦《ゆる》す口実がもらえて、日野原さんは顔を上げた。ようは全然へこたれていないのだ、このひとは。「大学の指定校推薦が決まったし、卒業まで後継者育成を含めて面倒見ることにしたんだよ」

「部外者のぼくたちを強制的に呼び出した目的はなんですか？」

「手紙では、『お願い』という言葉を使ったはずだが」

「言葉遊びはいいですから」

日野原さんはふんと鼻を鳴らし、紙パックのジュースにストローを挿した。一気に飲み干すと、くしゃりと捻《ねじ》り潰す。ああ、いつもの調子に戻ったんだと思う。

「本題に入るぞ。今朝、旧校舎で起きた出来事のことだが……」

ねえねえ、とわたしはハルタに向かってささやいた。

「シーチキン、わたしにもちょうだい」

「しょうゆ、垂らす？」

「いいね、いいね」

「俺と話せよ！」日野原さんが吠《ほ》えた。

うるさいなあ、もう。わたしは箸《はし》の先を唇でくわえ、「確かハルタが旧校舎全開事件っていってたやつよね」

「言い得て妙だな。よし、その呼び方でいこう。旧校舎全開事件の現場にいたんだろう、おまえら？」

ハルタがうなずいて、「まあ、吹奏楽部は朝早いですし」と不承不承こたえる。

「俺は現場にいなかったから、あとから聞いた。結構面倒なことになったんだぞ」

「……面倒？」わたしは今朝のハルタの言葉を思い出した。

「それをいまから説明する。まあ、飯でも食いながら話そう」

日野原さんと、弁当をかき込むハルタのやり取りがはじまった。

「一時限目の授業が終わるまでの間、緊急の聞き取り調査が行われたんだ。対象は、旧校舎を部室にする文化部の部員全員。調査の内容は、盗難の事実があったかどうか」

「聞き取り調査？　そういえば授業中、うちのクラスでもひとり席を外していたな……。あれって職員室に呼ばれたんですか？」

「いや。もう一度、旧校舎に集められている」

「盗まれたものがないことは、早朝の時点でわかっていたじゃないですか」

「念を入れて確認する必要はあるだろ。ついでにいっておくと、あの旧校舎に学校の貴重品はない。高額備品、レンタル品、県の通達文書のような公的資料の類《たぐい》は、セキュリティの高い新校舎に移している。旧校舎にあったのは、あいつらの私物だけだよ」

ハルタは紙パックのジュースをごくごくと喉《のど》を鳴らして飲んでから、「で、聞き取り調査の結果はどうだったんですか？」

「全員の証言から、備品の盗難被害はないことが改めてわかった。となると、旧校舎全開事件は愉快犯のしわざになる。オブラートに包んだ表現にするといたずらだな」

「……学校としては後者の表現のほうがありがたいんですよね」

「まあな」

「愉快犯は、学校の生徒ですか？」

「まだわからない。今後の対策として、戸締まりと校内巡視の強化をするそうだ。生徒が犯人の可能性がある以上、警察沙汰《ざた》にしない方針を取った。自主的に名乗り出るよう呼びかけていくらしい」

箸をとめたハルタは、ふと眉根《まゆね》を寄せる。「日野原さん、さっきからずいぶん詳しいですね。午前中、授業を受けていたんじゃなかったんですか？」

「旧校舎全開事件に関心が出てきたから、授業をサボったんだ。表向きは保健室行きにしてある。俺には受験がないから、卒業までの日々はボーナスゲームのようなものだぞ」

なんてひとだ。ストローをくわえたわたしは一瞬顔を歪《ゆが》めた。

ハルタが上目遣いでいった。「じゃあ、いままで話してくれた情報の出所は？」

「聞き取り調査を受けた文化部の連中と、教頭先生から直接裏を取った」

「あの、日野原さん」

「なんだ？」

「念を押しますよ。旧校舎全開事件で備品の盗難被害はないんですよね。今後は戸締まりや見まわりを強化するんですよね」

「そうする方針らしい」と、日野原さんは椅子の背もたれに寄りかかり、伸ばした足を組んだ。

「こういっちゃあなんですけど、現時点で、ぼくらにできることはあるんですか？」

「愉快犯が学校の生徒として、犯人捜しをするお楽しみが残っているじゃないか」

「お楽しみ……」ハルタが引きつった笑みを浮かべる。「百歩譲って、犯人を見つけ出すことができたら、どうするんです？」

「おれたちは法律的にはまだ未成年だが、意識としては大人としてふるまいたい。今回の事件において盗まれたものはないし、荒らされた形跡もない。犯人はいたずらのつもりかもしれないが、とても大きな代償をおってしまったことを知って欲しい」

大きな代償……

なんだろう、それ。

ハルタは唐揚げを咀嚼《そしやく》してから喋《しやべ》る。「盗まれたものはないし、荒らされた形跡もない。それ以外の、ひとにはいえない被害でもあったんですか？　たとえば、生物部の女子部員たちが泣いてましたよね」

朝の光景をよく見ているなあ、と思った。

「そりゃそうだ。先生に犯人として疑われたんだから」

「え」

「去年の文化祭の結晶泥棒騒ぎで前科がある。覚えているだろう？　あの警察を呼ぶか呼ばないかの大騒ぎの張本人たちだ。またくり返されたのだから、疑われても仕方がない」

「あれは――」

わたしは抗議しかけた。やむを得ない事情があったんじゃない。

「待て、待て。だからといって今回の犯人だといっているわけじゃないぞ。去年の騒動以来、彼女たちは当番制だった旧校舎の掃除をずっと引き受けているんだ」

「そうなの？」

「ああ。いまでは朝夕二回の掃除を徹底して、旧校舎はとても清潔な状態に保たれている。旧校舎は建物が古いし、まわりに木が多いから、見たこともない気持ち悪い虫やゴキブリに悩まされて、二年の麻生がきゃあきゃあ悲鳴をあげるほどだったんだ。それがここのところ生物部のおかげでまったく見なくなった」

数々の文化部に迷惑をかけたのだ。彼女たちの健気《けなげ》さに、ぐっと込み上げてくるものがある。

「そういえば今年の夏休み、ジャージを着て旧校舎の修繕をやっていましたけど、あれも関係あるんですか？」

今年の夏休み、アパートを追い出されて学校に住んでいたハルタがたずねた。

「いずれ取り壊される旧校舎だから、壁とか柱のあちこちがボロボロでひび割れや穴が空いている。隙間風が吹き込んだり窓から雨が入ってくる箇所があったから、ホームセンターで石膏《せっこう》ボードや壁パテを買って埋めていたんだ」

かつて取り壊しの決まった旧校舎の床を、顔が映るほど磨いた生徒たちがいた。その精神を、彼女たちは受け継いでいるように思えた。

長く旧校舎を使ってもらうために……

「わたし、生物部の部員たちは犯人じゃないと思う」

「ぼくもそう思いたいね」とハルタ。

「可能性はゼロだよ。断言できる。ただしその根拠を、先生にいえない事情がある」

わたしとハルタは顔を見合わせ、机の上で身を乗り出す。日野原さんはひと呼吸置いて、再び口を開いた。

「鍵《かぎ》だよ、部室の鍵」

「――鍵？」ハルタは瞬《まばた》きを何度もして、くり返した。

「旧校舎を拠点に活動する文化部の連中が変わり者だってこと、知っているだろう。生物部やペン画部やマジック同好会はまだまともだが、大半は生徒会が管理しているブラックリストに載るほどのやつらだ。演劇部、発明部、地学研究会、初恋研究会、アメリカ民謡クラブ……」

「変わり者どころか、奇人、変人の万国博覧会のような集団じゃないですか。かかわってきたからわかりますよ」

「あいつらはな、ある意味、やっていることが高尚だから、盗《と》られたら困る備品ばかりを部室に置いている」

ふたりの会話を聞いて思った。確かに、麻生さん率いる地学研究会だけでも、パソコンを何台も部室に設置しているし、市内で発掘した貴重な鉱石を保管している。

日野原さんはつづけていう。

「部外者に盗られたり、泥棒に遭わないよう、部室のドアの本来の鍵を勝手に替えているんだよ。鍵はなんとマグネチックタンブラーだ。窓ガラスだって『突き破り』と呼ばれる侵入方法ができないよう、クレセント錠をダイヤル式に変更している」

スポンジのようなスカスカな相槌《あいづち》を打ちかけ、思い留《とど》まり、わたしは小さく手を挙げてたずねる。

「あの……マグネチックなんたらってなんですか？」

「刻みがないタイプの鍵だ。構造上ピッキングでは開錠できない。ちなみに配給元は初恋研究会の朝霧《あさぎり》だよ。あいつの家は調査会社だからな。コネがあって安くまとめて手に入ったそうだ。どいつもこいつも、鍵を自腹でグレードアップしてあげたんだから、学校に咎められても怒られる筋合いはない、と考えている」

理解が浸透するのを待った。世の中にはすごい鍵があるんだなあ、とも感心する。

「そんなすごい鍵が使われているってこと、先生たちは知らないの？」

「知られたら元に戻さなきゃならないだろ？　だから内緒にしている。鍵の管理は職員室でしているが、意外とばれないものらしい」

ハルタは口をあんぐりと開けたまま、反応できずにいる。

え？　どうしてそんな顔をするの？

「いいか、上条、穂村。ようは生物部の女子部員には、旧校舎全開事件なんて起こせないんだよ。マグネチックタンブラー、ダイヤル式のクレセント錠の解錠は素人には無理だ。とくにマグネチックタンブラーがくせもので、ドリルを使って物理的に破壊しても開かない仕組みだそうだ。今回の犯人は凄腕《すごうで》だぞ。『マジック・ボーイ』という映画に出てくる天才奇術師ダニー顔負けだ」

「マジック・ボーイ……？」知らないわたしは首をひねる。

「興味があるなら観ておいたほうがいいぞ。キャレブ・デシャネル監督だ。発明部の萩本《はぎもと》兄弟が『あの映画はやり過ぎだ。あそこまで開錠の手口を見せてもいいのか』と本気で怒るほどの名作だ」

発明部の萩本兄弟が犯人ではないか？　と勘ぐりたくなる感想だった。

とにかく、あの旧校舎を全開状態にするためには、とんでもない技術が要ることだけはわかった。今朝の記憶を掘り起こしてみる。演劇部の名越と、地学研究会の麻生さんは、肩を並べて茫然《ぼうぜん》自失していた。

決して開くはずのない旧校舎が全開——

だからショックを受けていたのだろうか……

苛立《いらだ》たしげに、日野原さんが拳《こぶし》を机の上に打ちつける。

「くそっ。俺が許せないのは、この新校舎より、青少年サファリパークと呼ばれるあんなボロ旧校舎のほうが、はるかにセキュリティが高かったっていうことだ」

憤慨するポイントはそこなんですね。

隣のハルタの反応をうかがった。難しい顔で黙り込み、伏し目でなにかを考えている。やがて彼は声を落とし、「気味が悪いな」とぽつりとこぼした。

「へ？　気味が悪い？」

「難攻不落ともいえる旧校舎の鍵という鍵を開けまくるデモンストレーションみたいな真似をされたわけでしょ。そんなピッキング犯が実際にいたら、この新校舎のセキュリティなんて簡単に突破できるじゃないか。職員室からテスト用紙だって簡単に盗める」

「確かに……」

思わず身を引くと、日野原さんの荒い鼻息がおさまった。

「南高に迫った危機を理解してくれたか。先生たちはまだ気づいていない」

ハルタが、降参、というふうに、両手を軽く上げるポーズを取る。

「そんな恐ろしいピッキング犯、相手にしたくありませんよ。それこそ学校関係者以外だったら手も足も出ませんし、物騒な仲間もいるかもしれない。警察の仕事です」

「ずいぶん弱気だな」

日野原さんの安い挑発に、ハルタは乗らない。「臆病《おくびょう》で弱虫でなにが悪いんですか」

わたしはうんうんとうなずく。

「上条、よく聞け。俺たちにできることは限られている」

「限られている？」ハルタは疑い深そうな視線を上げた。

「ああ。南高も、この街も、平和で、穏やかだ。そうだろう？」

「まあ……」

「そんな恐ろしいピッキング犯などいないという前提で、あの旧校舎全開事件が起こり得るのか、そこから推理を組み立ててみないか？　そのほうが現実的だ。疑われた生物部の部員たちがかわいそうと思うなら知恵を貸してくれ」

4

奇妙な展開になった。

視聴覚室の黒板の前に移動した日野原さんは、白いチョークを使って表を書き込む。

「実は昨日、旧校舎を部室として使う文化部の合同引退式があった。あそこはある種の寮みたいなもんだから、イベント事には団結力が発揮される。各部員がお菓子やジュースを持ち寄って、平たくいってしまえば送別会をやったんだ。パーティーの目玉は、夏休みに家族で海外旅行をした生徒がいたそうで、お土産を披露するとかいっていた」

話を聞きながら思い出す。アメ民のメンバーは昨日、吹奏楽部の練習に参加していなかった。兼部状態だし、深くは聞かなかったけど、そういう事情があったのか。

隣のハルタが不思議そうな表情を浮かべてたずねた。

「……お菓子やジュースだなんて、日野原さんは事前に知っていたんですか？」

「大目に見た。というか、後始末さえちゃんとすれば、知らないふりをする情けはある。ほら、黒板を見てくれ」

〈昨日〉
１７：００　三年生の合同引退式開始。
１８：５０　三年生の合同引退式終了。
１９：００　校則で定められている最終下校時間。
１９：３０　見まわり当番の教員が、旧校舎の戸締まりを表から確認。
〈今日〉
０６：３０　旧校舎全開事件が発覚。第一発見者は教員。

ハルタは椅子から腰を上げて黒板を眺める。

「十九時半の時点で、旧校舎はちゃんと戸締まりされていたわけですね」

日野原さんは手についたチョークの粉をはたく。

「ああ。昨日は教頭先生が懐中電灯を持って見まわりした。教頭先生は適当な仕事をしないよ。正面玄関も窓も、旧校舎をぐるりとまわって確認したみたいだ。その時点で旧校舎は完全に施錠、消灯されていた」

「だれかが閉じ込められた可能性はないんですか？」

ハルタの問いに、日野原さんは片眉《かたまゆ》を上げる。

「鍵《かぎ》を持っていない部員が中に取り残された可能性か？」

「そうです。慌てて飛び出て、鍵をかけずに帰ってしまった、とか」

「その場合、内側から開けるのは正面玄関か、窓のひとつで済むだろう。盗難被害に遭うリスクを冒してまで、旧校舎をわざわざ全開にする理由はない。なにより部室のドアに最強の鍵といえるマグネチックタンブラーを使う文化部が五つもある」

日野原さんの話はつづいた。

「ちなみに引退式に参加した部員は全員、二十一時までには帰宅している。盗難が起きたかどうかの検分のとき、親に確認済みだ」

黙って聞いていたわたしは、また、そっと手を挙げる。

「……あの。検分って、なんか大袈裟《おおげさ》な気がしません？」

「そもそも私物がなんなのかを、教員はだれも知らない。実際に現場で確認させる必要があったんだ。それを今日の一時限目の授業の間に終わらせた」

椅子に座り直したハルタが口を開いた。「旧校舎全開事件は、昨日の十九時半から今朝の六時半までの十一時間の間に起きたと考えていいんですか？」

日野原さんはかぶりをふる。「それは違う。今日の検分の最中、敷地のフェンスを隔てて、近所に住む老人が話しかけてきたそうだ。二十一時頃、旧校舎の窓という窓が開いていたのを見たといっている。さっき話した通り、窓のクレセント錠はダイヤル式だ。窓が割られていない状況から、マグネチックタンブラーの部室の錠は突破されているんだよ。この時点で旧校舎は全開状態となっていたと考えていい」

そういって黒板に書き加える。

〈昨日〉

17：00　三年生の合同引退式開始。

18：50　三年生の合同引退式終了。

19：00　校則で定められている最終下校時間。

19：30　見まわり当番の教員が、旧校舎の戸締まりを表から確認。
21：00　旧校舎の窓という窓が全開だった。目撃者あり。
（合同引退式に参加していた部員は全員、この時刻までに帰宅）

〈今日〉
06：30　旧校舎全開事件が発覚。第一発見者は教員。

日野原さんは指し棒を使って、黒板をぺしぺしと叩《たた》く。

「旧校舎全開事件が起きたのは、昨日の十九時半から二十一時までの一時間半の間だ」

日野原さんの言葉を、ハルタはそのまま鵜《う》呑《の》みにできない表情をしていた。腕組みし、小さく唸《うな》っていた。

「その一時間半で、何者かが旧校舎を全開にできる可能性はあるんですか？」

「鍵がなければ、ほぼゼロに近い。『マジック・ボーイ』のダニーさんが銀幕から飛び出してくれれば別だぞ。ダニーさんなら不可能を可能にしてくれる」

もう犯人はダニーさんでいいじゃん、といいたくなった。

ハルタは辛抱強く追及する。「鍵の管理は職員室でしたよね？」

「ああ。見まわり当番の教頭先生が職員室に戻ってくるまでの間に、旧校舎の文化部の生徒の代表によって、まとめて返却されている」

「それから職員室に忍び込んで、旧校舎に向かったということになりますね」

「職員室から鍵を盗むのは難しいぞ」

「どうして？」

「たぶんどこの学校もそうだが、防犯で警備会社と契約している。鍵に関しては秘密の保管場所があるんだよ。南高の場合はナンバーロック式の金庫だ。専用の鍵の他に、警備会社に連絡して暗証番号を聞かないと開かない仕組みになっている。その暗証番号は日々変わる」

「ナンバーロック式の金庫に入れられてしまう前に、旧校舎の鍵だけを拝借すれば問題ないんじゃないですか？」

「旧校舎の鍵は返却された時点で、職員室にいた先生がすぐナンバーロック式の金庫に入れている。これは教頭先生から聞いた」

「金庫の専用の鍵を拝借して、いったん職員室から出て警備会社に連絡、ナンバーロックの暗証番号を入手したうえで、再び職員室に忍び込む、という手は？」

「面倒な手順だな」

「可能性は、どんなに小さくたって無視できないですよ」

「学校では〈朝早い先生〉と〈夜遅い先生〉という役割がだいたい決まっているんだ。戸締まりを厳密にするために、彼らが通用口と職員室の鍵を持って開け閉めしている。警備会社に連絡できるのは、〈朝早い先生〉と〈夜遅い先生〉、そして一部の先生だけだ。当然、本人確認が行われる」

ハルタは髪をくしゃくしゃにしていた。「……じゃあ、やっぱり鍵がない状態で、十九時半から二十一時までの間に、だれかが旧校舎を全開にしたというわけですか」

「さっきもいった通り、時間的にも物理的にも極めて難しい。ついでにいっておくと先生たちは、だいぶ老朽化した旧校舎だから簡単に開くと思っている節がある。知らぬが仏、言わぬが花ってやつだ」

長い沈黙を置いてから、ハルタが苦しげな声を発する。

「日野原さん……」

「なんだ」

「犯人はダニーさんということで」

彼が立ち上がって教室に戻る準備をはじめたので、待って、待って、とわたしもあとにつづこうとする。

案の定、わたしたちふたりは日野原さんに腕をつかまれ、強引に引き留められた。

「逃げるな、逃げるな。こうして正攻法で考えると、論理の袋小路に入り込んでしまうんだよ。ダニーさんはいない、恐ろしいピッキング犯も存在しない、という前提で考えろよ」

「無理難題じゃないですか」

渋々と席に戻るハルタが、ふて腐れて頬杖《ほおづえ》を突く。

「かぐや姫みたいな無理難題を解くのはおまえの十八番《おはこ》だろっ」

ハルタは唇を前に出す形にして、制服のポケットからおもむろに携帯電話を取り出した。

「なにするつもり？」とのぞくわたし。

「当事者のアメ民の清春くんに確認したほうが早い」

「原則として校内に持ち込み禁止だから、メールにしておけよ」日野原さんが見下ろして助言する。

「そのつもりですよ」

ハルタは親指で素早く文章を入力し、メールを送信する。清春くんはマメな性格なので、返信は二分ほどできた。ちなみに文中の「ウナ」は、わたしたちの部内で「至急」とか「緊急」の意味で使われる。

［件名］Re：（ウナ）今朝の事件に関してコメントある？

［本文］いろいろショックですよ。

箝口令《かんこう》がしかれているから、詳しく話せませんが。

この件、もう僕に聞かないでくださいね。

「箝口令……」携帯電話を閉じたハルタが苦々しくつぶやく。

「やっぱり先生に口止めされているんだ」わたしは膨れた。

「口止めなんて人聞きが悪い。騒ぎを大きくせず、粛々と事実関係を調査しているところだろ」と、日野原さんが昂然《こうぜん》と体制側の台詞《せりふ》を吐く。

まったく、とハルタは仕切り直すように息を落とし、難しい顔をして黙りこくる。ちょっと宙を見る目になってから、口を開いた。

「正攻法でいくのはやめましょう」

「いいぞ。さすが俺の上条だ」

暗中模索の状態で、ひとのふんどしで相撲をとる構図を垣間見《かいまみ》た。

「全開以外は、なにも変化がなかったんですか?」

「変化?　どういうことだ?」

「全員の証言の結果、備品の盗難被害はないんですよね。だけど、昨日のパーティーに持ち込んだものが盗難にあった可能性はある」

「菓子やジュースか?」

「違う違う。パーティーの目玉があるでしょ。夏休みに家族で海外旅行をした生徒がいて、お土産を披露したんでしたよね」

「まあ、聞いた話はそうだが、それがどうしたというんだ?」

「おかしな点がひとつあるんです。夏休みを八月としましょうか。いまは十月、あと数日で十一月になるんですよ。最低でも二ヵ月、空白があったことになる。お土産なら普通、夏休み明けに渡すものなのに」

わたしは机の上に両手を置いて、ハルタのほうをふり返る。「そうそう、不思議に思っていたんだ。なんでいまごろ披露するんだろうって」

「確かにそうだな」日野原さんは首を傾げ、探るような視線になった。

「旧校舎全開事件そのものが不自然で、さらにもうひとつ不自然な出来事が起きていたんです。不自然なことが重なるのは、自然な理由があるからだと思いませんか？」と、ハルタがいう。

「なるほど……」

「不自然な出来事のどちらかの謎を解けば、もう片方の不自然な出来事が説明できるかもしれない。日野原さんが『恐ろしいピッキング犯は存在しない』と仮説を立てた以上、ぼくらが考えるのは、海外旅行のお土産の二ヵ月の遅延のほうですよ」

「おまえらしい理屈だな。よし、それでいこう。披露という言葉を使ったからには、『準備ができた』という意味に取れるな」

「ええ。準備期間に二ヵ月を要したか、それとも二ヵ月間手元になかったかの、ふたつの可能性があります。まず前者を考えましょうか。たとえば鉢植えかなにかの植物で、花が開くのを待っていた……とか」

話の道筋が見えてきたので、わたしも議論に加わる。

「魚とか動物でもいいんじゃない？　卵や赤ちゃんを買ってきて、育つのを待っていた、とか」

「おいおい」ふたりの会話を日野原さんが遮った。「動植物は日本の検疫を通りにくいんじゃないか？　俺は中学のときにホームステイでインドネシアに行ったが、お土産に買ってきたハムが、なんと動物に含まれて足止めをくったことがあるぞ」

「……じゃあ動植物はナシの方向で？」とハルタ。

「一般常識では考えにくいな。未完製品をつくるのに二ヵ月を要した、のほうがまだ説得力があるぞ。工作物とか、組み立て家具とか」

「家具？　どうして家具が出てくるんです？」

「海外旅行に行った部員の旅行先がスウェーデンらしい。北欧で人気がある国だ。スウェーデンといえば北欧家具だろう」

「他に思いつくのはノーベル賞、ヴァイキングかな」ハルタは考え込むように鼻梁《びりよう》をなぞる。

「サンタクロース、ムーミンもあるよ」わたしも揚々とつづくと、「それはフィンランドだよ、チカちゃん……」とため息とともにいわれてしまい、落ち込んだ。

ハルタは再び携帯電話を取り出すと、アメ民の清春くん宛にちまちまとメールを送る。返信はすぐに来たので、わたしと日野原さんはのぞき込んだ。

[件名] Re：（ウナウナ）合同引退式の目玉ってなに？

[本文] もう、勘弁してくださいよ。

というか、上条くんのまわりにだれがいるんですか……

雑貨店やスーパーで買える庶民的な食べ物です。

甲田さんに怒られるので、これ以上は言えませんからね。

もうレスしませんからね！

文中の甲田《こうだ》さんとは、アメ民の元部長の三年生男子のことだ。

「食べ物だったんだ」ハルタが意外そうに携帯電話を閉じる。「雑貨店やスーパーに売っていて、二ヵ月間で腐ったり傷んだりするようなものじゃないことはわかったけど、食べ物に披露なんて言葉を使うかな？」

「さっきの上条の話の後者にあたるんじゃないか？　二ヵ月間手元になかった、という可能性のほうだ」

「取り寄せ品？」とハルタ。

「雑貨店やスーパーで買えるもので、二カ月もかかる取り寄せ品か？　俺の中でそれは両立しないぞ」

「……ですよね」

「百歩譲って取り寄せ品だとしよう。航空便を使えば、一週間くらいで着くと思うんだが」

　ハルタも日野原さんも神妙な顔つきになって黙り込む。神妙というより、理解に苦しむ表情だった。推理が行き詰まったようだ。こうなるとわたしも口を挟みづらい。……と、思ったら違った。

「清春くんにしつこくメールを送ったおかげで、わかりかけたことがひとつありますね」

ハルタが顔を上げた。

「ああ」日野原さんが鋭い眼光を見せる。

「え、なに、なに？」と慌てるわたし。

「箝口令というのが、学校からのものではなさそうだってこと」

「旧校舎の文化部のやつら、結託してなにかを隠していそうだな」

「たぶん」と、ハルタはつづける。「彼らは嘘はついていないだろうけど、いわないことがあると思う」

　日野原さんの表情が険しくなった。胸を張り、これから空き地でのび太《た》を殴るジャイアンみたいに指をポキポキ鳴らして、「よし。連中を締め上げて聞き出してやるか」と物騒なことをいい出した。

「日野原さん、暴力は駄目ですよ」

ハルタがいさめてくれたので、ほっとする。

「は？　俺が暴力なんてふるうわけないだろ。鬼ごっこをするだけだよ。俺が原付スクーターに乗った鬼でな」

バイオレンスな光景が目に浮かんだ。だれかとめて、このひと。

「あのですね、日野原さん」ハルタは大きなため息を床に落とした。「もう完全に後手にまわっているんですよ」

「後手だと？」

眉《まゆ》をすこし上げた日野原さんが、ハルタの言葉をくり返す。

「日野原さんがこうしてぼくたちと昼休みを過ごしている間に、彼らは完全に口裏を合わせていると思うんです。団結力があるなら、そのへんの抜け目はない。清春くんの二回目の返信を思い出してくださいよ。上条くんのまわりにだれがいるんですか、とあったじゃないですか。これでますます警戒されました」

「……まじで？」

「いくら腕力に自信があっても、相手は生徒会のブラックリストに載るほどの問題生徒が率いるはぐれ文化部連合ですよ。こっちのチーム日野原は三人。頭脳においても戦力にしても、勝てるイメージがまったく湧きませんが」

演劇部の名越ひとりでも手を焼く日野原さんが、唖然《あぜん》とする姿は、見ものだった。

そうこうしているうちに昼休み終了五分前の予鈴が響く。

「あ、チャイムだ」と天井のスピーカーを見上げるハルタ。

「教室、戻らないと」と椅子を引くわたし。

「なんなんだよ、あいつらはあああ！」

ご乱心状態になった日野原さんが、ハルタの胸倉をつかんでぐらぐらと揺らす。茎が折れたひまわりのように頭を前後にふるハルタは、迷惑このうえない、という表情を浮かべていた。

5

さてさて。旧校舎全開事件の真相は、意外と早い段階で明らかになってしまったのです。

六時限目の授業中、日野原さんから一通のメールが届いていた。

[件名] 日野原より。

[本文] 放課後、また視聴覚室に来い。

お願い。来て。

顧問と部長には話を通しておくから！

上条が旧校舎全開事件の謎を解いたらしい。


わたしはショートホームルームのあとの掃除を手早く終え、急いで二階の視聴覚室に向かった。急な呼び出しにひと言文句をいおうと、着くなり、叩《たた》きつけるように引き戸を開ける。

あ、と思った。

演劇部の名越と、地学研究会の麻生さんが、ひどく居心地が悪そうに視聴覚室にいたからだった。ふたりともグラウンド側の窓際に立っている。

「どうしたの？」わたしは机の間を縫って近づく。

「元生徒会長に呼ばれたんだよ」

舌打ちとともに、名越が面白くなさそうにこたえた。視聴覚室の黒板には、お昼休みに日野原さんが書いた表がまだ消されずに残っている。正視しづらいのか、名越の視線はあちこちに飛び、麻生さんに関しては横を向いて完全に無視を決め込んでいた。

それほど待たずに、「悪い悪い、遅れて」と、日野原さんとハルタがふたり揃って視聴覚室に入ってきた。

わたしは、どういうこと？　とハルタに目で訴える。

「あ、チカちゃん。五時限目の休み時間に、コンピュータ室のパソコンで調べものをしてさ、今朝の旧校舎全開事件の謎があとすこしで解けそうなんだよ」

旧校舎全開事件という物々しいネーミングを耳にして、名越と麻生さんの顔がぐにゃりと歪《ゆが》んだ。なにか思い出したくもないような、明らかに不快な面持ちをしている。ハルタはそんな彼らに向かって、両手を合わせてお願いするポーズで話しかけた。

「ふたりに代表してわざわざ来てもらったんだ。あれだけの騒ぎを起こしたんだから、すこしは反省しているんでしょ？　昨日の合同引退式でなにがあったのか、ここで正直に打ち明けてもらいたいんだけど」

「おい、上条」脇で聞いていた日野原さんが割り込んできた。「こいつらは旧校舎全開事件の真相を知っているんだな？」

「真相を知っているのは、旧校舎を部室にする文化部の部員全員ですよ。彼らだけが悪いわけじゃない」

警戒した名越の表情が引き締まり、口がかたく閉じられる……ようにわたしには見えた。

彼と麻生さんの間で視線が交わされる……ようにもわたしには見えた。

ふたりが真相を打ち明けてくれるのを待つ。

グラウンドでは陸上部やサッカー部をはじめ、体育館からも各部の終礼の号令や掛け声が輪唱みたいに響く。ほとんどのクラブで三年生が引退したのに、夏よりもその声がひとまわり大きくなっていた。

ふたりは結局、なにも喋《しゃべ》らない。

箝口令《かんこう》、という言葉が現実味を帯びた。

「旧校舎がどうやって全開状態にされたのか、ぼくが捻《ひね》り出した推論をいおうか」

切り出したハルタの声に、わたしは固唾《かたず》を呑《の》んで聞き入る。

「合同引退式に参加した部員全員が共謀して、旧校舎の鍵《かぎ》という鍵を全部開けて帰宅したんだ。部室の貴重品は盗まれないよう、手分けして場所を移すか、持ち帰った」

へ？　全員が共謀して旧校舎の鍵という鍵を開けた？

そのまま帰った？

なんなのよ、それ？

呆気《あっけ》に取られたわたしは名越と麻生さんに視線を移した。ふたりとも顔を逸《そ》らしたので、どんな表情を浮かべているのかわからない。

興奮を通り越して、半ば呆《あき》れる呻《うめ》き声がした。日野原さんのものだ。

「……おい、上条。俺にもわかるように説明してくれ」

「『恐ろしいピッキング犯は存在しない』という仮説が成り立つなら、難攻不落の旧校舎の鍵は、鍵を持った当事者たちが開けるしかないんです。問題は、そうしなければならなかった理由ですが」

「理由だと？」

「今朝、日野原さんは現場にいなかったからわからないんですね。全開状態の旧校舎は、向こう側の風景が見えるんです。エアコンのない時代の建物だから、風通しがいいように設計されている」

ああ、と記憶の場面がよみがえる。

「全開状態にしたのは、風通しを良くするため？」と日野原さん。

「たぶんそうです。一晩そうする必要に迫られて、次の日の朝、見つかる前に元に戻すつもりだった。ところが代表者が寝坊して、ぎりぎり間に合わなかった」

今朝の名越と麻生さんの狼狽《ろうばい》ぶりを思い出す。

「俺にはわからないぞ。旧校舎の風通しになんの意味がある？」

「風通しの意味を話す前に、彼らがいつ部室の貴重品を元に戻したかについて触れておきましょうか」

「ああ、それも確かにあるな……」

「日野原さんはいいましたよね。旧校舎に学校の貴重品はなく、高額備品、レンタル品、県の通達文書のような公的資料の類《たぐい》は、セキュリティの高い新校舎に移していると。旧校舎にあったのは、彼らの私物だけなんでしょう？　一時限目の間に行われた検分なんて意味なかったんです。私物なんて先生が把握しているわけないですから。あくまで彼らの自己申告なんです。その場はうまく切り抜けて、あとで、前日に運び出した備品をばれないよう戻せばいい」

日野原さんは呻くような声をもらした。

ハルタの推論が佳境を迎えようとしていた。

「夏休みのスウェーデン旅行のお土産を、どうして十月に披露するのか？　その間二ヵ月ですよ。手に入るまでそれだけかかったと考えるのが理屈ですよ。調べてみたら船舶便が二ヵ月かかることがわかったんです。お土産の食品がもしあれだったら、手荷物でも、航空便でも運べない。みんな、一生に一度あるかないかの経験だ。合同引退式での開封を楽しみにしていた」

あれ、とは？

開封……？

わたしにはさっぱりわからない。

ハルタは椅子を引いて、名越と麻生さんの前に腰を下ろした。

「これ以上、自分の口からはバカバカしくていえないよ。旧校舎の文化部を代表して、真相を喋ってほしいな」

名越が麻生さんに一瞬目配せした。麻生さんが小さく首を横にふり、それを受けた名越の唇が薄く開く。

「……さっきから上条は、なにをいっているのかさっぱりわからん」

「ここまでの話を聞いて、まだとぼける？」

「上条の妄想には付き合ってられないな」

「じゃあ、ぼくの説を裏付ける物証があれば白状してくれる？」

「物証だと？」名越は瞬《まばた》きを数回くり返した。また麻生さんとの間で、視線が交わされた。

自信があるのか、彼の口角がわずかに上がるのを、わたしは見逃さなかった。「そんなものの、あるはずないじゃないか」

「たぶん当事者はみんな口裏を合わせているし、思いつく限りの証拠は隠蔽《いんぺい》している。名越も麻生さんも頭はいいから、抜かりはない」

　そういってハルタは手のひらを上にして突き出した。

「おい。なんだ、その手は？　飴《あめ》でも欲しいのか？」と名越。

「どっちでもいいから、携帯電話を貸して」

「おいおい。貸せるわけないだろ。プライバシーがあるんだぞ」

「写真もメールもアドレスも、見るつもりはいっさいないよ。そもそも証拠になるようなものは、今朝か昼休みの間に消しているだろうし」

　名越が動揺した。ハルタはつづける。

「ぼくたちに見えるよう、名越が自分で操作してくれればいい。新規メールの画面を開いて、いまからいう一文字を入力してほしいんだ。それさえやってくれれば、日野原さんがお咎《とが》めなしにしてくれるそうだから」

聞いてないぞ、という表情を日野原さんはしたが、「まあいい。それくらい上条に協力しろ」と促した。

名越は戸惑いながらも、自分の携帯電話を取り出し、親指で操作する。

ハルタがいった。

「入力してほしい文字は『し』の一文字。名越も麻生さんも部長だから、部員に対して一斉メール配信をしているはずだ」

携帯電話を操作する名越の目が驚愕《きょうがく》で見開き、

「うそだろっ」

と声高に叫んだ。麻生さんも自分の携帯電話を慌てて取り出し、同じ操作をする。彼女ははじめて「あっ」と声を発した。

「意外な盲点だと思わない？　写真やメールを消しても、こうして別の証拠を見落としている」

――と、ハルタが椅子から立ち上がり、名越の震える手から携帯電話を取り上げた。表示されている画面をわたしと日野原さんに見せてくれる。

そこには、「し」ではじまる語句が、名越が使った順に予測変換が出ていた。
シュールストレミング
じゃあ
しかも
しばらく
実は
しっかり
「な、なに？　シュールストレミングって？」
普段見慣れない単語をわたしはつぶやいた。
「動かぬ証拠だ。シュールストレミング。スウェーデンの世界一臭い缶詰だよ。にしんの塩漬けを発酵させたもので、発酵が進みすぎてぱんぱんに膨らんだ缶詰は、テレビでもよく紹介されているから存在くらいは知っているのかもしれない。そのあまりの臭さは、屈強な男の度胸試しで使われるくらいだ。販売の解禁は八月だから、夏休みの時期と一致する」
ハルタは黒板まで歩き、赤いチョークを持って、だいたいこんな感じかな……と表に矢印を付けて書き足していく。

〈昨日〉

17：00　三年生の合同引退式開始。

18：50　三年生の合同引退式終了。

この時間までに、合同引退式の目玉、シュールストレミングを開封。
あわよくばみんなで試食会をするつもりだった。
しかし想定外の臭さで、慌てて始末するも、あとの祭り。
旧校舎内に臭いが充満。

19：00　校則で定められている最終下校時間。

19：30　見まわり当番の教員が、旧校舎の戸締まりを表から確認。
この時点で全員、まだ旧校舎内にいた。
急いで掃除をするが、臭いはまだ取れない。
熟考した末、旧校舎を全開にしたまま帰宅することを決意。
備品はすべて移動か、持ち帰り。

21：00　旧校舎の窓という窓が全開だった。目撃者あり。
(合同引退式に参加していた部員は全員、この時刻までに帰宅)

〈今日〉

06：30　旧校舎全開事件が発覚。第一発見者は教員。

元に戻すはずだった部員が朝寝坊。一足違いで呆然《ぼうぜん》。

わたしは信じられない思いで黒板の表を凝視し、ハルタにたずねた。

「……そんなに臭いんだ?」

「ギネスに載るほどだよ。風下の家のガス警報器が誤動作するみたい」

昨日の夕暮れ、旧校舎内で起きたパニックが容易に想像できた。

背後で、くくっ、と息がもれた。我慢できない仕草で麻生さんが腰を折り、お腹を両手で抱え、すごい臭いだったんだから、と笑いを必死に押し殺している。

もうなにも隠すことがなくなった名越は、清々《すがすが》しい表情で腰のあたりを掻《か》いていた。

「いやあ、シュールストレミングを舐《な》めてたよ。おかげで世界一臭いのは納得いった。あまりの臭さに、三年生が中身をこぼして床につくわ、上履きの底について廊下や旧校舎の二階にまで臭いが移るわで、ひどい状態になってさ、すごいのなんのって!」

恐る恐る日野原さんを見た。間の抜けた表情というか、口を半開きにして、脱力して座り込んでいる。まあ、そうなるだろうな、と思った。

「ちなみに全部頑張って食ったから、食べ物は粗末にしていないぞ」と、名越は悪びれずにいう。

「こんな簡単に証拠が取れるんだから、便利な世の中になったよね」

ハルタが黒板の表を消し、旧校舎全開事件のくだらない真相が判明したところで、わたしと彼は視聴覚室から出て部活に向かうことにした。

とても大きな代償をおってしまったことを知って欲しい――

6

二階の視聴覚室から四階の音楽室に移動するためには、階段を上がらなければならないが、ハルタは階段を下りた。わたしは手摺《てすり》から身を乗り出す。

「どこ行くの？」

彼は後ろ姿のまま見上げて、「名越と麻生さんを待ち伏せる」と小声でこたえた。

「……どうして？」

「旧校舎全開事件でまだ聞きたいことがあるから」

「もう解決したじゃん」

「終わってないよ」

「終わってない？」

「たとえば日野原さんが、なぜ今回の事件の真相を執拗《しつよう》に知りたがっていたか」

「え」

「授業をサボって聞き込みとかしていたでしょ？　それでにっちもさっちもいかなくなったから、後輩を使ってぼくたちを昼休みに呼び出した。おやつパンとジュースを買ってまでして」

「大学の指定校推薦が決まったから、ヒマなんじゃないの？」

「ヒマでそこまでするかな」

いわれてみれば、日野原さんの一連の行動に釈然としないものがある。今回の事件に片足を突っ込んでいるわたしは、階段を急いで下りてハルタに付き合うことにした。

踊り場の隅に寄り、名越と麻生さんを待ち伏せる。

やがてキュッとスリッパを鳴らす音と、「あんな簡単にばれるなんてまいったな、早くみんなに知らせないと」という名越の声が耳に届いた。階段を下りようとする名越と麻生さんと目が合い、彼らははっと立ちどまる。

「ふたりに聞きたい。外で開けなければならないシュールストレミングを、どうして旧校舎の中で開けたの？」

ハルタがすこし恐い声を出したので、わたしはびくっとする。

昇降口に場所を移した。家路につこうとする生徒がちらほらいたので、人気《ひとけ》のない壁際の来客用下駄箱の奥、非常口につづく暗がりに、ハルタとわたし、名越と麻生さんは身を潜めた。

「あのにしんの塩漬けの缶詰って外で開けなきゃ駄目？」

事情をよく知らないわたしはハルタに聞く。

「よほど調理に慣れたひとでない限り、シュールストレミングは外で開けなければならないんだ。風下になにもないことを確認する必要もある。買ったときに説明されるはずだし、調べればすぐわかる」

「そんな強烈な缶詰なんだ」

「スウェーデン以外の国で開ける場所を間違うと、異臭騒ぎで警察に通報されるみたいだからね。名越や麻生さんなら、それくらい事前にわかっていたと思うんだけど」と、ハルタはふたりを見やる。

名越は気まずそうに肩を揺らし、口を曲げた。

「……まあな。ただ、スウェーデンでは庶民の食べ物だから、爆弾のような危険物じゃないぞ。ようは安全に開ける場所さえ確保すればいい。たとえば周囲になにもない屋外で、風が読める場所だ。南高にはその環境がある。だからお披露目会をやったんだ」

「その場所って？」とわたし。

「海岸」麻生さんがぽつりとこたえた。

ああ、と納得した。南高は海岸沿いに建っている。シュールストレミングの開封のシチュエーションとしては最適だったのだ。

「麻生のいう通りで、決行場所は海岸だったんだ。だからみんなで歩いて行こうとした」

「それがなんで旧校舎の中で開けちゃったの？」わたしはいった。

「事情をよく知らない三年の先輩が、移動を面倒くさがって、合同引退式の会場だった部室で突然開けちゃったんだ。本人はドッキリのつもりだったのかもしれないし、悪気はなかっただろうし、好奇心が勝っていたとは思うんだけど……」

と、名越は麻生さんに視線を移す。彼女は小さく相槌《あいづち》を打ち、長い髪を耳の後ろのほうから掻き上げ、そのときの状況を簡潔に話してくれた。

「予想をはるかに超えたわ。ミスト状のガスが天井近くまであがったの、見たから」

聞いているだけで怖気《おぞけ》が立つ。

「まあ、あとは上条が視聴覚室の黒板に書いた通りだよ」名越は吐息をついた。「いや、もう、本当にしゃれにならなくて、大パニックになったんだ。これだけは強調しておくが、臭かったり、臭いが制服につくのは、全員覚悟のうえだからいいんだよ。一生に一度あるかないかの経験だし、ハプニングを楽しむメンバーが揃っていたんだ」

「じゃあ名越たちにとって予想外だったのは？」ハルタがたずねる。

「旧校舎のまわりに帰宅途中の生徒、グラウンドには運動部の部員がいた。上条が指摘した通りで、ガス警報器が誤動作するほどの臭いなんだ。それは実際に体験してよくわかった。旧校舎の外にもれたら大問題になることも」

彼らの焦りようが想像できた。旧校舎は風通しがいいから、ぐずぐずしていると、あっという間に外にもれる……

名越は身振り手振りで話をつづけた。

「すぐ戸締まりをしなきゃならないことはわかっていたんだ。だが旧校舎は壁や柱がボロボロで、隙間風が吹いたり窓から雨が入っていたりしていたから、なにをしたって臭いは外にもれる。だから全員、途方に暮れた」

「だけどそうはならなかった」

ハルタが指摘し、麻生さんがこくりと、しおらしくうなずく。

「……私たちのピンチを救ってくれたのが、生物部のみんなだったのよ」

昨日の夕暮れどきに旧校舎で起きた出来事を、名越と麻生さんが語ってくれた。

シュールストレミングの突然の開封で、合同引退式に参加していた文化部のメンバーはパニックに陥った。

臭かったからではない。

確かに規格外の悪臭に悶絶《もんぜつ》しそうになったが、深刻な問題は別にあった。

とにかくこの臭いを外にもらしてはいけない。

しかし当日は風が強く、たとえ窓や玄関を閉めたとしても、老朽化が進んだ旧校舎では意味がない。全員に、冬の間の記憶がよみがえった。隙間風どころではない風が建物内に進入していたのだ。

だれもが、ああ、これが、異臭騒ぎというやつか。事件になって新聞の三面記事の片隅を飾るんだな……とひざを突いてあきらめかけたとき、解決のリーダーシップを取る生徒があらわれた。

生物部の五人の女子部員だった。

彼女たちはまっさきに、「旧校舎の窓という窓、部室の扉、玄関を閉めてください」と大声で指示を出した。「ぜったいに臭いはもれません。安心して。この旧校舎はいままでの旧校舎と違うから」と叫ぶ。

麻生さんは彼女たちに「……もう駄目。一緒に新聞に載ろ?」と鼻を押さえて弱音を吐くが、彼女たちは「私たちを信じてください」と麻生さんの肩をゆすった。彼女たちの鬼気迫る訴えに、狼狽《うろた》えていた文化部のメンバーは腰を上げる。

全員で手分けして、旧校舎の戸締まりを実行した。

すぐに窓にへばりついて、外の様子を眺める。

下校途中の生徒が見えた。グラウンドにはサッカーボールを蹴《け》る部員がいる。異臭に気づく者はいないようだった。
不思議なことに、シュールストレミングの強烈な臭いが外にもれていない……
生物部の彼女たちに従った結果、旧校舎の完全密室状態がつくり出されたことを知った。
旧校舎内で全員は再び団結する。
まず第一に、臭いの元である缶詰をビニール袋の中に入れてきつく縛り、床にこぼした
り上履きについたシュールストレミングを拭《ふ》いて、徹底的に掃除することに努めた。
次に、下敷きやノートで旧校舎内の空気を必死に扇《あお》ぎ、臭いの浄化作用をはかった。い
わゆる内気循環だが、多少はマシになるはずだった。
それから、旧校舎の電気を消して十九時半の教頭先生の見まわりをなんとかしのぐ。校
舎のまわりにだれもいなくなる二十時頃まで粘った。臭いは充満していたが、我慢する。
最後に、臭いが染みついてはいけないものや、盗まれてはいけない私物を急いで運び出
し、旧校舎を完全開放状態にした。
そう。彼らを救ったのは、旧校舎の完全密室状態と、完全開放状態だったのだ。
あくまでこれは事故。
ハプニング。
文化部のメンバーたちは歓喜に沸いた。自分たちはなんて幸運なんだ。なんて強運の持
ち主なんだろう。シュールストレミングの開封という一生に一度あるかないかの非日常体

験ができたうえに、絶体絶命のピンチを切り抜ける冒険を味わえたのだから。彼らは最大の功労者を捜した。それは生物部の女子部員たちだ。あの最初の指示のおかげ。感謝の言葉だけでは足りない。胴上げしてもいい。

名越も、麻生さんも、他のメンバーも、一様に戸惑う……

すべてが終わって彼女たちは大泣きしていた。

「そんなことがあったんだ」

事の詳細を知ったハルタが腕組みし、深々と吐息をもらす。当時の状況を整理する深呼吸のように聞こええなくもなかった。

「彼女たちって、みんなの役に立ててうれし泣きしたの？　それとも悲しくて泣いたの？」

去年の文化祭の結晶泥棒騒ぎを思い出しながら、わたしは名越に聞いてみる。

「今朝も旧校舎を見ては泣いていたんだよな。なにも話してくれないし、俺にはさっぱりわからん」

麻生さんも困った表情でうなずいていた。

考えをまとめるように、自分のこめかみを指で叩《たた》いていたハルタは、ふたりに向かって目を上げる。

「あのさ、旧校舎が完全密室状態になったのは、彼女たちが夏休みに修繕をやったからなんだよ。石膏《せっこう》ボードや壁パテで隙間風や雨が入ってくる箇所を埋めた」

そうそう、と名越がこたえた。「細腕の女子が五人で、けっこう大掛かりなことをやっていたんだ。生き物の飼育小屋は一般生徒が見られるよう新しい校舎のほうにあるし、なにをやっているんだと思ったんだけど、今回のシュールストレミングの開封を予見した行動とも取れるな……」

「そんなわけないよ」と呆《あき》れるハルタ。

「だよな」と名越。

「厚意で旧校舎の修繕をしてくれたんじゃないの？　私はそう受けとめていたけど」麻生さんが困惑気味に話に加わる。

「よく考えれば、それはないかも」

とわたしも唇に指の先を当てていった。みんなの視線が向いたので説明する。

「去年の結晶泥棒の騒ぎ、よく覚えているもん。部員がすくない生物部にとって活動実績はすごく大事なの。あの娘たち、日本カガク……なんだっけ……」

「日本学生科学賞」ハルタが補足してくれた。

「そう、それ。応募締め切りは確か十月から十一月で、だから騒ぎを起こしたんだけど、彼女たちにとって夏休みは研究をする貴重な時間なのよ。そんな時期に、自分たちの活動とはまったく無関係な大掛かりな修繕をやるのかなあ、と思って」

名越が眉《まゆ》を動かす。「結晶泥棒騒ぎの償いのつもりじゃないのか？」

「チカちゃんのいった通り、違う気がしてきたな」ハルタが首を傾げた。「だってすでに彼女たちは当番制だった旧校舎の掃除を引き受けているんでしょ。しかも最近になって朝夕二回だ。まさか名越たちがやらせたんじゃないだろうね？」

「いやいや」名越は顔の前で手を横にふった。「誤解しないでほしいが、俺たちは彼女たちを責めたことは一度もないよ。口数のすくない麻生でさえ、彼女たちを庇《かば》ったほどだ。自分からやりたいといい出して聞かなかったんだよ。でも確かに、朝夕二回の掃除はやり過ぎだな……」

「麻生さん」とハルタ。

「なに？」麻生さんの大きな瞳《ひとみ》が動く。

「彼女たちのおかげで、旧校舎に虫が出なくなったって本当？」

「ええ。いつも清潔に保たれるようになったけど……」

そういって麻生さんは口をつぐむ。名越もうつむいて黙り、わたしも考え込んだ。結果として旧校舎の文化部メンバーの危機を救った生物部の彼女たちは、それまで謎めいた行動を取ってきたのだ。

いったいなんのために……

「たぶん、日野原さんは知っているんですよね」

と、ハルタが顔を上げて首をまわした。彼の視線をみんなで追うと、日野原さんが仁王立ちしていてびっくりした。わたしたちのあとをこっそり尾《つ》けて、話を聞いていたことを知る。彼は無言で歩いてくると、拳《こぶし》を軽くふり上げ、ゴツン、ゴツン、と名越と麻生さんにゲンコツをした。「痛《い》ててて」と、名越は呻《うめ》き声を出し、「痛あああい」と、麻生さんは涙目になる。

日野原さんはふたりに向かって低い声で叱りつけた。

「名越も麻生も感謝しろよ。昨日の馬鹿騒ぎの収束と引き替えに、生物部のあいつらは大事なものを失ったんだ」

大事なもの……？

「なんですか、それは？」名越が頭を押さえていう。

「今年の春から旧校舎の屋根裏にオオコウモリが一匹棲《す》み着いていてな、彼女たちはこっそり保護していたんだよ」

「オオコウモリ？」

一番驚いていたのはハルタだった。後方にのけぞり、嘘でしょ、というふうな表情を浮かべている。彼がそんなに驚く理由が、わたしにはわからなかった。

「え？　コウモリってあのコウモリ？　黒くて、夕方になるといっせいに飛んで、なんか気持ち悪い鳥のような動物のような」

名越も麻生さんも同じ印象を持っていた様子で、日野原さんを食い入るように見ている。

日野原さんがため息交じりで、調べたことを教えてくれた。

「あのなあ、オオコウモリは東南アジアでは屋台で食用として売られているポピュラーな生き物だが、日本では小笠原《おがさわら》諸島や鹿児島から南の島にしか生息していない絶滅寸前のコウモリなんだぞ。大型のものが多くて翼を広げると二メートル近いものもいる。グライダーのように長くて狭い翼だ。果物や花の蜜《みつ》を食べて生きていて、フルーツコウモリとも呼ばれる。穂村が思うほど、野蛮な生き物じゃないし、嚙《か》みついたりしない」

つづく日野原さんの言葉に驚嘆する。

「俺が読んだ本では、環境省は哺乳《ほにゅう》類に関して絶滅の恐れがある種のリストを発表していて、それをレッドリストというんだが……九八年に発表されたものでは哺乳類が四十七種、その三分の二にあたる三十一種がコウモリなんだ。もちろんオオコウモリも含まれていて、この街に生息しているデータはない」

わたしは身を乗り出して聞く。「そんな希少なコウモリが、どうしてこの街に？」

「俺も考えたよ。可能性を挙げるとしたら、東南アジアからの港のコンテナに忍び込んだオオコウモリが、『迷いコウモリ』として棲み着いたのかもしれない。コウモリはそんな感じで国と国を行き交うことがあるらしい」

港の迷いコウモリ……

そうか。わたしたちの街には大きな港がある。外国船が頻繁に行き来している。

「今年の春、旧校舎の屋根裏で死にかけた一匹のオオコウモリを見つけたのは、生物部の部員のひとりだ。相当驚いたそうだ。彼女が知っている小型のコウモリとは明らかに違う。見た目はそれほど気持ち悪くないし、毛がフサフサしていて、どこか愛嬌《あいきょう》がある。急いで調べて、もしかしたらオオコウモリかもしれないと思った。学校の近くのいちご農家のひとから、駄目になったいちごを分けてもらって与えてみたんだ。そうしたら食べた」

長い船旅で行き倒れ同然だったオオコウモリと、生物部の部員の密《ひそ》かな邂逅《かいこう》を知った。

いや、ずっと前から街に人知れず棲み着き、最後の一匹になっていたのかもしれないのだ。わたしの推測は次の日野原さんの言葉で信憑《しんぴょう》性を帯びた。

「この街は比較的暖かい気候だろ？　観光いちご農園はたくさんあるし、オオコウモリの好物の実がなるヤマモモの木も植えられている。冬になるとみかん栽培も盛んになる。断熱材がつまった旧校舎の屋根裏を住処《すみか》に選んだオオコウモリは生きられるのかもしれない

——そんな希望が湧いたそうだ」

みんな黙って日野原さんの話を聞き入る。

「彼女たちには、オオコウモリの生息を通報する選択肢があった。ただ、本で調べていくうちに、日本では研究対象や標本や剝製《はくせい》の運命を辿《たど》ることを知って胸が痛んだそうだ。異

国の地に迷い込んだかもしれないオオコウモリに同情したんだよ。あいつららしいといえば、あいつららしい無軌道さだがな」

日野原さんはそこでひと呼吸置き、また喋《しゃべ》りはじめた。

「生物部の部員たちはオオコウモリの生息を守るために結束した。まずは毎日の掃除だ。コウモリって生き物は、糞《ふん》の掃除さえまめにすれば、害獣でなくなる。人間を襲うことはないし、日中に見かけることもない。次に彼女たちは夏休みになると、思い切って旧校舎の屋根裏以外の壁のひび割れや穴を補修した。オオコウモリの糞目当てに虫が入らないようにするためだ。旧校舎の他の文化部のメンバーには内緒にした。穂村が見せた反応のように、コウモリは常に誤解がつきまとう生き物だからな」

ばらばらに散らばっていたパズルのピースがすべて合わさっていく感じがした。

麻生さんが目を見開いている。

旧校舎全開事件の裏で、なにが起きていたのかをようやく理解できた。

「昨日、旧校舎でシュールストレミングが開けられた。そうだろ？　世界一臭い缶詰だ。生物部の部員たちは海岸で実行すると聞いていたから仰天したに違いない。嗅覚《きゅうかく》が発達しているオオコウモリは旧校舎の屋根裏から逃げ出して、二度と戻ってこないことを彼女たちは理解した。だから泣いたんだよ」

身体中の息を吐き尽くすような音がした。名越のものだった。いろいろ気づくことがあったのか、いっさい質問を差し挟まず耳を傾けていた彼は、「そうだったのか……」とショックを隠しきれない様子で壁に背を押しつけている。

「日野原さん」ハルタが声をあげた。「いつ、彼女たちがオオコウモリを保護していたことを知ったんですか？」

「文化祭が終わったあとだ。彼女たちの内緒の観測日記を、彼女たちの前で勝手に読んだ。いっておくが、俺はオオコウモリの存在を彼女たちに黙って口外するほど野暮なことはしないよ。ただ、彼女たちが抱えていたものは大きすぎる。いずれ男手が必要になるだろうし、今後どうするつもりか、決断を出すまで見守ってやるつもりで全面協力を申し出た。今日の午前中、授業をさぼって、生物部の彼女たちからオオコウモリが姿を消したことだけは聞いた。実際、旧校舎の屋根裏を見に行って確認したよ。なぜそうなったのか、理由を俺は知りたかった」

「で、ぼくたちを昼休みに呼び出したんですか。日野原さんって、いいひとだか、悪いひとだか、わからないですね」

ハルタが感心とも嘆息ともつかない声を出す。

「そうか？　俺は常に生徒の味方だぞ」

「日野原さん、あの……」

「なんだ？」

「すこし疑わしいです」

「おいおい。俺はみんなに愛されている元生徒会長だが」

「じゃあ携帯電話を貸してください」

ハルタは日野原さんから携帯電話を半ば奪うように取り上げると、新規メールの画面を開いて、「ひ」の一文字を打ち込んだ。「ひ」ではじまる語句が、日野原さんが使った順に予測変換で表示される。

ヒノハラオオコウモリ
日野原
ひさしぶり
ひさびさ
日付
ぴったり

一緒にのぞく名越と麻生さんのひざががくっと折れた。

「もし新しい亜種だったら、俺の名前をつけてもらおうと思ってな、彼女たちに交渉していたんだよ。相当嫌がられていたけどな……」

日野原さんはそっぽを向き、気まずそうにつぶやく。

これで旧校舎全開事件の謎がすべて解けた。

みんな、向こう見ずで自分勝手なひとたちばっかりで、でも……わたしはちょっとだけ感動してしまった。

♪

翌日から名越や麻生さんたちによる大捜索がはじまった。

夕暮れどきになると、ジャージ姿にヘッドランプを装着して、「おーい、いたかー」とか、「こっちにはいませーん」などと叫んで、学校周辺の森や林を歩く姿は付近の住民から物議をかもした。

やがてチーム麻生が海岸沿いの街道の椰子《やし》の木のそばでオオコウモリらしきコウモリを発見する。逆さまにぶら下がって、つぶらな瞳《ひとみ》で、南高の旧校舎の方向を見つめていたという。安否を確認した麻生さんは写真を撮って生物部の部員たちに渡した。彼女たちは写真を手にして涙ぐみ、すぐ嘆願書をつくって、これから先のことを先生に相談しに行った。

彼女たちがようやく下した決断は間違っていない。そう、旧校舎の文化部員たちは信じている。

惑星カロン

「……誠一《せいいち》。合格祝いの品が、そんなもので本当にいいのか？」

「そんなものだなんて。これ、国内に二本しか入荷されていないんだし、高いんだよ」

「いや。金はいいんだ。母さんがいなくて、おまえには苦労や迷惑をかけたから」

「母さんが死んだのは父さんのせいじゃないだろ？」

「……そうだが、おまえにはもっとふさわしい進路の選択肢があったかもしれない。俺がひとりで育てたばかりに、おまえの将来を狭めてしまったと思うときがある」

「…………」

「誠一？」

「そんなくだらない悩みよりさ、ほら、冥王星《めいおう》を見つけたよ。ここでは惑星の仲間になっているんだ。もっと練習して、もっとよく探せば、父さんが好きなカロンも見つかるかもしれないね」

——みんな、どこにいるのだろう。

これはイタリア出身の物理学者フェルミさんがアメリカのロスアラモス国立研究所で、同僚とランチをとりながら雑談しているときにつぶやいた言葉です。

みんなというのは宇宙人、地球外知的生命のことです。

のちに彼の疑問は、フェルミのパラドックスと呼ばれるようになります。

フェルミさんは、自身が教鞭《きょうべん》を執る学生に対して「世界中の海岸にある砂粒の数はいくつか？」といった問題をしばしば出したそうです。解答の見当がつきにくく、実際に調べるなんてことはできません。しかしいくつかの手がかりをもとに、その値を論理的に推定し、短時間で概算することは可能であり、その手法をフェルミ推定と呼びます。

たとえば「日本にピアノの調律師は何人いるか？」という問題を、フェルミ推定で考えてみることにします。

まず「日本の人口は一億三千万人」、そして「一世帯の人数は四人」、「ピアノがあるのは二十世帯に一世帯」などと問題を解く手がかりとなる数を見積もっていきます。これらの数から日本の家庭にあるピアノは全部で百六十万台（＝一億三千万÷四÷二十）と推定できます。

　さらに「ピアノを調律するのは年に一回」、「一回の調律にかかるのは二時間」と仮定すれば、百六十万台のピアノを調律するのに年間三百二十万時間が必要で、調律師が一日八時間、週に五日、一年に五十週働く場合、ひとりの調律師は年間二千時間ピアノを調律できることになります。

　そこで三百二十万時間を二千時間で割れば、日本中のピアノを調律するのに必要な人数として千六百人と推定できるわけです。

　手がかりとなる数字さえ見つけられれば、小学生でも――わたしでも推定できるのがフェルミ推定なのです。

　ところで「一般社団法人日本ピアノ調律師協会」のホームページというものがあるらしく、さっそくこたえ合わせをしてみると、な、なんと、正会員数は約三千人と記載されているではありませんか。

「チカちゃんが算出したのはあくまで現役で実働している調律師の数でしょ？　ダブルスコア近い誤差なら、まずまずの推定といえるんじゃないの？　読みは悪くないんだから」

　赤っ恥を掻《か》きそうになったわたしを、めずらしくハルタがフォローしてくれましたとさ。ちゃんちゃん。

さてと、話を元に戻しましょう。

冒頭のフェルミさんの問いかけは宇宙人に向けたもので、彼の出した問題は「これまでに地球外知的生命は地球を何回おとずれたか」でした。フェルミさんは宇宙の広大さや歴史の長さなどから次々とフェルミ推定をしていき、地球外知的生命は何度も地球をおとずれているはずだ、というこたえを導き出したといいます。

でも、わたしたちは彼らに出会ったことがありません。

地球外知的生命はいるはずなのに。

わたしたちは出会っているはずなのに。

だからフェルミさんは「みんな、どこにいるのだろう」とつぶやいたのです。これがフェルミのパラドックスと呼ばれているのです。

フェルミさんの崇高な悩みに、田舎に住む一介の女子高生のわたしなんかがアドバイスできません。

ただわたしだって、「みんな、どこにいるのだろう」って思ったことはあるんですよ。

それは学校のコンピュータ室や、お母さんのノートパソコンを開いて、インターネットの世界に足を踏み入れたときです。画面の向こう側にいる匿名のひと、可愛らしいハンドルネームで活躍するひと、中には実名を公開するひともいるけれど、みんな、実際に会うことも、動く生の表情を見ることも、声を聞くこともできなくて……

本当にこのひとたちは日本のどこかにいるのか？

出会うこともなければ、存在しているのかも疑わしいのではないか？

もしかしたら、だれか有能なひとりが、何百人といったひとたちのふりをしているのだろうか？

その逆で、複数の見知らぬひとたちが、ひとりを演じているのか？

フェルミ推定でも手がかりとなる数字が漠然としすぎて見出《みいだ》せません。

これから話すのは、「みんな、どこにいるのだろう」と願い、考え、そして夢を見ている三人の物語です。

フェルミのパラドックスに迷い込んだ三人は、最後にひとつのこたえに導かれるのでしょうか……


——きみはまだ中学三年生だよね。確かアンサンブルコンテストの規定では、フルートの二重奏は参加できなかったと思いますが。

——全日本吹奏楽連盟が主催するものではなくて、県が主催するアンサンブルコンテストです。その管楽器・重奏コンテストではフルートの二重奏でも参加できます。

──なるほど。それできみはフルート二重奏の『惑星カロン』を演奏したいのですね。

──作曲者である新藤直太朗《しんどうなおたろう》さんの許可と、スコアをお借りしたいです。

──どうして『惑星カロン』を演奏したいと思ったのですか？　返答次第では父への橋渡しはできません。


掲示板に書き込まれた誠一さんのコメントに、私は緊張する。

どう返答すればいいんだろう？

アンサンブルコンテストの申し込み期限まで、あと六日。

私が在籍する吹奏楽部には、三年生部員の私と、後輩の一年生女子部員のふたりしかいない。日本全国の吹奏楽経験人口は一千万人を超えるといわれているけど、みんな、どこにいるんだろう、という感じだ。

本来なら私はとっくに引退して受験勉強に励まなければならない。

(倉沢《くらさわ》先輩、心配しないでください。ひとりでもだいじょうぶですから)

後輩の情報だと、来年は彼女の母校の小学校ブラスバンド部から、十人以上入部してくれるという。彼女が訪問して呼びかけているのだ。やる気のある娘《こ》でほっとする。話半分としても新入部員は五人。それでなんとか持ち直すことはできる。六人いれば、合同参加が可能な小編成部門や、全日本吹奏楽連盟が主催するアンサンブルコンテストへの出場が可能だ。つまり、大きな目標を持った部活動がようやくできるようになる。ならば私に懐いて、いままで付き合ってくれた後輩に、本番の舞台に立つ経験をさせてあげたかった。

管楽器のアンサンブルは、編成でも、技術でもなく、まず楽曲だと、フルート教室をやっているお母さんに口を酸っぱくしていわれたことがある。そのお母さんから受験勉強を理由にコンテストの出場を反対されているので、自分で楽曲を探さなければならなかった。私だって大変な時期に出場を強行するのだから、どうしてもこれをやりたい、という強い意気込みを手練《てだれ》のお母さんに見せつける必要がある。ありきたりな有名どころではたぶん納得してくれない。ようやく選んだのが——『惑星カロン』という日本のオリジナル楽曲のフルート二重奏だった。

私はそれを、定年間際の顧問が持っていたカセットテープではじめて知った。何度もダビングされてひとの手を渡ってきたもので、音質は劣化していた。どこかの学校で、この楽曲で金賞を獲《と》った生徒がいるのだという。地域、学校名、大会名の情報はなく、楽曲だけがひとり歩きしている不思議なカセットテープ……

悠然とはじまる五拍子のメロディが、曲の中間部でテンポが上がり、じょじょに緩やかになっていく緩、急、緩の三部構成。テンポが速い中間部での高い音と低い音の十六分音符の旋律が終盤にかけてゆっくりとユニゾンで着地する。五拍子で恰好《かっこ》いい曲節だが、どことなくもの悲しさも感じる。

聴き終わったあと、私はこれを吹きたい、と心から思った。本当に、そう感じた。

作曲者は新藤直太朗さん。

本業はサラリーマンで音楽家としても活動をつづけていたひとらしい。

スコアは出版されていると聞いたけど、通信販売でも、本屋に問い合わせても、すでに絶版となっていて途方に暮れた。藁《わら》にもすがる思いで連日深夜、インターネットの吹奏楽部関連のサイトを閲覧した。コピーを持っているひとがいるかもしれないと思いながら。

あきらめかけたときに奇跡は起きた。

藁どころではなく、水に浮く救命ロープをいきなりつかみ取ることができたのだ。

それは検索エンジンではなかなか表示されないホームページだった。

制作者の名前は新藤誠一。

作曲者と名字が同じ。

まさか……と心臓が早鐘を打つ。

プロフィールによると、彼は普門館常連校の吹奏楽部の生徒で、高校一年生のときにアンサンブルコンテストで金賞を獲っていた。そのアンサンブルコンテストは支部が独自に開催したもので、金賞を獲った楽曲の題名を見た私は、感極まってガッツポーズをした。

父が作曲したフルート二重奏『惑星カロン』だった。高校卒業後、東京の音楽大学に進学が決まっているらしく、進学前まで毎日のようにブログが書かれていた。

なんでいままで見つからなかったのか、不思議に思ったほどだ。

わざと検索エンジンに引っかかりにくいようにしている……？

日記の最後の日付を読んですこし納得がいった。更新が五年以上も前にストップしていたのだ。訪問者数のカウンターは、おそらく長くゼロの状態がつづいたのだろう。広大無辺な宇宙空間で、天体望遠鏡でも観察されなくなった星に等しい。星は外力がない限り、寿命はない。ただ閑寂と漂うだけ。

誠一さんのブログを読んだ。大学生活がはじまるまでのホームページのようだから、役目を果たしたのだと想像できた。落胆を覚えたが、掲示板がまだ書き込めたので、一縷《いちる》の望みを持って、その星に交信を試みた。

遠くの場所から、届いてほしい、と毎日手をあわせて祈りつづけて……

祈りつづけてようやく……

誠一さんが私の呼びかけに応《こた》えてくれたのだ。

(どうして『惑星カロン』を演奏したいと思ったのですか？　返答次第では父への橋渡しはできません)

パソコン画面に映った文字を見つめながら、小学生の頃の爪噛《か》みの癖が復活しそうになる。自分が試されている気がした。誠一さんだって高校一年生のときに吹いたのに、と文句のひとつもいいたくなった。

何度もキーボードで文字を打っては消し、大人になった彼が望みそうな返答を推考した。

苦心惨憺《さんたん》の末選ばれ、丁重に組まれていくフォントは、完成するまで何度もやり直しがきく編み物に似ていて、だんだん複雑な心持ちになってくる。

自分のことを書けば書くほど、自分が安くなっていく気がした。

これが本当に、自分が伝えたい気持ちなのだろうか？

対面して話すことと、なにが違うんだろう？

そもそも私には同級生に親しい友人がいない。フルート以外の私の趣味を聞くと、女子たちは全員ひいてしまう。仕方なくその趣味、プラモデルの製作工程を思い浮かべてみた。地元が誇るタミヤのミリタリーミニチュアシリーズ、陸上自衛隊61式戦車。塗装の一発勝負でエアブラシがとんでもない方向に噴射。さあ、どうする？……失敗はしてから対処すればいい。小細工はやめよう、と思った。頭の中をフルートに切り替えて、キーボードを指先で押していく。

──聴き終わったときに感動したんです、その感動が、とても深いものでした。

──回答に時間をかけた割には、月並みな感想ですね。

──すみません。

──音楽や芸術、映画や小説の筋を語るのが上手《うま》い。それも能力のひとつだと思う。しかし、それはプロの評論家の仕事だ。ただ心が動かされた、鑑賞や筋を超えたところに広がる世界を語るだけで精一杯、そんなことを素直にいえるひとはいまどき貴重だ。

――どういうことでしょうか？

――きみは最初の試験にパスした。

――本当ですか。

――父の好きなタイプだ。きみはまだ若いから、世の中のなにが正しいのかを見極めるのは難しいのかもしれない。だからいまは、美しいもの、感動するものを求めつづけたほうがいい。それは人間として貴重で尊い欲求なんだ。みんなが正しいと思っていることが、時代とともに変わってしまうことはめずらしくないんだよ。その点、美しいもの、感動するものは変わらない。十代のきみたちが、なにかを判断するときの指針になる。

――はい。

――はい、か。驚いたよ。文字にするといい言葉だね。きみの感想をもうすこし聞きたくなったな。今度は背伸びしてもいいから。

――ふたりのフルート奏者が、遠く離れた場所で、文通をしているかのように聴こえました。

――この曲はね、地球からおよそ五十億キロ離れた星との交信をイメージしているんだ。

――五十億キロ？

――有人飛行では到達不可能な距離だ。生きているうちに、ふたりは会えない。

――だからでしょうか。私には、心のこもっていない鎮魂歌にも聴こえたんです。

――心がこもっていないとはひどいいい方ですね。

――ふたりの悲しい唄《うた》に思えて、演奏を聴き終わったあと、涙が出そうになりました。悪い意味で伝えたつもりはありません。もし気分を害したのなら謝ります。

――いや。それが正しいかもしれません。ひとに心なんてないのですから。持っているはずだと信じているだけですから。実際はお互いの間に、風船のように膨らませて、支え合っているようなものです。極論だと思いますか？

――ひとに心はない。そんなふうに考えたことはないです。

――ひとりきりになれば嫌というほど思い知らされます。心をつくりたいと願うものなんです。たとえ相手が動物でも、植物でも、惑星になることが叶《かな》わなかった衛星でも。

――もしかして、この曲は聴衆を選んでいるということですか？

――好きに解釈していいと思います。演奏すればわかるかもしれません。父には許可をとっておきますから、スコアと音源をこの掲示板で公開します。

――本当に、本当にありがとうございます！　でも、できれば、私の家の住所と電話番号を伝えますので、送っていただくことはできませんか？　宅配便でしたら着払いにしていただいて結構です。誠一さんにお礼をしたいので。

――きみは最初の書き込みで名前を書いてきた。ハンドルネームとして受け取っておきます。素性のわからない相手に個人情報を渡すのはやめたほうがいい。

——誠一さんは誠一さんです。私の両親は楽器店を経営しています。ホームページがあって、お店の住所が記載されています。そこ宛てでもいけませんか？　お礼をさせてください。

——申し訳ないが、僕にとっても、きみは素性のわからない相手のひとりになるんです。きみとのやり取りは、この場所でしたいと考えています。幸い五年以上更新していないし、いまはだれも見ていません。データのダウンロードの仕方を教えましょう。

——本当に、いいのですか？

——この場所でなら僕はきみの力になれます。『惑星カロン』はクセのある楽曲ですよ。演奏や運指のコツは、こちらで動画にして公開することも可能です。

——ありがとうございます。スコアと音源だけでもありがたい話なのに、これ以上なにかしてもらうことは本当に申し訳ないです。

——結果が欲しかったら、利用したほうが賢明だ。

——誘惑を我慢する聡明《そうめい》さが欲しいです。

——聡明、か。きみは本当に面白いひとですね。だったら僕もきみになにかお願いごとをすれば、気兼ねなく頼れるのでしょうか？

——私が力になれることなんてありますか？

——ひとつ、きみの意見を聞きたい事件があります。もしかしたらきみのアドバイスが、思わぬ展望を開いてくれるのかもしれない。いま、急に、そんなふうに思えてきた。

——その事件で誠一さんは困っているのですか？

——いろいろと関わっているのかもしれません。

——力になれるかどうかわかりませんが、話だけでもうかがいます。

——ある街の話です。とりあえずS市としておきましょう。S市にあるセレクトショップでAと、Aの友人Bが買い物をしました。お気に入りのブラウスを見つけて試着室に入ったBは、いつまでたっても出てくれません。待ちくたびれたAが店員にたずねると、「お客様はひとりで来店されました」と告げられたのです。

——それは、大昔に、発展途上国で起きた事件ですか？

——現代の日本です。S市の同じセレクトショップで、このような事件が立てつづけに起きているようです。きみだったらどう考えますか？　いますぐこたえなくていいです。これからの僕とのやり取りの中で意見を聞かせてください。ひとりで難しければ、きみが信頼する友人に助言を求めても構わない。掲示板になにか書き込めば、僕はあらわれます。時計を見るといい。午後十時を過ぎている。きみみたいなお嬢さんと話すには、もう遅い時間になった。明日以降、お目にかかりましょう。

永遠にピリオドのない文章のようにつづいた私たちのやり取りは、ここで終了した。

部屋の壁掛け時計を見る。午後十時十一分。

お嬢さん、もう遅い時間……。こんなふうに自分が扱われたことはいままでなかった。胸の奥に温かいものが広がる。

誠一さんが最後に投げたボール、奇妙な相談を何度も読み返した。事件の中でポイントはふたつあると思った。

試着室に入ったBが忽然《こつぜん》と消えてしまうこと。

店員のBに関する記憶が消えてしまうこと。

どこかで聞いたことのある都市伝説の気がした。こんなことって現実に起こり得るものなのだろうかと首をひねる。

誠一さんの律義な面をあらわすように、五分も経たないうちにスコアと音源がホームページにアップされた。ダウンロード方法のメッセージに従い、ふたつのファイルをUSBメモリに保存する。掲示板に、確かに受け取りました、ありがとうございます、と短めのお礼を書き、スコアをプリントアウトし、音源をCDにコピーした。

興奮さめやらぬまま、けっこう量があるスコアのページを重ね、机でトントンと揃える。

「おーい。帰ったぞ」

玄関のほうからお父さんの声が響いたので、「おかえり」と私は椅子から立ち上がって迎えに行く。だいぶ疲弊した声だった。最近、仕事が忙しそうだ。

「ご飯の準備できてるから」

とお父さんの荷物の入ったバッグを預かる。

「あゆみ。お母さんは？」

「教室の生徒の親と喧嘩《けんか》して、ふて寝してる」

「そうか……」

お父さんから皺《しわ》だらけのジャケットも受け取った。

「腹減ったなあ。今日のご飯はなに？」

「麻婆茄子《マーボーなす》」いってから私は付け足す。「それとビール」

「いいね」

ダイニングテーブルについたお父さんの前に、まず先に缶ビールを出した。すぐさま、リモコンでテレビのスイッチを入れ、お母さんがつくってくれたフライパンの麻婆茄子と鍋《なべ》のお味噌汁《みそしる》をコンロで温め直す。

「展示用のPOP、描ける部分は描いておいたよ。ダイレクトメールの宛名貼りもやっておいたから」

喉《のど》を鳴らしてビールをごくごく飲んでいたお父さんは、「おまえ……」と缶から唇を離し、「いい子に育ってくれたなあ」とテーブルに突っ伏した。

「そんなこと、ないよ」

「そういえば、あゆみ。例のフルートがまた売れたぞ」

お父さんが缶ビールに再び口をつけていう。

私はお皿に盛った麻婆茄子を、お父さんの前にガシャッと音を立てて置く。お父さんがびっくりしてこっちを向いた。

「他のお店への転売、やめたんだよね」

「おまえが反対したから売り場に出したんだ。そうしたら売れてね。まあ、あの通り、破格といっていいし、いまだ仕入れ値を回収できていないんだけど。……この間の女子高生のお客さんは買わなかったから、これで七人目か」

「そうなんだ」

私は炊飯ジャーの蓋《ふた》を開け、ご飯をしゃもじで盛りつけながら考える。ときどき学校に内緒でお店の手伝いをしているから、購買者リストはどこにあるのかわかる。またいつものように、ダイレクトメールを個別に送ってみようか、と企《たくら》んだ。印刷屋さんにサンプルでつくってもらった「高く買い取ります」バージョンにこっそり差し替えて。

お店に来た歴代オーナーのおじさんと話す機会があって判明したことがある。オーナーが替わる度に、定価からどんどん値段が下がりつづけるフルートは、他店で売れば、差額で儲《もう》かるのではないか？　儲からないのだ。彫刻入りの総銀製フルートは色物や際物として敬遠され、マイナーメーカー製ということもあり、他店ではかなり低く査定されるという。地銀として売ってもキロ三、四万円程度。というわけで、負の売買サイクルができあがっていた。

　でも、私は好きだ。理屈じゃない。お父さんがあのフルートを仕入れたときの感動はいまでも忘れられない。ずっと眺めて過ごし、中古扱いになってからは、こっそり分解したり、組み立て直したりもした。星の秘密を知って以来、ますます好きになった。売り物だからほしいなんていえない。お店に置きつづけてもらって、いつか自分が買い取りたかった。

　お父さんが首をしきりに傾げて、もしかして俺……あゆみのために……呪いの正体……まさかな……とぶつぶつつぶやいている。

「なにかいった？」コンロの火のかけすぎで煮えたぎったお味噌汁をその前に置いた。

「いや、その。そうだ、おまえ、好きなひととかできないのか」

「え、え、え」

　なぜか鼓動が速まり、まだ見ぬ誠一さんのことが頭をよぎる。歳が離れているし、顔も背丈も声もわからないし、これから好きになるかどうかは別として……例の奇妙な相談もあるから、ちょっとだけ話してみようかなと一瞬考えた。

「もし彼氏とかできたら、お父さん、怒るんじゃないの？」

「おいおい。お父さんがそんなことで怒るわけないいじゃないか。いいかい、あゆみ。お父さんの心はあの青空のように広いんだよ」

缶ビール一本で酔っ払うお父さんが指す窓は、夜の深い闇に染まっている。

やめよう、と思った。

「……試験準備期間だというのに、穂村さんから大切な話があるというから、みんながわざわざ部室に集まりました。それなのに当の本人は、窓から射す温かい太陽の光を独占しているばかりか、そのぬくもりを利用して熟睡中の模様です。よって罰を与えるための決を採りたいと思います」

うつ伏せになったわたしの腕と耳の隙間から、成島さんの声が聞こえる。

部室の長机でうっかり居眠りをしたのは本当だけど、途中から目が開いていた。すこしだけ考えごとをしていたら、狸寝入りみたいな形になって起きるタイミングを失ったのだ。しかも成島さんはわたしがそんな状況であることを知りながら喋《しゃべ》っているようで、彼女の話のつづきが気になる。

「穂村さんの髪はいつ見ても黒々としていて艶《つや》があります。いまのうちに切り取って、しょうゆをつくりたいと思いますが……この案に賛成の方は挙手を」

「しょうゆなんてつくれるんですか？」

と後藤さんの素朴な疑問が響く。

「ええ。上条くんが貸してくれた本に書いてあったわ。アミノ酸を含んでいるから、戦時中は髪で代用しょうゆがつくられていたらしいの」

「嘘でしょ」

わたしはがばっと顔を上げた。

金曜日の昼下がり。部室には、成島さん、芹澤さん、後藤さんが、わたしを囲む形で立っている。「いったいなんの用？」「なに？」「先輩、急ぎですか？」と三人の声がかぶった。

試験前は一週間、部活動は休みになる。以前は「原則」だったけど、今年から「禁止」になった。なぜそうなったかというと、試験準備期間を無視して練習する部が多すぎて、原則が崩れると、すべてにおいて節操がなくなるという理由からだ。当然、試験準備期間を無視して自主練をしまくっていた吹奏楽部も槍玉《やりだま》にあがって、今回は部室を封鎖する羽目になった。

その閉ざされた部室で、わたしは三人に招集をかけた。椅子から腰を上げ、長机の上に両手を突き、議長になった気分で揚々と口を開く。

「こうして部活が休みで、時間も空いてるわけだし、明日の土曜日、みんなで街に行って買い物しようよ」

ね？　と目顔で彼女たちを見まわす。三人はぞろぞろと部室から出て行こうとし、慌てて後ろから制服をつかんで引き留める。みんなが喜んでくれると思っていたら大間違いだった。

成島さんがふり向いて、恐い顔をしていう。

「勉強しなさいよ、勉強。そのうち頭、空っぽになるわよ」

「前のテストの結果、良かったもん」

「テストの点は貯金じゃないから」

「せ、芹澤さんは一緒に来てくれるよね？　お金ないけど、マック、奢《おご》るよ？」

芹澤さんの制服をつかむ。彼女はうつむき加減に唇を前に出し、困った顔のまま声を発した。

「付き合ってあげてもいいけど、やっぱり明日は勉強をしたいし、ピアノの練習もしたいし」

「せ、先輩思いの後藤さんは？」

後藤さんは目をまん丸に見開き、睫毛《まつげ》を上下にパチパチさせる。

「え。勉強しますよ」

そりゃあわたしだって勉強していますとも。体力に自信はあるから、成績と効率は脇に置いておいて、やるぞと決めて机に向かうだけなら長時間も苦にならない。だけどここ数日、詰め込みすぎて頭がパンク寸前になっていた。

成島さんが長々と吐息をつく。「もしかして気分転換したいの？」

「だって吹奏楽部って、ずっと練習漬けで、こんなときじゃないと買い物に行けないし」

まずは開き直ってみせてから、「去年から服買ってないんです。安い服でいいんです。今年の冬を越すために、おしゃれアドバイザーがほしいんです」と滅多矢鱈《やたら》に、涙ながらに訴えた。

三人はくるりと背を向け、頭を寄せる。わたしをよそに鼎談《ていだん》がはじまった。

「穂村先輩、センスないようには見えないんですが……」と後藤さん。

「上条くんの情報だと、服は全部お母さんや友だちに選んでもらったそうなのよ」と芹澤さん。

「ゼリーの汁をこぼさないで蓋を開けるセンスはあるのに」と成島さん。

結論が出る。やっぱり土曜日はごめん、と三人に謝られた。ぐうの音も出ない。

「あの、上条先輩で思い出しましたが」と、後藤さんが内緒話でもするかのようにわたしの耳に口を寄せてくる。「友だちが伊勢丹《いせたん》のカジュアル館で偶然会って、いろいろアドバイスをもらえたそうですよ。すごく詳しいんですって」

それは上条家の次女と三女に荷物持ちで付き合わされて、姉たちが取り置きしたものをひとりで取りに行ったり、買い物そのものを代行しているからだと思う。

「……ハルタはいいよ。もう、しょうがない、ひとりで行く」

「この切羽詰まった時期に、なにがなんでも行くつもりなんですね。そんな穂村先輩が大好きです。頑張ってください。じゃあ、お先に失礼します」

後藤さんがくすぐったそうにクスクスと笑い、部室から出て行く。

わたしの前では、時間を持て余した成島さんと芹澤さんがテスト休み明けの部活動について話し合っていた。練習量が減ったり間があけば、前の音を取り戻すには、それ相応の時間が必要になる。

「最初の合奏がどうなるのか、いまから楽しみ」

成島さんが含む口調でいい、それを受けた芹澤さんが、

「なんだかんだいって勉強の息抜きにみんな、こっそり練習しているんじゃない？」

「いえてる」

「だよね」

「芹澤さんの目から見て、休み前までの穂村さんの仕上がりはどうだった？」

「コンテストって身の丈に合わず吹き散らかすようなひとたちが多いけど、そのレベルは先週、ぎりぎり超えたかな」

吹き散らかすという言葉に背筋が寒くなる。食べ散らかすではなく、吹き散らかすだ。

またひとつ、箴言《しんげん》というべき言葉を聞いてしまった。叱咤《しった》激励というものは、やさしさと厳しさが絶妙に入り交じったチャーハンみたいなものだとつくづく身に沁《し》みた。

土曜日の午前中。学校は休みだったので、わたしは電車を使って街に出た。持ち物はポシェットひとつで、両手は自由だ。東海道線《とうかいどう》と東海道新幹線が乗り入れる駅の構内から地下道に入ると、様々な分かれ道や標識があってわたしを迷わせる。記憶を頼りにまっすぐ進んで行くと、地上への細い階段があり、明るい陽光が漏れていた。

階段を上がり、屋根付きの歩道をてくてくと歩き、交差点で右に曲がる。やがて左手に駿府城《すんぷ》が見えてきて、到着したのが……じゃじゃーん、夏に地区大会を行った市民文化会館だった。

なにやっているんだろう、わたし。

Uターンして歩く。商店街のどこかから有線放送が流れていて、軽いポップス系だけど、知らない曲ばかりがわたしの頭をかすめていく。世間の流行に取り残されている気がして、ちょっとだけ寂しくなった。

駅のそばのショッピングモールまで戻って立ちどまる。

眼鏡をかけた男性が、入口の脇にある生垣のブロックの上に腰掛けて文庫本を読んでいた。タイトで丈の短いジャケットに、無地のシャツ、細身のパンツを合わせている。学校で会うときとはだいぶ印象が違う……

草壁先生だ！

今日、仕事が休みなんだ。

挨拶《あいさつ》しよう、と思って駆け寄ろうとすると、わたしが着ているカットソーのパーカーが、だれかの手でぐいとつかまれた。へ？　悲鳴をあげる間もなく、川でワニに襲われる水牛みたいにショッピングモール入口の支柱の陰に引きずり込まれる。

動揺しまくるわたしの目の前に、「しっ」と唇にひと差し指を当てる男子の顔が接近した。

今度はハルタだ。慌てて目だけを動かして彼の姿を見た。濃い緑のチェック柄のネルシャツにデニムを着こなしている。彼は支柱に背中をぴったり張りつけ、首を向こうにねじ曲げた。視線の先に草壁先生の姿があった。

なんでこそこそ隠れ——とハルタにいいかけると、ショッピングモールから買い物客のひとたちが流れ出てきて、それが発する喧騒《けんそう》に言葉をさえぎられた。

ハルタは携帯電話を掲げ、支柱の陰から草壁先生を写真に撮っていた。そしてふり返り、手元で撮影した画像の確認をする。満足そうに保存のボタンを押して一言、

「よし」

「なにが、よし、よ」

憤然とわたしはいい、彼の頭を引っぱたく。

「チカちゃん。ここに、なにしに来たの？」

「こっちの台詞《せりふ》だって」

ぐいぐい詰め寄ると、ハルタが奥へ遠ざかって、支柱から身体がはみ出そうになり、今度はわたしが押し返される。彼は苦し紛れといった表情で「あっ」と声を出す。

「あ？」騙《だま》されませんよ。「なにが、あ、よ」

「本当だよ。ほら、ほら」とハルタが指さす方向——支柱の向こう側を一緒になってのぞく。草壁先生は顔を上げて腕時計を見ると、文庫本をパタンと閉じ、バッグの中にしまって立ち上がる。それから駅を背に歩き出した。

「待ち合わせじゃなかったんだ……」ハルタがほっと胸を撫《な》で下ろしている。

せんせーい、と駆け寄ろうとすると、背後から両手で鼻と口を塞《ふさ》がれ、再び支柱の陰に引きずり込まれた。危機防衛本能が働いて、ハルタの指をがぶっと噛《か》む。いててててっ。

ショッピングモール入口の支柱のそばで、ふたりは無駄な息切れをくり返した。

「……ほら、指にチカちゃんの歯形がくっきりついたよ。テスト休み明けにホルンが吹けるかどうか」

「試験準備期間中に先生のストーカーだなんて……もう、あんたの馬鹿さ加減にはなぁ、わたしは情けなくて涙が出てくるわぁ」

「先生のこと、もっともっと知りたいんだよ」

青ざめたわたしはハルタの脇を抱え込み、ふらふらとした足取りで進む。

「死のう。駿府城のお堀に飛び込んで。一緒に死んであげるから」

「落ち着いて、落ち着いて」

賑《にぎ》やかな歩行者天国の道の真ん中で、いったん乱れた呼吸を鎮めることにした。行き交う買い物客から好奇な視線を注がれる。

ようやく平静を取り戻したわたしは、つま先立ちになってひと通りの多い道の先を眺めた。格子織り模様が特徴の通りのあちこちに、街道風俗画や浮世絵を取り入れたモニュメントやオブジェが設置されていて、街路樹のアメリカハナミズキが目に映える。

「……先生、見失っちゃったじゃないの」

「行き先はわかる」ハルタがショルダーバッグの位置を直し、迷わず歩きはじめた。

待って、待って、とあとを追う。

「説明してよ」

「先週末かな。草壁先生が音楽室のピアノの上に楽譜を忘れてさ、役得だと思って、職員室に届けに行ったんだよ」

役得……。いわなくていいことまでオープンにしなくてもいいのに、と思った。「それで？」

「途中、楽譜をうっかり階段で落として、封筒とその中身が挟まっていることに気づいた。先生個人宛のものだったんだ」

「まさか見ちゃったの？」

「そりゃあ拾うときに目に入るよ。あるセミナーの会場案内だった。僕の勘だけど、学校まで持ってきて読んでいるってことは、行くんじゃないかなと思って」

「それが今日の先生の行き先？」

「先生の身体が空くのはテスト期間中くらいだよ。ぼくも暇だし、気になって来たら、駅前で見かけてドンピシャだった」

「見損なった。プライバシーにかかわることじゃないの」

ハルタがむっとした表情になり、「まだプライバシーにかかわることかどうかわからないじゃないか。そうなったら、おとなしく身を引くよ」

「盗撮まがいのことをして、説得力ないんですが」

「あ、ほら、チカちゃん」とハルタに見事に話を逸《そ》らされ、前方に視線を投じた。人混みの向こうに草壁先生の後ろ姿があった。

せんせーい、と駆け寄ろうとすると、今度は腕を搦《から》め捕られ、道の端まで移動させられる。ハルタに閉店した靴屋のシャッター前まで追い込まれると、ガシャンと手をつかれた。

「この発情期のメス猫が。尾《つ》けているのがバレたらどうするんだ」

「ど、どうするもなにも、わたしの中の常識では、外で先生と会って無視するわけにはいかないんですけど……」

目を泳がせてこたえ、あれ？　と首をひねる。なんでわたしが責められるのよ。

ハルタがぱっと手を離し、「ああ、もう、言い訳はやめるよ。休日の行動だからプライバシーだよね」と完全に居直って前を向く。「国際的な指揮者として将来を期待されていたのに、どうしてこんな地方の公立高校の先生になったのか、すこしくらい理由を知りたい」

「呆《あき》れた」

「先生はぼくらの船の船長だよ」

彼がそう喩《たと》えるのはわかる。恰好つけているわけではない。生々しい現実だ。アマチュア吹奏楽の世界は、指導者による浮沈が大きい。

「だからといって……」

「去年の春を覚えている？　部員が五人。真っ暗な海だった。行く手を照らしてくれたのは先生じゃないか」

記憶がよみがえったわたしは口籠《くちご》もる。

「でも、やっぱり、先生の過去のことなんて」

「本当に知りたいのは別にあるんだけど」

「あと何年、南高吹奏楽部の船長でいつづけてくれるか」

「え」

「…………」

わたしを置いて歩こうとするハルタと、遠ざかる草壁先生の後ろ姿を見つめた。どうしたんだろう。根の生えたように自分の足が動かなくなる。だんだん視線を保つのが難しくなってきて、胸に手を当てる。またた。すこし、痛い。以前にもこんなことがあった。

道の混雑の中で、ハルタが立ちどまっていた。こっちを向いて、わたしを見てくれて、声をかけてくれる。

「チカちゃん、行かないの？」

「行く」

ハルタに後れないよう歩き出した。草壁先生のあとをこっそり尾けるのは気が咎《とが》めたけど、いまだけは彼と一緒に、そのやましさを誤魔化し誤魔化し飼い慣らすことに決めた。

メインの大通りから、一本中に入った通りへと移り、小規模雑居ビルが並ぶ狭い側道に入る。雑居ビルのひとつの前で草壁先生の足がとまった。先生は手元の用紙と外観を見比べている。他にも年配のひとがおとずれている様子だ。先生が中に入るのを確認して、わたしとハルタは近づく。大小の会議室を貸してくれる雑居ビルのようで、会場告知用の看板があった。

企業の合同説明会、ビジネス法務入門、保有資産の税対策——難しそうな言葉が並んでいて戸惑う。ハルタが草壁先生の行き先を「ここ」と教えてくれた。一階会場の講習会。

ＩＴスキルアップ講習会「人工知能とデータサイエンスの現在と未来」

拍子抜けした。字面でしかわからないけど、草壁先生のイメージと合わない。でも貴重な休みを利用して来ているわけだし、「先生って勉強熱心なんだ」と思ったことをいってみる。

「こっちの想定の上をいきすぎて、気になってしょうがなかった」

「そう？」

「主催はＮＰＯ法人だけど、胡散臭《うさん》そうな団体なんだよ。この雑居ビルだって怪しい」先生個人宛に届いた封筒の中身を知るハルタが訝《いぶか》しげに口を開く。「だいたいタイトルからして不思議な表現なんだ。『ＩＴスキルアップ講習会』と『人工知能とデータサイエンスの現在と未来』がくっつくなんて。視点を攪乱《かくらん》しているというか、煙《けむ》に巻いているというか、ぼくの中では『生きた化石』とか『小さな巨人』に匹敵する」

「考えすぎじゃないの？」

「まるでぼくが、なんとしてでも尾行の理由を欲しがっている変質者みたいじゃないか」

まさにその通りだと思って、じとっと見つめる。ハルタは空咳《からせき》をしてつづけた。

「この講習会、理系の高度なイメージがあるでしょ」

「そうだけど……」

「パソコン初心者や、お年寄りを相手にしているっぽい」

「え」

「草壁先生、どうしちゃったんだろうな」首を傾げるハルタはエントランスの掲示板の前まで移動して、「午前中の部しかない。十時十五分から十一時四十五分までか。十五分単位で時間を区切るなんて主催者はただ者じゃないぞ」とやたら深読みしている。ちなみにハルタがいっているのは時間の端数効果で、たとえば約束や待ち合わせの時刻を十時にすると、十時十分前、十時十分過ぎのどちらも十時というう感覚のひとがいて、ルーズなひとは平気で遅れてくる。

「終わるのを待つつもり？」

悩んでいたハルタがふり向き、「ところでチカちゃんって、今日はなんの用だった？」とたずねてきた。冬物の服を買いに来たと伝えると、「予算は？」と質問されたので、彼の耳元でごにょごにょと教える。

「二万円？　フルートの買い換えを二度と口にしない約束で、おばさんがくれたの？」

「うん。二万円だよ？　すごくない？」

「……チカちゃん、安く見られたんだよ」

「え。なにかいった？」

「いや、待てよ。ヤングカジュアルなら全身でそのくらいが相場か。さすがおばさんだ。一石二鳥でいいところを突く。ここはひとつ、後戻りできないように遣い切ろう」

「へ？」

「荷物持ちでもなんでもやるから、昼ご飯代ちょうだい。五百円でいい。お金ないんだ」

「ちょっと待って。今日だったら五百円くらいわけないけど、女の子の買い物、果てしなく長いよ？　出口のない迷路だよ？」

「試験準備期間中になにをいっているのさ」

わたしはその場で頭を抱える。

「悪いけどチカちゃんなら店員にカモにされるって。ふうん、冬菜《ふゆな》姉さんと同じ背恰好だから……はい、イメージできた」

「あのねえ」盛大にため息をついてみせた。「お手軽に決まるものじゃないの」

「とりあえずいろいろ買ってみよう、という腹づもりでしょ」

「なにか文句ある？」

「ファッションは気迫と狂気が勝負を決める。この一着で勝負をしてやる、という迫力が大切なんだ。ぼくがチカちゃんなら、コーディネートに失敗しても隠せる長めの丈のチェスターコート一点買いでいく。ナチュカワ系のホワイトがいい。予算が余ったら、いま着ているカットソーの色違い。気に入った服はひたすらヘビーローテーションで着る癖があるからね。カーキ色が似合うだろうなあ。意外とどんな色とも相性がいいよ。あ、チカちゃんなら栗色やキャメルもいける」

そ、そ、それだぁぁぁぁ！　という心の声を抑えつつ、「なんなのよ」

「いいかい、チカちゃん。自分になにが合うのかは、他人がわかるものなんだ。ひとに頼るのもひとつの才能だから」

なんだか言いくるめられている気がする。「……ほ、本当？」

「傍目《おかめ》八目《はちもく》って格言もあることだし」

「そ、そうだよね」

「この間、姉さんたちに付き合わされたセレクトショップがいいな。多少のほつれや縫製の雑さはあるけど、悪いものは扱ってない。サイズは賭《か》けだ。一時間かからないよ」

ちょうどいい暇潰《ひまつぶ》しを見つけたハルタは生き生きとしていた。

「おい斎木《さいき》。おまえ講師役なんだろ？　セミナー参加者が待っているぞ」

参加者名簿を眺めていたおれに、目と目の間が異様に離れた面長の男が声をかけてきた。コントラバスの太い弦を響かせたような声音。おれの新しい上司だ。密《ひそ》かにマンボウと呼んでいる。ときどきマンボウさんとうっかり口に出してしまい、尻《しり》を蹴《け》られるときがあった。愛知の「海山商事」から招かれた客人扱いで、一カ月ほど前から有限会社「はごろも興産」の監査役として働いている。噂では向こうでヘマをして、うちの社長に匿《かくま》われていると聞く。

社長もひとがいいよな、と思う。還暦を過ぎてから、あれほどスーツにこだわっていたくせに着流しを好んで身につけるようになった。石川の牛首紬《うしくびつむぎ》の着流しなんてこの界隈《かいわい》では、あのひとくらいしか着ないだろう。着物に詳しくない人間でも牛首紬の輝くような光沢には目を奪われる。田舎によくいる由緒正しいやくざの親分の貫禄《かんろく》をいまさら漂わせてどうするんだ。

なにをかくそうおれも、マンボウと同じく、社長に拾われたクチだ。

仕事もなければ展望もなく、腹を空《す》かせて歓楽街をフラフラしていたおれを仕事に誘ってくれた社長は恩人だった。コンピュータに精通していたおれは、「はごろも興産」の新事業に貢献してきたつもりだ。

ヤミ金や違法な薬を扱う商売は先が見えない。だれもが携帯端末を持っている時代、必ず素人が商売に首を突っ込んできて、こっちが巻き添えを食う。

つい最近も、どこかの学生の集団が有名私立高校の子女にいけない葉っぱを売りつけようとして失敗したらしい。噂ではアコーディオンだか鍵盤《けんばん》ハーモニカだかの奏者が暗号解読で警察に協力したという。学生の集団もいろいろと策を講じたようだが、馬鹿の極みだ。

その点、社長は面白い。社長は弱いやつから金を搾り取るのではなく、強いやつ……国から搾り取る稼業を得意としていた。表向きは婦人アパレル店のオーナーだが、法人登録上名前を出さず、PFI（プライベート・ファイナンス・イニシアティブ）に勤《いそ》しんでいる。PFIは民間の資金とノウハウを活用する公共サービス事業だ。事業のひとつに災害時避難場所の掲示板の設置がある。あれに広告を絡めると一基の建設費が二年でペイできて、設置期間の残り二十八年間、年十二万円の収益を得ることができる。掲示板の数を考えると、社長の慧眼《けいがん》に舌を巻いてしまう。

一方でNPO法人を設立して、野良猫の避妊手術をさせていた。地方自治体の多くが手術代を助成し、年間二百から五百万円近い予算を計上している。社長は巧みにボランティアを巻き込み、「みゃあみゃあプロジェクト」と称して、通常の手術費用が二、三万円かかるところを五千円近くまでねぎっていた。事務所に招き猫がたくさんある理由がわかった。

どこか憎めない社長なんだよ。社長は後継者を育てていない。自分の代で「はごろも興産」を終わらせるつもりだ。社長には年老いて授かった四人の娘がいて、みんな堅気の男性のもとに嫁いでいった。甲斐甲斐《かいがい》しく孫を連れて遊びにきてくれる娘たちだ。きっと迷惑をかけたくないんだろう。分けてあげたい遺産もあるんだろう。

　気を遣うな、頭を使え。社長がおれにいった言葉だ。そんな社長についていく社員は長らくおれひとりだったが、そこにマンボウが転がり込んできた構図だ。

　で、いまに至る。

「――おい斎木、聞こえているのか」

「聞こえてます、マンボウさん」

　やっぱり蹴られた。ピカピカに磨き上げられたフェラガモの靴だから、けっこう痛いぞ。

「歳上は敬うもんだ」

　マンボウに促される。もっぱら普段のマンボウは暴力を行使しない。暴力を背景とした雄弁と沈黙で仕事を円滑に進め、相手の譲歩を勝ち取る。ある意味、弁護士の仕事とそれほど変わらない。人間を手当たり次第に威圧するようなステレオタイプなやくざもいるが、そういうやつは使い捨てだ。

　参加者名簿を片手に、会場の入口からのぞき見る。おれが講師として主催する「ITスキルアップ講習会」の常連の顔が半数以上並んでいた。じじいやばばあばっかりだ。きっちり教えて、感謝されて、「はごろも興産」の子会社（社長兼社員、マンボウ）から、最新型のパソコン一式を気持ちよく買ってくれる。

「若い高校教師がまじっていますね」おれはいった。

「どこだ？」とマンボウものぞく。

「最後列の端です」

黒縁の眼鏡が似合う端整な顔立ちの男が座っていた。育ちの良さを思わせる清潔な印象が滲《にじ》み出ている。参加者名簿によると、草壁信二郎、二十七歳、県立清水南高等学校、音楽教師、とある。

「新顔か。斎木。ダイレクトメール、公務員にも発送したのか？」

「公務員は世間知らずで訪販のカモですが、今回は送っていません」

「じゃあ、なぜいるんだ？」

「さあ。あの教師の教え子の祖父母に、おれのセミナーの生徒がいて、そこから情報がまわった可能性ならあります」

「それであの教師、自分で申し込んできたのか？」

「だとしても問題ありませんよ。こっちは詐欺まがいなことはしていません。おれはひとを陥れたり、卑しめたりはしませんし、そのひとにとって必要なものとおれが必要なもの(金だ)を交換しているだけですから。むしろ先月、有名な科学雑誌に例の記事が載りましたから、ダイレクトメールの内容に関心を持ったのかもしれませんね」

「例の記事か」

「ええ」

マンボウは鼻を鳴らし、忌ま忌ましそうにため息をついた。「世も末だな」

「間近に迫っている現実ですよ」

おれは首を動かして会場をもう一度のぞく。訝《いぶか》しげにマンボウが聞いてきた。

「どうした？」

「……草壁信二郎。どこかで聞いたことのある名前だと思いまして」

「そうなのか？」

「いや、気のせいかもしれません。念のためセミナー中に、可能な範囲で構いませんから調べてもらえますか」

「だれに向かって命令しているんだ」

「これは部下としてのお願いです」

「ふん。さっきから口が達者なところは、あいつそっくりだな」

「あいつ？　だれにですか？」

「なんでもねえ。調べるといっても名前しかわからねえだろ。プロでも調べるのは困難だぞ」

「ですよね。恰好つけて、いってみたかっただけです」

「お前の寿命が今日まで縮んだぞ」フェラガモの靴の踵《かかと》で足をぐりぐり踏まれた。痛いぞ、これは。「……それよりだいじょうぶなのか？　講習会の内容が『人工知能とデータサイエンスの現在と未来』だなんて。いくらなんでも難しすぎると思うが」

「あの教師以外の参加者には、内容は根まわし済みです。参加無料の申し込み制ですし、市場反応を見るテストケースということで。大勢の素人を前にセールストークの勉強もできる」

「連中のほとんどが、おまえの練習台として集まったのか？」

「世の中には、足を運んでも聞く価値のある話っていうものがありますよ。おれは今回の講習で難しい話はいっさいしません」

「人工知能というからには、CPUやら、アーキテクチャやらの話をしそうだが」

「まさか。夜空の星の話に置き換えます」

「星だと？」

おれは雑居ビルの通路の壁に背を預け、薄汚れた低い天井に目を向けた。「星に願いをかければ、あなたがだれであろうと、心に抱いた望みは叶《かな》えられるでしょう——おれが好きな、有名な曲の一節です」

マンボウは怪訝《けげん》な表情を浮かべている。「それがどうした」

「古今東西、人間が星を眺めてきた歴史と同じです。夜空に散らばる無数の星の中から自分のお気に入りの星を探す。コンピュータが人類にもたらした最大の恩恵は、労働生産性の向上じゃありません。それは三十年前からまったく変わっていない。進化したのは、天文学的な数の情報から必要なものだけを瞬時にして選び取る検索機能だけなんです」

「検索か」

「そうです。なんのことはない。現代人が揃って手に入れたのは、白雪姫《しらゆき》の魔法の鏡ですよ」

あらゆる興味を満たしてくれる反面、知らなくてもいいことまで知ってしまう。

「検索といえば、『WAHOO!』を代表する検索エンジンがあるな」

「検索エンジンがなければ、世の中にある九分九厘のパソコンはただの箱です。おれはそこから人工知能の話に持ち込みます。そういえばマンボウさん。こっちに来てから、『WAHOO!知恵袋』をよく見ていますよね。暇なんですか？」

「余計なひと言が多すぎるんだ、おまえは」マンボウがふりかぶるように頭突きをして、おれは前後にフラフラする。「……ハンドルネーム・チカママさんの娘相談が面白すぎて、ついつい回答を書き込んじまうんだよ」

「この間の相談はなんでしたっけ？」

「娘が嫌いなかぼちゃをこっそりシチューに混ぜたら、喧嘩《けんか》して部屋に籠城《ろうじょう》した。ひとの親になるってことは大変だな」

ひとの親……。おれは頭を片手で押さえて見つめる。物騒で不穏の塊のような男が、ときどきこんなことを喋る。正面から見る魚のマンボウと同様、紡錘形で目が離れた凶悪な面構えなのに。

「殊勝なことをいうんですね。愛知でなにがあったんですか?」

「うるせえよ。セミナー開始まであと五分だ。さっさと支度しろ」

おれはこの男への態度をすこし変えることにした。先に実機を見せてもいいか、と思った。休止状態にしていたノートパソコンの蓋《ふた》の液晶部分を開く。

「ひとの親で思い出しましたが、アメリカのホラー小説家のスティーヴン・キングはお好きですか？」

マンボウは首を傾げていたが、おれはかまわずつづける。

「彼の作品で『ペット・セマタリー』という長編があります。物語の中で、死者を蘇《よみがえ》らせるといわれる墓場が出てきまして、呪いの力を借りてまで、失ってしまった家族、愛する者を蘇らせたいか、というテーマを読者に突きつけるんです。イギリスの小説家、W・W・ジェイコブズのあまりにも有名な短編小説、『猿の手』を源流にした主題ともいえますね」

「斎木。なにがいいてえんだ？」

「その呪いの墓場を、おれは手にしています。近いうち、それを売りたい」

マンボウの離れた目が見開く。

「今回のセミナー参加者は、潜在的にそれを望むひとをチョイスしました」おれは起動したノートパソコンを素早く操作し、ディスプレイ上にプログラムソースを表示させた。「これはカロンと名付けられたプログラムソースです」

「カロン……?」

「修辞的ないい方をすれば、ここに『生き返ってほしいひと』の情報を埋葬すれば、カロンの星で再び生き長らえさせることができます」

「与太話にしか聞こえないが」

「でしょうね。しかしご存じの通り、あと数年で本格的に実用化される技術ですよ」

沈黙を置いて、マンボウは重々しく口を開いた。

「デジタルツインか」

おれはうなずいて、ノートパソコンをぱたんと閉じる。

まもなく未来がくる。

人間の生と死の境があいまいになる未来が。

時間がきたので、セミナー会場に入る。最後列の端に座る草壁信二郎という教師に視線を向けた。飛び入り同然で申し込んできた若い教師は、こちらを見つめたまま動かない。沈着で穏やかそうな雰囲気を纏《まと》っているが、どこか思いつめたような陰影もあることに気づく。

ふと思った。もしかしたらあの教師もカロンの制作者と同じように、身近で大切なひと——愛するひとを亡くしているのかもしれない。

* * *

セレクトショップに到着するなり、ハルタはトップスやコートが納まった棚付きハンガーラックを横に一歩ずつ移動して、わたしの服を吟味しはじめた。

「常連なんだ……」上条家の次女と三女にこき使われていることを思い出す。

「まあね。ここはネット通販もやっているから便利だよ。家に居ながら試着もできるし」

彼は姉たちの休日の出不精を嘆きながら、「はい、これ、これ」と次々と選び出し、わたしはそれを抱えて試着室に向かう。店員が目を瞠《みは》っていた。

こんな感じで着替えが何度もつづいたせいか、あるまじきことに倦怠《けんたい》感を覚えてしまい、まずいまずい、と呼吸を整えるようにひとつ息を吐く。

試着室のカーテンを開け、ひとの気配を感じて頭をもたげた。

秋物マフラーで顔の半分をくるんだ少女が立っていた。一五二センチの後藤さんと同じくらいか、すこし低いくらいの背丈で、髪は真ん中分け、おでこを出し、内側にねじりながら耳の後ろのほうで留めている。

順番待ちかなと思って急いで出ると、彼女は試着品を持っていない。水玉のデイパックを肩に掛け、片手に大きな紙袋を提げている。通りすがりに目が合うと、慌てて棚と向かい合い、値踏みする素振りでブラウスを取り上げる。大きくて丈夫そうな紙袋の角が、小さな身体に当たって邪魔そうだ。

「知り合い？」トップスを棚で漁《あさ》るハルタが横顔で聞いてくる。

「ううん。でも、なんか、さっき見られた気がして」

「最初からだよ。チカちゃんが着替えているところをずっと外から見ている。袖《そで》を通す気はなさそうなのに、試着室のそばから離れない」

「え。そうなの？」

「あの大きい紙袋が気になるし、店員もすこし困っているみたいだね」

　ぼくも行こう、と今度の試着はハルタもついてきた。秋物マフラーで口元が隠れている少女は試着室の近くの棚に陣取っていた。あれ……とわたしは気づく。彼女がちらちらと視線を送っているのは、三つある試着室のようだ。

　ハルタが少女の肩に軽くぶつかる。その際、彼の指が紙袋の持ち手を引っかけたのを見逃さなかった。少女は紙袋を落とし、「あ、だいじょうぶですか、すみません」と、彼が屈《かが》み込んで先に手を出す。少女の顔がさっと青ざめた。ひぃ、と声を洩《も》らすと、紙袋をそのまま置きっ放しにして、セレクトショップから逃げるように去っていった。

「泣かせちゃってどうするのよ」わたしはハルタを小突く。

「やりすぎたかな」紙袋を両手で持ち上げたハルタが申し訳なさそうにいった。「ちらっと中が見えたけど、値札のついた服とか、盗撮のカメラとか、物騒なものは入ってなかったよ」

ちらっと見ただけでわかるものなんだ。盗撮のカメラ。そういえば以前、藤が咲高で似たような事件があったことを思い出す。

「じゃあ、なんで逃げたんだろう」とわたし。

「そんな恐い顔してた？」ハルタが自分を指さす。

「いや」

むしろ少女漫画における出会いのような場面だから、喜びそうなものだけど……。彼の無駄な恰好《かっこ》良さが通じない同性をひさしぶりに見た。

お互い、首をひねった。店員が様子を見に近づいてきたので、ハルタは少女が置いていった紙袋を預ける。気まずく、後味が悪いような表情を彼は浮かべていた。

「このまま戻って来なくて、店に迷惑かけるわけにいかないな」ハルタは自分にいい聞かせる口ぶりで身体の向きを変えた。「あの娘《こ》を追いかけてくるよ。チカちゃん、本命はもう決まったでしょ？」

「そ、そうだけど」

お気に入りは店員に渡してある。おかげで予算内に収まりそうだった。

「精算済ませたら店の外で待ってて」

荷物持ちを名乗り出たハルタが颯爽《さっそう》といなくなり、わたしと店員は残される。お客様、いかがなさいますか。じゃあ、精算の方向で——とレジカウンターに向かう。

お釣りを受け取る際、背後に慌ただしい気配が迫るのを感じてふり返った。

さっきの少女が駆け込んできて、「あの、忘れ物はありませんでしたか？」とレジカウンターの縁にしがみつく。間近で見て、吹奏楽部の後輩たちより顔つきがすこし幼く感じた。もしかしたら中学生かもしれない。

店員が服の梱包《こんぽう》を優先したいようなので、「こっちはあとで構いませんから」と先を譲った。

少女は泣きそうな顔でぺこりと頭を下げ、大きくて丈夫そうな紙袋を両手で受け取る。大事そうに胸の前でぎゅっと抱えると、ろくに前を見ずに走り出した。だいじょうぶかな、と思った矢先、ハルタが息を切らして店に入ってきて、案の定、少女は頭から突っ込んだ。

殉職した刑事みたいにハルタがぐったりと横たわる傍らで、「怪我はない？」と放心して座り込む少女の肩に手を載せる。幸いにも彼の身体がクッション代わりになったようだ。

少女ははっと我に返り、後ろのほうに飛び退くと、「……私、とんでもないことを。すみません、すみません、すみません、すみません」とひたすら謝りつづけた。

「いつものことだから心配しなくていいよ。悪いと思うなら、そっちの足持って」とハルタの片足を持ち上げ、小脇に抱える。

「……は、はい」

戸惑いながらも少女も協力し、いっせーのーで、で彼をずるずると引っ張り、セレクトショップから出ることにした。

広めの歩道に場所を移して、少女が抱える紙袋の中身を知った。紙袋の中は、プラモデルの箱が一個入っているだけで、箱には戦車の絵、小難しそうな英語が印刷されていた。イスラエル軍の名戦車、メルカバの1／35模型。上級者向けだという。

「……き、気持ち悪いですよね」

恥じ入るように語る少女を見ていると、そのささやかな趣味でまわりの同い年の子からどんな目を向けられてきたのか、うかがい知ることができた。

「そんなことない」と首を横にふる。「わたしにはこんな精巧なプラモ、つくることできないもん」本心からいった。

「……み、みんな、最初は……そ、そういって……面白がって……くれます」

「でしょ？」

「……今日だって……買うつもり……全然なかったんです……部屋の押し入れに……四十

個くらい……積んでいるから……」

話に脈絡がなくなってきたので、積むってどういう意味？　と隣で座り込むハルタに小声で聞いてみる。未開封品のことなんじゃない？　と返ってきた。生粋なプラモオタク、そのペースだと成人するまでに部屋を埋め尽くすよ、と彼はため息とともに付け足す。

少女は顔を伏せて洟《はな》をすすっている。

「そ、そんな感じで、みんな、離れちゃうんです……。こ、後輩にも、恐くていえなくて。は、は、流行《はや》っているって噂に聞きますけど……私のまわりに全然いなくて……みんな、ど、どこにいるんだろう、という感じで」

少女がかわいそうになってきた。

「世の中は広いんだから、きっといるよ。ね、ハルタ？」

「ぼくは知らないよ」

「ほら、ほら。この間、お世話になったクラサワ楽器の店長の娘さんがプラモデルにはまっているって聞いたばっかりじゃん」

「……それ、私です」

わたしもハルタも目を丸くする。慌ててたずねた。

「小学生のとき、夏休みの自由研究でフルートの分解をやった娘《こ》？」

「……うっ。お父さん、そんなことまで」

相手が歳下だろうと、歳上だろうと、だれであろうと、ここまで関わってきたのに挨拶《あいさつ》ひとつできないでいることに気づいた。

「わたしの名前は穂村千夏。一緒にいるのは上条春太。南高の二年生。あなたは？」

「……倉沢あゆみ。三中です」

「三中？　三中の何年生？」

「……三年生です」

わたしもハルタも彼女の華奢《きゃしゃ》な肩にふれて、ほとんど同時に言葉を重ねていた。

「高校、どこ受験するの？」「進学、どうするの？」

ゆっくり顔を上げた彼女は唇に薄い隙間をつくる。「……わ、わ、私の先輩になる方たちだったんですね。み、南高に合格できたらの話ですけど……」

わたしは彼女の顔をじっと見つめた。やがて、声を抑えて問いかける。

「ごめん。変なこと聞いていい？」

「へ、変なこと？」

「変なことを聞く変な先輩だと思ってくれていいから」

「……い、いえ、そんな」

「お願い」

「は、はい」

「南高に入学できたら、何部に入るか、もう決めている？」

「……え」

「安心して。気の早い勧誘なんかじゃないから」

「…………」

「ごめん。やっぱ、変なこと聞いちゃったみたい。忘れて――」

「す、吹奏楽部です。わ、私からフルートとプラモを取ったら、なにも残りませんから」

短い沈黙のあと、雑踏が耳を埋める中で、「チカちゃん？」とハルタの声が返ってきた。

飛び上がるほどうれしいはずなのに、素直に喜べなくて戸惑った。すこしだけ息苦しくなったので、ふたりに悟られないよう深呼吸する。胸の痛みの正体が、いま、やっとわかった。

ずっと同じじゃいられない。高校生活の時間は着実に流れている。わたしやハルタ、マレンや成島さん、芹澤さんがいなくなっても、こうしてあとを継いでくれる後輩はあらわれるのだ。みんな、どこにいるんだろう、と思いつづけた去年の春のようなことはもうない。来年は片桐先輩の妹も入部する。南高吹奏楽部の船はきっと大きくなっていく。たとえわたしたちの代で見ることが叶《かな》わないものがあっても、次の代、その次の代の彼女たちが見てくれる。

心のどこかで、それを認めたくない自分がいたのだ。

倉沢さんにハルタが説明している。「ぼくたちふたりは南高の吹奏楽部なんだよ。彼女はフルート、ぼくはホルン」

「……そ、そうなんですか」

わたしはそよぐ風にあおられながら、表情を明るく戻していった。「そうなの。ごめんね」

「ど、どうして謝るんですか？」

「一年しか一緒にいられないけど、大事にする」

倉沢さんは瞬《まばた》きしながら見返していた。ぼくにはチカちゃんの、そういうなんでも口に出せるところが羨《うらや》ましい、とハルタの小さな声が聞こえた気がした。彼は視線を落としている。片手を上げて腕時計を確認すると、彼女のほうに首をまわしてたずねた。

「このあとの予定は？」

彼女は自分に向けられた言葉だと気づかず、目を左右に動かした。もう一度いわれて、プラモデルの入った紙袋をぎゅっと胸元で抱きしめる。彼女の沈黙がだんだん分厚い壁になっていく感覚がした。返事はないとあきらめかけたとき、懸命に勇気をふり絞った声が届く。

「……と、とくに、ありません」

「じゃあなにかの縁だ。みんなで昼ご飯を食べに行こうよ」

彼女は顔を上げる。わたしも、え、と反応した。慌ててハルタの袖《そで》を引き、「先生のところ、行かなくていいの？」

「こっちのほうが面白い」

袖を強くつかむ。「……本当に、いいの？」

「その代わり、ぼくとこの娘のぶん奢《おご》って。安いところでいいから」

「うん、うん」わたしはうなずき、手の親指の腹の部分で目尻《めじり》を擦《こす》った。「しょうがないなあ、まったく」

「どこの店も、混みはじめる時間だから急ごう」

ハルタが歩き出し、わたしは彼が持っていた買い物袋を取り上げて自分で持つ。倉沢さんのほうをふり向いて、「一緒に行こ」と腕を引っ張って誘った。


「へえ。県主催のアンコンに出るんだ？」

五百円パスタ屋さんのテーブル席で、カルボナーラの大盛りを一生懸命するハルタがいう。

「二重奏です」

倉沢さんの口調のかたさはだいぶほぐれてきていた。彼女も旺盛《おうせい》な食欲を見せ、お皿の上でフォークをまわしている。足りないと思ってわたしが追加注文したピザが一枚届き、ふたりは同時に手を伸ばした。

すぐ後ろの席で笑い声がした。ニンニクとオリーブオイルの匂いにも取りまかれる。客が増える一方の混んだ店内だった。

「受験生でしょ。反対されなかったの？」わたしは心配してたずねる。

「お母さんとだけ、まだ揉《も》めています」

クラサワ楽器店の奥さんは、フルートとピッコロの個人教室を開いていることを思い出した。

ハルタが口の中のピザを飲み込んでから、「なに吹くの？」と聞く。

「日本のオリジナル楽曲です」

「オリジナルか。確かぼくの中学時代、それで揉めた学校があったんだよな。著作権の確認、顧問がちゃんとやってくれているの？」

「県の吹奏楽連盟からすぐ許可が出ました。連盟員の方が知っていたようで」倉沢さんは楽曲の名前をいおうとして、思い留《とど》まる仕草をする。「……そういえば、中に入れっぱなしでしたので」と水玉のデイパックを引き寄せ、古いカセットテープを取り出した。

カセットテープ。高校に入学してはじめてその存在を知ったけど、早送りや巻き戻しのボタンを使って、ほんの数秒という絶妙な加減の位置に調整できるのが一番の長所だ。CDやMP3の曲の調整と違い、キュルキュル……というカセットテープの作動音とともに、ひと呼吸置ける。演奏の練習にはもってこいで、南高吹奏楽部ではハルタが普及させた。

彼女はカセットテープをハルタに渡す。表面の白色のラベルには、マジックペンで『惑星カロン』と書かれている。なぜか口でいわず、著作権を指摘した彼の反応をうかがう様子に取れた。

「フルート二重奏を全部把握しているわけじゃないけど、はじめて見るなあ」

「過去のコンクールで、これを選んだ高校生が金賞を獲《と》っています」

「ふうん。いま、ここで聴ける？」

「すみません。音源は別に持っていますが、携帯プレーヤーと一緒に家に置いてきてしまいまして……」

ハルタは再生できないカセットテープをくるっと裏返し、わたしにまわした。その際、口にしたひと言に驚く。

「楽曲のタイトルを見ただけでわかるよ。君のお母さんは、いい顔しないだろうね」

彼のそっけない態度に、わたしは焦った。

「聴きもしないのに、なんでそんなことがいえるのよ」

「お母さんと同じ反応です」倉沢さんが息を吐くようにつぶやいて、小首を傾げる。「どうしてですか？」

ハルタは口を紙ナプキンで拭《ふ》き、水の入ったグラスに唇をつけた。

「惑星カロンなんて言葉はないよ。カロンは衛星だから」

倉沢さんはきょとんとした表情を浮かべる。

はい、はい、ちょっとタイム、と両手をクロスしたわたしは、いったん話を中断させて、テーブルの下でハルタのつま先を小突いた。

「……いつから星に詳しくなったわけ？」

「……この間、先生が詳しそうで、話が合ったらいいなと思って、図書館で本を借りて読んでみたんだよ」

おまえはそうやってわたしと差をつけるのか。「代用しょうゆの本じゃなかったんだ」

「あれはあれで成島さんの爆笑を誘ったからいいんだよ。似たようなものだと、成人男性の排泄《はいせつ》物から精製される、固まった血を溶かす薬、ウロキナーゼがあるよ。こっちはカイユが感心して聞いてくれたけど」

わたしが食べているボロネーゼが途端にまずくなった気がした。

倉沢さんにごめんごめんと謝り、ハルタに元の話を再開してもらう。

「二重惑星という言葉があってさ、いまから陸上競技のハンマー投げをイメージして」

彼は手首を回転させる。生真面目な倉沢さんの目が、円形の軌道に吸い込まれる。

「実際はもっともっとゆっくりだけど、この手首のことを共通重心といって、ほぼ同じ大きさの惑星が公転している。それが二重惑星なんだ。地球と月の関係に似ているよね。だけど月は地球に比べてずっと小さい。もったいぶったいい方をしちゃったけど、太陽系で唯一、二重惑星と呼ぶのにふさわしい星があるんだ。それが地球からはるか遠く離れた位置にある、冥王星と衛星カロン。冥王星の名前を聞いたことは？」

倉沢さんはこくりとうなずき、深呼吸して聞いた。「……そんな大きな衛星が、冥王星のすぐそばにあったんですか？」

「そうなんだよ。惑星の仲間入りをするんじゃないかと期待された衛星、太陽系の符丁、水《すい》、金《きん》、地《ち》、火《か》、木《もく》、土《ど》、天《てん》、海《かい》、冥《めい》に追加されるはずだった星、不運な星、カロン」

「不運な星……」

「ああ。天体技術の発達で、天体学者たちが想定していたよりも冥王星は大きくないことがわかってしまったんだ。実際は大きいよ。でも、冥王星より惑星にふさわしい星があることが知れ渡ってしまった。結果、符丁で表される惑星たちから冥王星が外されて、当然のように二重惑星であったカロンも惑星になることは叶《かな》わなかった。惑星の定義があいまいだったから起きた悲劇だよ。悔しがるひとたちは世界中に大勢いた。『惑星カロン』を作曲した日本人も、そのひとりだったのかもしれないね」

倉沢さんはフォークを持つ手を完全にとめ、聞き入っていた。

「話を最初に戻そうか。惑星カロンという言葉は正しくないんだ。公の場所で正しい言葉を使っていないのは好まれない。誤解を恐れずに極論でいうと、それが文化とサブカルの違いだと思う。君のお母さんが教養人で、中学生の娘に大事なことを伝えたい親なら、いい顔をしない」

倉沢さんは困惑した表情を浮かべていた。しかしどこか納得した様子で、「……そうだったんですか」と椅子の背にもたれて肩を落とす。

わたしは気を揉んだ。なにかいわなければならないと感じ、唇を前に出した。

「もうエントリーしちゃったんでしょ？」

彼女が下を向いたまま、こくりとうなずく。

「作曲者が立派な方なら、確信犯でその名前をつけた可能性があるわけじゃない。カロンだよ？　不運な星だよ？　楽曲の名前がそのものの実態を表しているわけじゃん。単に好きか嫌いかで選んでなにがいけないの？」

ハルタが面喰《めんく》らった表情で、こっちを見ている。

「チカちゃん……」

「なによ。理屈っぽいの、嫌い。世の中は感情で動いている派なんだから、わたし」

かたまっていた倉沢さんの口が、ゆっくりと動いた。

「みんなが正しいと思っていることが、時代とともに変わってしまうことはめずらしくない。その点、美しいもの、感動するものは変わらない……」

聞こえるか聞こえないくらいの小声だったので、「え」と、わたしは反応する。

「だ、駄目じゃないと思います。『惑星カロン』の作曲者は新藤直太朗さんといいます。そのご長男が、これで金賞を獲っているんです。誠一さんといって私に音源とスコアをくれたひとなんです。こんな私と毎晩インターネットでやり取りしてくれて、演奏のアドバイスまで」

ひどく苦しいものを吐き出す仕草で彼女はつづけた。

「好きです。好きになっちゃったんです。名前や形なんてもう関係ないんです。後輩だって楽曲を気に入ってくれたんです。練習だってしてしているんです」

好き……

わたしとハルタは背筋を正し、腰を動かして椅子に座り直した。

「ごめんごめん」と、ハルタが謝った。「ぼくが君のお母さんと同じになっちゃいけなかった」

「うん。相談があるなら乗るよ」わたしは身を乗り出す。

つかの間の沈黙のあと、なにかを決意したみたいに倉沢さんは唇をきゅっと締め、新藤誠一との不思議な出会いを早口で語りはじめた。

五年前に更新がとまったホームページ。

呼びかけにこたえてくれた彼が解決を望む、S市のセレクトショップの試着室で起きた消失事件――

自分の手には負えない事柄を、このひとたちなら、と嗅覚《きゆうかく》で決めたような話し方だった。

「デジタルツインについて詳しくお話をうかがいたいのですが」

セミナーが八十分、質疑応答に十分、「ITスキルアップ講習会」の常連たちと雑談を交わして撤収の準備をはじめたおれに、草壁信二郎という若い音楽教師が声をかけてきた。会場の隅で控えめに、おれの身体が空くのを待っていた様子だった。講習会では人格の複製が可能な未来がおとずれることを示唆した。デジタルツインという言葉を使ったのは一度だけだったので、感度がいいな、と思った。

飛び入り同然で申し込んできた教師だ。送っていないはずのダイレクトメールの入手経路を知りたい。時間を割くかどうか迷っていると、タイミングよく携帯電話が着信した。雑居ビルの通路のほうにそれとなく目をやる。半身を隠したマンボウが手招いていた。おれは着信中の携帯電話を草壁に見えるように掲げ、「ここですこし待っていただけますか？」と断り、会場を出てマンボウが待つ通路に移動する。

マンボウはアンケート用紙の束を渡してくれた。おれはその中から草壁信二郎の用紙を抜き出し、素早く目を通した。〈今後、アドバンスコース等の案内を希望されますか？〉

の下の〈はい〉にマルがついていない。

「斎木。あの教師のことがすこしわかったぞ」

「……え」

「部下としてお願いしたのはおまえだろうが」

「いや、そうですけど。名前だけでよく調べられましたね」

「おまえの活弁士みたいな講習会の最中、別件で社長に電話した」

「はあ」

還暦を過ぎて着流しが似合う社長を思い浮かべた。今日は事務所に籠《こ》もって、孫たちのために携帯ゲーム機でポケモンのモンスターを集めているはずだった。かなりレアなモンスターまで収集しているようで涙ぐましい。そういえば病院で知り合ったポケモン仲間の女の子の話を聞いたことがあった。確かキョウカという名前だ。その子は退院することなく亡くなったらしい。母親から届いたお礼の手紙を読んで、声を殺して泣く老人の姿は見たくなかった。

「社長がクラシック通でな、草壁信二郎を知っていた。漢字も歳も同じだ」マンボウのおちょぼ口が動く。「次代を担う才能として注目された指揮者だったようだ。山辺富士彦という音楽家の弟子で、五年前にドイツの交響楽団の来日記念公演で指揮をする予定だったが、当日に失踪《しっそう》、ちょっとした事件になった。社長はその公演に行ったから覚えていた」

「指揮者が公演当日に行方をくらますっていうのは、普通にあることなんですか？」

「社長がいうには、ありえない、だそうだ」

「へえ」

「代役で急きょ山辺富士彦が指揮台に立ったが、重い持病を抱えていたから、それで寿命を縮めたという噂がある」

「……業界で干されて、地方の教師になったんでしょうか」

「わからねえな。公演の当日は日本にいなかったそうだ」

おれは会場の入口から、パイプ椅子に腰かけて待つ草壁信二郎をちらっとのぞいた。背筋をまっすぐ伸ばして座る男の姿なんてひさしぶりに見た。背後からマンボウの声が届く。

「社長が面白いことをいっていたな。練習中に何度も演奏をとめて、その都度、自分の音楽観を長々と説明するような気負い立った若手指揮者は嫌われるそうだ」

「……彼はその部類なんですか」

「逆だ、逆。練習時間が短い指揮者として楽員に支持されていた。演奏技術が高いオーケストラほど、指揮者がなにを表現したいのかを要領よく適切に指示することを望む。そうすればあっという間に練習は終わるから、楽員は大喜びする」

指揮者の才能をそんなふうに聞くとは意外だった。切れ者で弁が立つのなら、ビジネスにおけるリーダーと同じじゃないか。相手がそういうやつであるほど、おれの口元が緩んでくる。

「どうする」マンボウがいった。

「どういうつもりで出席したのかわかりませんが、脛《すね》に傷持つというか、理由《わけ》ありの教師じゃないですか」警戒は武装に匹敵するが、彼においてはその必要はなさそうに感じた。

「なにより……」

「なにより？」

「音楽教育が医大の進学より金がかかることは有名です。指揮者といってもピアノやソルフェージュも訓練しなきゃならない」

「実家が金持ちだと？」

「親が子供のために四、五千万の金をぽんと出せる家庭ですよ」

黙って見つめるマンボウの表情が翳《かげ》った気がした。おれ、なにかまずいことといったか？

「親を巻き込むのか」

「越えちゃならないデッドラインくらい心得ています」内心焦ったおれはポケットからティッシュを出し、大きな音を立てて鼻をかんで誤魔化す。

「茶を持っていってやるから俺も交ぜろ」

「わかりました。我々はあくまでNPO法人ですから、ざっくばらんのスタイルでいかせてください。上下関係に縛られることなくフラットな関係で」

「腹芸で生きているおまえらしいな。我慢してやる」

おれは携帯電話を片手に、急用が済んだ素振りを見せて会場の中に戻った。草壁以外の参加者はすでに帰っている。

「失礼しました」

「お昼前に引き留めて申し訳ありません」

草壁がパイプ椅子から立ち上がり、丁寧に腰を折る。

「いえいえ。こちらは構いません。この時間、どこの店に行っても混みますし、会議室の予約はもう入っていませんから」

名刺を受け取った。最近の教師は名刺を持つのかと感心する。おれは名刺入れの中から「NPO法人トライスターコンピュータ研究開発機構」の肩書のものを一枚取り出して彼に渡す。トライスター。三つの星。冥王星の衛星、カロン、ヒドラ、ニクスを暗に示している。

おれは念を入れて確認した。

「今日のセミナーはどちらでお知りになりましたか」

「部活の生徒から聞きました。その子の祖母が、斎木さんの講習を受けられているようで」

祖母、南高に孫……。おれは眉《まゆ》に皺《しわ》を寄せて記憶に沈潜する。後藤の婆さんか、と思い当たった。療養中の身内とスマートフォンのやり取りをするために講習を受けたんだっけ。

こっちの手違いであの婆さんに今日のダイレクトメールを送ってしまったのか。

なんにせよ、おれがボランティアでやっている講習会はクレームもトラブルもゼロだ。となると、この草壁という教師は、単純に興味を持って申し込んだのか、という推論に行き着く。音楽家が持つ感性か、好奇心か。だとしたら与《くみ》し易い。

パイプ椅子を引っ張り、長机を挟んで座ることにした。雑談からはじめようと思ったがやめた。すでに彼は姿勢を正し、傾聴の姿勢を取っている。

「草壁さんはデジタルツインのことをお聞きしたいんですよね」

「はい」

「講習会でも触れましたが、人格のコピーという認識で結構です。デジタルツインとは行動、思考、癖、声をコンピュータに模倣させて意思決定を行わせる技術で、欧米の学者の予想では数年内に実用化、三十年ほどで人間の意識全体が完全にコンピュータにアップロードできるとまでいわれています」

「パソコンの中に、もうひとりの自分をつくることが可能だと？」

草壁は純粋に問うような眼差《まなざ》しで首を傾げている。一般論ではなく、おれの意見を求めているようだ。

「その質問におこたえする前に」と人差し指を立てた。「いまから突拍子もない喩《たと》え話をしますから、そのつもりでお聞きください。今日の会場に高齢の御仁がいました。とあるチェーン飲食店会社の会長でもあって、不謹慎ですが、彼が会場を出た途端に、車に撥《は》ねられて死んでしまうとします」

案の定、草壁は困惑していたが、かまわずつづける。

「遺《のこ》された立場からいわせていただくと、彼はこの世界から無断で退場してしまったわけです。彼はいなくなりますが、遺された者がいるこの世界の時間は動きつづけています。遺書や生前贈与の問題が運よくクリアされているとしても、彼の助言を必要とするひとたちがいるかもしれない。彼の行動に導かれて生きてきたひとだっているでしょう。そんな遺されたひとたちにできることはなにか？　そのひとつの提言が、彼の意思をもったコピーをつくりあげることです」

草壁の反応をうかがった。彼は首をふっている。

「確かに突拍子もない喩え話で、いささか戸惑いを覚えますが」

「ここまでの話を聞いて、どう思われますか？」

「……まるでSFの世界といいますか、面妖《めんよう》な話だとの感想しかありません」

「しかし草壁さんは強い関心をお持ちのようだ。なにより今回のセミナーに出席されている」

彼はおれの誘いに乗らなかった。代わりに黙っている。その沈黙がこたえをあらわしていた。

「先の質問ですが、パソコンの中にもうひとりの人格をつくることはじゅうぶん可能と考えています。実業家の御仁の例に戻しますと、なにも彼自身のコピーに経営をさせるわけではありません。おそらく立派な後継者はいるでしょう。極論をいえば、後継者が助言を必要としたとき、自分を見失ったとき、判断に迷ったとき、イエスかノーだけで導いてくれればいい。私たちの心は弱い。だれだって身近な人間を亡くせば、『あのひとだったらどうするのか？』と問いたい瞬間や転機はおとずれるはずです」

草壁の目になにかの光が宿り、わずかに揺れて、おれを見つめた。

本心は顔にもっともよくあらわれる。とくに目は生きた感情をそのまま出す。

確かに与し易そうだな、と自分の勘に満足しながらつづけた。

「事前に参加者リストを拝見させていただきましたが、草壁さんのご職業は高校の音楽教師でしたよね。学校の生徒で、日記を毎日つけているひとはいますか？」

「日記、ですか？」

「ええ、日記です。ある種の自分史ともいい換えることができます」

草壁は顎《あご》に手をやり、考え込む仕草をみせた。「いや、おそらく習慣となっている生徒はほとんどいないのでは……」

「それは違いますね。昔とくらべものにならないほど、ほぼ全員、毎日、日記をつけているはずです。すくないひとでも一日十五分、多いひとで五時間以上は費やしているのではないでしょうか」

背広のポケットから携帯電話とスマートフォンを取り出す。草壁の表情に理解の色が浮かんだので、おれは話を進めた。

「もうすこし踏み込んでデジタルツインの説明をしましょう。メールやブログの記録、フェイスブックといったソーシャルネットワークでの情報、パソコンやスマートフォンでの操作履歴などから集めたデータを基に、自分自身の物の見方、考え方、癖、好き嫌いを学習させていきます。いま私がいった話を要約すると、膨大なデジタルの日記から自分の複製を行う、ということです。無論、データが蓄積されればされるほど自分自身に近づいていきます」

草壁は眼鏡の奥で目を細め、ちょっとした間を置いてから口を開いた。

「素人の疑問を差し挟むようで恐縮ですが、簡単な話ではないのでは？」

「これが馬鹿にできなくて、機械学習していく人工知能がアメリカの企業で開発されています。人工知能ワトソンといいまして、クイズ番組でチャンピオンを打ち負かしましたよ」

草壁は驚いたようにおれを注視していたが、落ち着いた声を返した。

「インターネット上の情報に頼らなくても、対象者に協力いただいて生の情報を打ち込んだほうがずっと早いのではないですか？」

「口頭で聞き込みをしたり、あらかじめ質問事項を吟味したペーパーに書いていただくと？」

「ええ。そのほうが、必要な情報の漏れがすくないと思います」

「対象者、もしくは近親者の協力が得られれば、有用な情報であることに間違いありませんね」協力が得られれば、の部分を強調した。「ただ、一度に回答してもらう場合、それにともなうリスクが生じます。よくあるでしょう。アンケート調査を正直に書くひとはいない。本音は聞かれてこたえるのではなく、自発的に、かつ、小出しがいい」

草壁がまたおれを見つめる。「……複製のデータの基となる情報の入手は、斎木さんが講習でおっしゃっていた検索機能を使うのですか」

「その通りです。インターネットは便利ですが、体制からの監視と関連づけが容易なネットワークでもあります。一度書き込んだ記録や操作情報は消せない、そして探しやすい。すべてのデジタルデータは1と0で構成された情報ですから、一定配列の0と1を検索することで、たちどころに欲しい情報を取り出せます」

草壁は首を傾げた。「プライバシーにかかわる公開、非公開のフィルターの機密性はどうなるのでしょうか」

いい質問だ。講習会の質疑応答のときにいえよ。「某共産国では、たった一カ月で、二億人近い個人間のすべてのメール、やり取りした音声や画像データを入手したと聞いています。手段を選ばなければそこまでできる。それが悪いことかどうかの道義的判断は置いておいて、草壁さんはプライバシーを誤解されているようだ」

「誤解、というと？」

「街をご覧なさい。喫茶店、料亭、ホテルのラウンジ、高級フィットネスクラブ、郊外に出ればゴルフ場があります。そこでは、いつもだれかとだれかが記録に残らない言葉で話している。たわいのない雑談や商談、密談や陰謀もあれば、歴史を動かす会話もあったりするわけです。パソコンやスマートフォンと向かい合っている限りは、永遠に参加できない」

草壁が深く息を吸って黙り込む。

おれはというと、彼との会話を楽しんでいた。いや、さっきから気持ちよく話をさせられていることに気づく。かつて楽員に支持された元指揮者たる所以《ゆえん》か。

やがて彼の静かな声が流れてきた。

「情報を公開、非公開と分けている時点で、プライバシーではなくなるのですね」

おれは肯定も否定もしない。「機械学習を取り入れた人工知能によって、デジタルツインは本人との判別がつかなくなるところまで進化しています。先ほど実業家の御仁の喩え話を出しましたが、インターネットに疎いご老人でも、高齢者向けのパソコン教室に通ってもらい、三、四年ほど毎日メールやブログ、フェイスブックをやっていただければ、複製に必要な情報はそこそこ貯《た》まります」

「もしかしたら斎木さんの『ITスキルアップ講習会』は、その意味合いも兼ねていらっしゃるのでしょうか」

彼の問いかけに、おれは口の端で微笑んでみせる。

「それが今日一日で感じ取れたのでしたら、草壁さんの慧眼《けいがん》に感服せざるを得ませんね。ただし我々は非営利でボランティアの立場です」そういっておれはノートパソコンを開き、再起動させて、素早く操作する。「いい機会です。講習の中でプロジェクターに映しましたが、デジタルツインの現物を、いまここで草壁さんにお見せしましょう」

「部外秘ではないのですか？」

「構いません。減るものではありませんから」とノートパソコンをまわして、ディスプレイを彼のほうに向ける。

「これは……」

「制作者がカロンと名付けたプログラムソースです」

草壁が顔を上げた。

「ソースを開示しているということは、他社の技術の流用はないと考えていいのですか」

「そこを指摘されるとは、詳しいですね」

探りを入れると、動揺を微塵《みじん》も見せないこたえが返ってきた。

「ここに来る前、業界誌を何冊か読みました。なにぶん門外漢ですので、その程度の知識しか持ち合わせていませんが」

「なるほど」いくらか腑《ふ》に落ちた。「解析と照会は私自身が行いました」

「斎木さんが？」

「それくらいのプログラミング技術は持っていますよ。結果は問題ありません。基本的に音声には対応しておらず、できることはあくまでテキスト入力での交信です。このプログラムでは、名詞、代名詞、動詞、助動詞、接続詞といった複雑な日本語への対応に成功していて、追々話しますが、他社にはない面白い思考ルーチンが搭載されています」

控えめに質問がつづく。

「それでも完璧《かんぺき》な実用化には、まだ時間がかかるのではないでしょうか？」

「我々はロボットを開発しようとしていません。愛《いと》しいひとの脳だけです」

草壁がおれを見返し、喉《のど》を動かす。

「倫理的観点からの是非は……」

「それをおっしゃいますか」

回答にすこし悩んだ。

そのとき、長机の上に、ペットボトルのお茶が入った紙コップが差し出された。草壁のぶんと、おれのぶんと、もうひとつ——目線を上げると盆を持ったマンボウが脇に立っていた。

「なるほどなあ。これはゲームだよなあ」

マンボウは間延びした声を出し、パイプ椅子を引っ張ってきておれの隣に腰かける。草壁が名刺の交換をしようと腰を浮かすのを、彼は片手を上げて制した。

「今日は斎木のヘルプで来ましてね、なかなか終わりそうもないので、つい話を立ち聞きしてしまったんです。失礼と、無作法を、お許しください」

「こちらこそ講師の斎木さんを引き留めてしまい、申し訳ありません」

草壁が時計をちらっと見て、頭を下げて謝る。

「気になさらずに」マンボウのおちょぼ口が開く。「それより斎木。いまどきの芸能人やミュージシャンって、ブログとかフェイスブックで個人情報を発信しているんだよな？」

「え、ええ」

「そういった個人情報を吸い上げてデジタルツインのデータの基にしてしまえば、自分のパソコンの中に好きな芸能人のコピーができるわけだ。アイドルのファンは競うように情報を調べ上げて、より本人に近い人格をつくりあげるだろうなあ。擬似恋愛や相談もできるだろうし、ゲームとして考えれば面白い遊びができるから、オタクや若者たちの間で流《は》行《や》りそうだ」

おれがいいあぐねていたことを、マンボウが見事に要約したので驚く。常に人権倫理問題が絡むクローンなどとは違う。現状において社会的に適応させることができなくても、ゲームとして成立するのだ。話を聞いただけでそれに目ざとく気づくとは、つくづく金の匂いに敏感な男だと思った。

草壁が目を見開き、愕然《がくぜん》としたままパイプ椅子の背もたれに身体を預ける。

「反対意見がどれだけあろうと、デジタルツインは進化していくわけなんですね」

おれはうなずいてこたえた。「OSのリナックスと同じ道を辿《たど》る可能性もありますよ。インターネットでつながった世界中のボランティアが検証と改良をくり返していく。それも短期間のうちに」

人間は幸か不幸か自意識を持つ生き物だ。自分とは何者か、なんのために生まれてきたのかなどと、己の生と死を見つめてしまい、クローンの自意識という余計なことまで考えてしまう。

一度生まれた生身の人間は都合良く消えてくれないのだ。

その点、デジタルツインは、マウスのクリックひとつで消滅させられる。無にするのはあっけない。

再び沈黙がおとずれ、草壁はノートパソコンのディスプレイに視線を落とす。

「……このプログラムは、すでに実証されたものなんですか？」

「草壁さんには話しますが、五年前に亡くなった男子高校生の人格がコピーされています。

今日のセミナー出席者からのメール問い合わせには、彼に返信させました。それを見て参加を決断した方が大多数なんですよ」

「なんですって」

草壁は呻《うめ》くような声をあげた。

隣のマンボウも驚き、おれを凝視している。いろいろと腑に落ちた目の色を浮かべていた。

「彼はもうこの世にはいません。しかしブログやホームページなど、膨大なデータを残してくれました。それらを基に複製したのです」

フルートの天才と謳《うた》われて夭逝《ようせい》した男子高校生の名前をいう必要はない。

彼の演奏はビデオで観たことがあった。素人のおれでもわかる並み外れたテクニック、幅広い音色、音楽表現の深さ。あの単純な構造のフルートから、やたらすごい音を出す術《すべ》を若くして身につけていた。

その彼の人格はいま、人間の手が届かない孤独な星からメッセージを発信している。

今日のおれは喋《しゃべ》りすぎだ。理由がわかった。将来を嘱望された音楽家という点では、目の前の草壁信二郎と彼は似ているところがある。

未来は必ずしも明るいものではない。

真っ暗な絶望の未来も待ち受けている。

そんなひとは、希望の光をどこに見ればいい？

相手がいるのを忘れたのかとさえ思われるほどの沈黙の間を空けてしまったおれは、説明を再開する。

「カロンの制作者は男子高校生の父親。私がかつて在籍していた会社の上司です」

昼ご飯を食べたあと、インターネットを利用する目的で漫画喫茶に場所を移した。街中の雑居ビルの四階にあり、三階にはヴィンテージから新品のアイテムまで扱っている古着屋が入っている。わたしひとりじゃ足を踏み入れにくい一角だ。
そんなに広くないが、外の騒がしい街から来ると、淡い暖色の間接照明と、適度な暗さは、特別な空間を演出していた。一度もおとずれたことのないネットカフェや漫画喫茶のシステムは長年の謎だった。先払い？ 後払い？ 十二時間のパック料金？ 漫画に埋もれて宿泊できちゃうの？ ハルタに倣ってカウンターで無料の会員登録を行い、それぞれ席を選ぶ。
倉沢さんが選んだ、両隣に客がいない個室に集まることにした。リクライニングチェアには彼女に座ってもらい、わたしとハルタが立つ。そもそもスマートフォンユーザーがひとりでもいれば、こんな手間はかけずに済んだのだけど、三人とも持っていないのだから仕方がない。

わたしとハルタは肩を寄せ合い、フリードリンクのカルピスをストローで吸う。

「ねえ、原液の量がすくなくない？」

「うん。せこいと思う」

来年の先輩たちがしょうもない不満をもらす間に、倉沢さんがパソコンのマウスをクリックして新藤誠一のホームページを表示させた。

真っ黒な画面中央に星景写真が掲載されていた。長時間シャッターを開けっ放しにしたものなのか、星が大きな円弧を描いている。きれいだと思った。下部のメニューから掲示板に移動した。彼のホームページをおとずれたひとが読み書きできる。

掲示板は、新藤誠一と倉沢さんのやり取りでびっしり埋まっていた。

「誠一さんの顔写真って、どこかに載ってる？」

ここでは大声を出さないよう注意しながら聞いてみる。

「友だちや仲間との集合写真もなくて、学生服の後ろ姿だけで……。背が高くて……。身長高いひとって素敵だなあって思います」

倉沢さんは思いつめた表情でつぶやき、頬を染めた。だから最初に会ったとき、ハルタに見向きもしなかったのかと納得する。

「あ。新しい動画がアップされています」彼女はふり向き、うれしそうな声音でいった。

「動画？」

「誠一さんの演奏です」

「へえ」

「あ。これ、先週お願いした、後輩のパートの動画だ。本題に入る前に、お礼の書き込みをしてもいいですか？　土曜のこの時間帯なら、もしかしたら返信があるかもしれませんので」

「もちろん」

わたしがこたえると、倉沢さんはキーボードを両手の指で叩《たた》いた。

――誠一さん、こんにちは。あゆです。今日は、街のネットカフェから書き込んでいます。

動画ファイル、ありがとうございます！

ちょっといいかな、とハルタが画面に顔を近づけた。「ＩＰアドレスが変わっているのに、向こうはこれで本物の倉沢さんだと認識してくれるの？」

「誠一さんの指示で、最初の書き込みだけ、ささやかな数字を隠すようにしています」

「合い言葉みたいなもの？」とハルタ。

「はい。誠一さんのプロフィールにある誕生日、三月三十一日、３３１です。誠一さんって、すごい早生まれなんですよ」

倉沢さんの横顔が微笑む。生来の愛想のよさが滲《にじ》み出た笑顔で、今日はじめて見る表情に思えた。

「数字が、この文章の中に？」

わたしは彼女の最初の書き込みを睨《にら》みながら首をひねる。ハルタがこたえてくれた。

「読点が三つ、句点が三つ、びっくりマークがひとつ」

正解だといわんばかりに、倉沢さんが目を見開いて、リクライニングチェアごと後ろに退く。

「だと思った。それしかないもんね」

わたしはハルタの尻馬《しりうま》に乗った。バカがばれませんように、と心の中で祈る。

倉沢さんの目にきらきらと信頼の念が浮かんでいた。いや、そんな目で見ないで。なにを思ったのか、彼女は備え付けのヘッドフォンを両手で差し出してくる。

「あの……。私は家に帰ってからでいいので、先に動画をご覧になりますか」

「気を遣わなくていいよ」と顔の前で手をふる。

「聴いていただきたいんです」

懇願に近い声の響きがあったので、隣のハルタを見やった。彼は倉沢さんに小声でたずねる。

「漫画喫茶や公共のパソコンって、データのダウンロードはできないんじゃないの？」

いわれてみれば学校のコンピュータ室のパソコンもそんな気が……

「クラウドに直接保存できるサービスがありますので」

「ふうん。じゃあ、同じフルート奏者なんだから、チカちゃんが聴くべきだよ」

クラウドやらIPアドレスやら、さっきからよくわからないけど、とにかく促されたのでヘッドフォンを頭に装着した。ダウンロードされた動画を再生すると、予想と異なり、フルートと指先だけをズームアップさせたものだったので驚く。

画像はすこし暗く、鮮明とはいい難い。

二重奏曲の片方だけだから全体像はわからないけど、舞曲という印象があった。切なく重苦しく、足を引きずるような、変則で独特のリズム。三拍子だと思って拍子を取ると、拍が余る。四拍子はもっと合わない。……どこかで聞き覚えがある。これってチャイコフスキーの交響曲第六番『悲愴』で、コンクールで演奏しなかった第二楽章の部分と似ている。五拍子？

運指が難しそうだと感じて動画を見つめた。指先の動きを追うだけで音が聞こえてきそうで、ああ、と誠一さんの意図がわかった。動画ファイルだから音声のミュートが可能で、自分のイメージしている演奏と、誠一さんの指先を合わせることができるのだ。優秀なコーチを味方につけたんだなあ、と思った。作曲者の息子だから当然かもしれない。

演奏が終わって腕時計の針に目を落とすと、アンコンで吹くことを想定したように五分以内で終わっている。わたしはヘッドフォンを頭から外し、ハルタに渡した。

座っている倉沢さんがわたしを見上げて口を開く。

「誠一さんのアドバイスで、新藤式丹田トレーニングというものも取り入れています」

丹田トレーニングはわかるけど、「……新藤式？」と眉《まゆ》を顰《ひそ》める。

「両足の踵《かかと》をあげて、息を十秒くらい大きく吸い込んで、次は片足だけで同じことをくり返します。それぞれ十セットずつ、歯磨きのときにやる変わったトレーニングです。二、三週間で効果が出るみたいですよ」

「歯も入念に磨けて一石二鳥じゃないの」

「そうなんです」

倉沢さんは声をあげ、慌てて周囲を気遣い、口を手で塞《ふさ》ぐ。その仕草が、ぎゅっと抱きしめたくなるほどかわいい。彼女の変化には気づいていた。パソコンに触れて、新藤誠一のホームページを開いてから、ずっと顔が上気している。

動画を見終え、ヘッドフォンを両手で外したハルタが、「さすがに上手だね。トーンホールを閉じる時間と開ける時間が精密機械みたいに一緒だ」と真顔で感心している。わたしはうなずいた。そこで生じるムラは、速いテンポの曲だと無視できない。

倉沢さんがリクライニングチェアをギッと鳴らし、パソコンデスクに向き直ったので、わたしたちの意識もそちらに向いた。

「誠一さんから書き込みがありました」

彼女はマウスのホイールを動かして、食い入るように画面を見つめている。ホームページの掲示板が更新されていた。

――今日は自宅からではないのですね。動画によるトレーニングは、意外とみんなやっていることですよ。音楽ばかりでなく、海外で修業して帰国した料理人も、現地の師匠からレシピや工程を動画配信してもらっていると聞いています。

倉沢さんがキーボードをカタカタと叩く。

――後輩がきっと喜びます。後半のフレーズで、ようやく指が動くようになったんです。

新藤誠一のメッセージは即座に流れてきた。応答のスピードが速い。

――きみの後輩はまだはじめて間もない、この前そう書いていたね。だけど練習量が多い、とも。そういった奏者はイメージを指先に伝えるのに時間がかかります。木を見て森を見ずという感じでしょうか。面白いことに、険しい山を越えると一気に上達するんですよ。

――ありがとうございます。でも私たち、想定以上に苦戦しています。もしかしたら生き恥をさらすことになるかもしれません。

――生きて恥をかけるのは幸せなことですよ。

わたしは彼女たちのやり取りを黙って眺める。直前のコメントは胸を打つ言葉に思えた。

新藤誠一って、いったい何者なんだろう……

倉沢さんは平身低頭する絵文字を何個もつづけて書き込み、それから苦しそうに胸に手をあてて掲示板を見つめる。ああ、やっぱり彼に強く惹《ひ》かれているんだと思った。いっこうに縮まらない距離に苛立《いらだ》たしいものを感じはじめていることも。互いの顔さえ見当もつかないふたりは、回線でしか感情を通い合わせることができない。

新藤誠一のメッセージが届いた。

――ああ、そうか。きみは釣り合いの取れないような厚意は警戒するんでしたよね。

――そういうわけではありません。音源やスコアをいただいただけでも、じゅうぶん釣り合いが取れていないのはわかっています。これ以上お世話になるのでしたら、私からもなにかしらお礼をしなければ、お礼ができなければ、受けることはできません。

――それなら以前話した未解決事件について、きみの意見を聞かせてもらうことでどうでしょうか？　手がかりが得られるごとに、僕はきみにできる限りの協力をします。

倉沢さんは首をまわし、潤んだ瞳《ひとみ》で見つめてくる。彼の悩みをなんとかしてあげたくて、わたしたちに助けを求める目だった。自分にはこれしかないのだ、といいたげに……

いよいよ本題に入ったことを知る。

S市のセレクトショップの試着室で起きた消失事件。

三人で昼ご飯を食べたときに、彼女から打ち明けられた話。

わたしはハルタを横目でうかがう。彼はうなずき、氷を奥歯でがりっと噛《か》む。

「新藤誠一には、ぼくらは友だちと伝えていいよ」

倉沢さんは申し訳なさそうに頭を下げ、パソコンの画面に向き直る。ためらいがちにキーボードを打つ音が響いた。

——そのことで、誠一さんに伝えたいことがあります。

——なんだろう。

——誠一さんは以前、ひとりで難しければ、きみが信頼する友人に助言を求めても構わない、と書いてくれました。今日、私に、親友がふたりもできたんです。ふたりからアドバイスをもらってもよろしいでしょうか。

——親友、か。なるほど。いま、近くにいるのですか？

——はい。最初にいうべきでした。すみません。

——親友がいる日常か。懐かしいな。いまの僕には何百キロ、何万キロも遠くのことのようだ。きみは以前、こんなコメントを書いた。僕と出会ったのは奇跡だと。だったら一日で貴重な親友ができたのも、それは奇跡だ。受け入れるよ。

——ありがとうございます。

——僕のほうこそ、礼をいいたい。僕がきみと出会えたのも奇跡なんだ。ひとでなくなった僕を、人間に戻してくれたのはきみだから。

ひとでなくなった……？　意味がわからないように、倉沢さんが瞬《まばた》きをくり返す。新藤誠一のメッセージはつづいた。

——早く未解決事件についての意見を聞かせてほしい。

倉沢さんは気を取り直して素早く返信する。

——三人でシンキングタイムに入りますので、少々お待ちいただけますか？

——待つのは慣れています。いくらでも待ちましょう。

掲示板の文字を追うハルタの目の色がすこし変化する。そんな気がした。

——頑張ります！

キーボードを元気よく打ち終えた倉沢さんはリクライニングチェアの背にもたれて、ほっと息をつく。

「よし、やっと出番か。腕が鳴る」

鮨詰《すしづ》め状態の個室でハルタが一歩前に出た。こういうとき、彼は本当に頼りになる。わたしは三人ぶんのフリードリンクのおかわりをもらいにいった。空っぽだったソフトクリームの食べ放題が補充されていたので感激して、盆と一緒に両手で抱えて個室に戻ると、ハルタが真剣な表情で倉沢さんと喋《しゃべ》っている。

「わたしもまぜて、まぜて」と加わると、「都市伝説の話をしていたんだよ」とハルタが首をまわしてこたえた。

「都市伝説って『口裂け女』とか『ベッドの下の男』とか?」

「恐い系だね。不思議系だと、『パリ万博の消えた貴婦人と客室』があるよ」

彼の言葉を受けて、倉沢さんがインターネットで検索をはじめた。

「都市伝説が根付いたのは、アメリカの民俗学者の古典的名著、『消えるヒッチハイカー』がきっかけだったみたいです」

「へえ。都市伝説って、日本が発祥じゃなかったんだ」

わたしが感心すると、ハルタはソフトクリームを舐《な》めながら教えてくれた。

「現国の先生がいっていたけど、怪談に近いものだったら、室町時代末期から番町皿屋敷《ばんちょうさらやしき》の原型になる話がつくられて、江戸時代に広まったらしいよ」

「番町皿屋敷?」

「かいつまんでいおうか。屋敷で奉公しているお菊《きく》さんという女性が、十枚あるはずだった高価なお皿の一枚を割って、責任をとって庭の井戸に身投げするんだ」

「ひどくない?」

「そうしたら毎晩、井戸の中からお菊さんの幽霊がいちま〜い、にま〜いってお皿を数える声がするの。はちま〜い、きゅうま〜い……一枚足りない……って」

「みんなで、どんま〜い、っていってあげればいいじゃない!」

「チカちゃん、落ち着いて。一回、深呼吸しよう。新藤誠一が解決を求めている事件に話を戻すから」

「うん……」

「都市伝説をモチーフにしているんだ」

「一九六九年、フランスの『オルレアンの噂』です」

と、倉沢さんがインターネットでまた調べてくれる。

「そうそう。都市伝説の中でも古典的なものでさ、フランスのオルレアンという都市のブティックで、試着室に入った女性客が消えちゃう話」

その手の話は、どこかで耳にしたことがあった。「秘密裏に誘拐とか、海外に売り飛ばされちゃう噂？」

「諸説は置いておいて、S市のセレクトショップの事件は、この『オルレアンの噂』そのままといっていい。ぼくらが知っている都市伝説ってさ、今風に喩《たと》えると、原稿用紙一枚くらいのベストセラー小説みたいなものでしょ。お金払ってないけど」

言い得て妙な気がした。「はあ……」

「玉石混淆《こんこう》の都市伝説の中で、どれもがベストセラーになれるわけじゃないんだよ。まったく根拠のない噂話だから、生き残るにはそれなりに面白くて、記憶に残るものでないといけない。ベストセラーになるためのセオリーがあって、その典型のひとつが『人物消失』だ」

ハルタは周囲の個室を気遣い、静かに、明晰《めいせき》に語り出す。

わたしたちが一番恐れるもの。

意味もなく、理由もなく、過程さえ吹っ飛ばして、大切ななにかが消失してしまうことこそ恐ろしい。

怖がらせるだけが目的の都市伝説なら、これほど効果的なテーマはない。死ぬのが怖いというのも、突き詰めるとわたしたちの本能は、闇を……無を恐れている。

この意識自体が消えてしまうから。

倉沢さんがマウスを操作して、パソコンの画面を縦にスクロールする。掲示板の履歴が遡《さかのぼ》られていった。新藤誠一が書いた、S市で起きた消失事件が表示される。

ある街の話です。とりあえずS市としておきましょう。S市にあるセレクトショップでAと、Aの友人Bが買い物をしました。お気に入りのブラウスを見つけて試着室に入ったBは、いつまでたっても出てくれません。待ちくたびれたAが店員にたずねると、「お客様はひとりで来店されました」と告げられたのです。

昼ご飯を一緒に食べたとき、倉沢さんが見せてくれたメモの内容と同じだ。このあと、倉沢さんと彼との間にこんなやり取りが交わされている。

(それは、大昔に、発展途上国で起きた事件ですか？)

(現代の日本です。S市の同じセレクトショップで、このような事件が立てつづけに起きているようです……)

わたしは固唾《かたず》を呑《の》みながら、ハルタの肩を指でつつく。

「いまからこの謎を解くわけね」

「新藤誠一は『意見を聞かせてほしい』と書いている。さしずめ事件の真相はある程度わかっている、でもそれが正しいかどうか自信がない、ってところだろうけど――」

「謎解きに協力してほしい、ってことでしょ？」

「掲示板での共同体制か。さすがチカちゃん、いいところを突く」

ひさしぶりにハルタに誉められた気がして、「いやあ、それほどでも」と照れてみせる。

「彼が持っている情報を引き出すには、こっちの意見次第、ギブアンドテイクだ」

「うんうん」

「じゃあさっそく、どう思う？」

すっかり、おんぶに抱っこに肩車の気でいたので、うへっ、と面喰《めんく》らった。なんでそんないじわるするのよ。

「……ドッキリかなにかの企画だったりして」

「テレビ局が協力を求めた？」

「うん」

「それならインターネットの動画投稿サイトって可能性もあるね。再生された回数で投稿者に課金される仕組みだから、大掛かりなドッキリを仕掛けたのかもしれない」

あのう、とおずおずといった倉沢さんの声がわたしとハルタの間に割り込んできた。

「私もそう思ってまっさきに調べたんです。テレビのほうは放送倫理が厳しくなっているとかで、一般市民をターゲットにしたドッキリ番組はつくれないそうです」

へえ、とハルタが感心する。「動画投稿はどうだった？」

「海外のサイトも検索しましたが、見つかりませんでした」

「なるほど。まあだいたいそんなことされたら店に訴えられるだろうし、何度もくり返しできないか……」と、彼は片手で頭を掻《か》いた。

店と聞いて、わたしは倉沢さんにたずねる。

「S市のセレクトショップって、今日わたしたちが買い物していた店だよね？」

「誠一さんは特定していませんが、たぶんあそこだと思います。ネットで噂になっていましたから」

「それで倉沢さんは現場まで確かめに行ったんだ」とハルタ。

「……はい。あの店と見当つけてから、足繁く通っていまして」

新藤誠一の役に立ちたいがために、何度もおとずれたのかと内心驚いてしまう。電車代だって馬鹿にならないのに……

ハルタがつづけて口を開く。「で、消失事件の決定的瞬間を見ることができたの？」

彼女は首を横にふった。「その代わり、店内で必ずといっていいほど見かける男性がいました。今日はいませんでしたが、いつも店員と親しげに話していたから、気になる存在でして」

「歳はどのくらい？」

なぜか倉沢さんの声がすこし落胆を帯びる。「二十代じゃないと思います」

「二十代じゃない？　じゃあ三十代？　四十代？」

「わからないです。すみません、役に立てなくて……」

仕方がないことだと思う。女子中学生の目から見れば、大人の男性はみんなおじさんに映るのだ。三十代といわれればそのように見えるし、四十代、五十代といわれても納得する。

長く深いため息が出た。ハルタのものだった。

「もしかしたら新藤誠一に会えると思った？」

「え」倉沢さんはふり仰ぐ姿勢のまま、顔を硬直させる。

ハルタはパソコンの画面を指さした。ふたつ前に、（いろいろと関わっているのかもしれません）という新藤誠一のコメントがあった。

「彼は現在、この市内に住んでいる可能性が高い。事件の現場に行けば会えるかもしれないって思ったでしょ？」

わたしは宙に数字を浮かべて数える。ええと、五年前に高校三年生なら、大学をストレートに卒業したとして社会人一年目だ。可能性は、ある。

倉沢さんは耳まで真っ赤にして、口をぱくぱくさせていた。

「……あ、あ、会いたい、と……思うのは……………い、いけないことなんでしょうか？」

「気持ちはわかるよ。でもそういうの、やめたほうがいい」

ハルタの言わんとするところはわかる。つい最近の出来事、藤が咲の岩崎くんが持ち込んだ音楽暗号――あの一件以来、考えることが増えた。

むず痒《がゆ》そうな表情でうつむく倉沢さんを横目にしながら、わたしは「ちょっとごめん。見ていい？」と腕を伸ばしてマウスを握る。彼女がこくりと首を動かしたので、カチカチと掲示板の履歴をすこし遡ってみた。

（ふたりのフルート奏者が、遠く離れた場所で、文通をしているかのように聴こえました）

（この曲はね、地球からおよそ五十億キロ離れた星との交信をイメージしているんだ）

（五十億キロ？）

（有人飛行では到達不可能な距離だ。生きているうちに、ふたりは会えない）

倉沢さんを見た。彼女のうつむき加減が、ますます深くなったように感じた。

途方もない距離の壁……

ふたりのフルート奏者は会えない……

切なくなりそうな文章にもう一度目をとめる。彼女の一挙一動を思い出しながら、どんな気持ちで読み返してきたのだろうと想像した。フルート二重奏『惑星カロン』が暗喩《あんゆ》するものに、新藤誠一と彼女の姿が重なってしまう。

わたしは無意識に唇を噛《か》む。

学校に行けば草壁先生と確実に会える自分は幸せだと思った。

消失事件の謎を解けば、彼女たちの距離はすこしでも縮まるのだろうか？

その先になにがあるのかはわからないけど、彼女が強く望むなら、一歩でも前に進んだほうがいい。いまだったら、わたしとハルタがついている。

腕時計を見て、ふと気づいた。

「そういえば……。ねえ、ハルタ、さっきから新藤誠一を待たせすぎてない？」

「待つのは慣れています。いくらでも待ちましょう、って言質《げんち》があるからだいじょうぶだよ」

彼の服を軽くつまんで引っ張った。倉沢さんに背を向けて、ふたりで個室の隅に移動し、小声で話す。

「……わざわざ漫画喫茶に場所を移したくらいだから、自信あるんだよね？」

「もちろんだ。昼ご飯のとき、倉沢さんがメモを見せてくれた時点で、ぼくにはピンときた」

リクライニングチェアがキィと音を立てる。倉沢さんが耳をそばだてていたことを知った。立ち上がった彼女がわたしたちの間に身体をねじこませてくる。

「わかっていたんですか？」

ただでさえ狭い個室の隅に三人がぎゅうぎゅうにかたまる構図になり、女ふたりと密着するハルタが心底うんざりした表情を浮かべた。

「すくなくとも新藤誠一が提示した問題はここで解いてみせるよ。意図的につくられた文章だから」

「問題……？」倉沢さんが顔を上げる。彼がなにをいいたいのかわからずに、戸惑っていた。

「あの文章の中で、いくつか大事な言葉が欠落している。それに気づくかどうかだ。ある意味、なぞなぞに近いかも」

「ど、どういうことでしょうか」

ハルタがパソコンの前に進んで説明をはじめる。

「ほら、たとえば『Aと、Aの友人Bが買い物をしました』とあるでしょ」

「は、はい……」

と、倉沢さんが屈《かが》んでのぞき込む。わたしもそうした。

「『一緒に』とは書いていない」


「カロンには、五年前に亡くなった男子高校生の人格がコピーされています。こちらからのテキスト入力による問いかけに、名詞、代名詞、動詞、助動詞、接続詞といった複雑な日本語に対応してこたえてくれます。今日のセミナー出席者からのメール問い合わせには、彼に返信させました」

おれは喋《しゃべ》りながら、手元のノートパソコンを引き寄せてディスプレイに視線を移した。そこには死者を蘇生《そせい》させる儀式の呪文《じゅもん》のごとくプログラムソースが表示されている。カロンの制作者——男子高校生の父親、彼の執念に敬意を表して、おれは付け加えた。

「よくできている」

長机を挟んで座る草壁が息を吸い込む。彼はほとんど口を動かさずに喋った。

「男子高校生が亡くなったのは……」

「不慮の事故です」

短く、それだけこたえた。

記憶がよみがえる。おれは元職場にいて、事故をテレビのニュース速報で知った。ヘリコプターによる映像は生存の可能性を微塵《みじん》も感じさせないものだった。あまりのひどさに、どこか遠い世界の出来事の気がした。父親は会社を早退していた。おそらく現場に向かっていたのだろう。父親のただひとつの願いは泡と消えた。いま思えば、あの日を境に、父親は地獄の釜《かま》の蓋《ふた》の向こうを見て、ひとであることを捨ててしまったのかもしれない。

おれは顔を上げ、気詰まりな沈黙を破る。

「デジタルツインにも欠点がありまして」

「欠点とは?」

「復活を遂げた人格は歳を取らないことでしょうか」

と自信の笑みを浮かべ、こうつづけた。

「草壁さんは強い関心をお持ちで今回のセミナーに出席された。ただ他の参加者と同様、死者をよみがえらせてお喋りの相手にしたい方ではないと見受けます。さっきも説明しましたが、だれだって愛《いと》しいひとを亡くせば、『あのひとだったらどうするのか?』と思う瞬間があります。たとえば伴侶《はんりょ》を失った夫人が、再婚の機会に恵まれ、自分だけ幸せをつかみ直していいのか、と問いかけたいときがあるでしょう」

喉《のど》を鳴らす音がした。草壁のものだった。おれは一気に踏み込む。

「草壁さんは若い。仮に人生の岐路に立たれていて、だれかに背中を押してもらいたい転機がおとずれているのなら、デジタルツインによる対話は有用な判断材料になると思いますが」

「……だれかとは？」

彼の口から、わずかに震えを帯びた声が返ってくる。

「草壁さんにもいらっしゃったのではないですか？　たとえば親友、たとえば恩師——」

そしておれは力を込めていった。

「たとえば恋人」

草壁の目が大きく揺れて、おれを見つめ返す。

なるほど。彼が失ったのは恋人か。

次代を担う才能として注目された元指揮者、五年前の公演での失踪《しっそう》、当日は日本にいなかったこと、すべてがつながりそうだった。相手は海の向こうにいた。そして、死に目に会うことが叶《かな》わなかった、というところか。

いや、待て、と思念にとらわれる。おれが知っている音楽家は、親の葬式でも本番を取ると豪語していた。まだ他になにかある……

真意を探るために聞くべき言葉を頭の中で組み立てはじめると、隣に座るマンボウが腕組みして聞いてきた。

「カロンに搭載されている人工知能プログラムは、信用できるものなのか?」

「ええ。フレーム問題を考えなくていいですから」

「フレーム問題? 人工知能に関してお茶《ちゃ》の水《みず》博士しか知らない俺に、わかりやすく説明してくれよ」

草壁の揺れた視線がマンボウのほうに注がれる。そうか。まだ完全に信用していなかったのか。おれはマンボウの介入を助け船だと理解した。彼を追いつめすぎてもこたえは得られないだろうし、重くなった空気を払うのにはちょうどいい。

「有名な哲学者の喩《たと》えを使います。我々が所属しているNPO法人には代表がいましてね、私は社長と呼んでいますが——社長は仕事そっちのけで、携帯ゲーム機でポケモンを集めるのが趣味なんです。かなりレアなモンスターまで集めている」

「あれは大変なんだよなあ」

マンボウがしかめっ面で合わせてくれた。

「実は私も集めていまして、社長のデータが喉から手が出るほど欲しいんです。だから盗もうと思います。証拠を残したくないので私は人工知能ロボットをつくって、そいつに盗ませることにしました。そのロボットを『フレーム1号』とします。さっそく『事務所からゲーム機を取り出す』ことを指示しました。『フレーム1号』は優秀なので、任務は遂行できましたが、社長がゲーム機の上に、セキュリティ目的でなんらかの要因で爆発する時限爆弾をセットしたために、部屋から出た『フレーム1号』は爆発してしまいます」

「だれかに奪われるくらいだったらなくなったほうがいい。それは恋愛と同じだな。社長が考えそうなことだ」

マンボウが頬杖《ほおづえ》をつき、架空の爆弾を設置した理由をいちいち補足してくれる。

「……これは『フレーム1号』が『ゲーム機を取り出す』という目的については理解していましたが、副次的に発生する『ゲーム機を取り出すと爆弾も同時に運んでしまう』ことについて理解していなかったのが原因です」

草壁の顔に理解の色が浮かんだ。

話に夢中になるおれは手探りでひと口、紙コップのお茶を飲んだ。

「そこで私は目的を遂行するために、副次的な事項も考慮する人工知能ロボット『フレーム2号』を開発しました。しかしこの2号は事務所に入って、ゲーム機の前に到着したところで停止します。そのまま時限爆弾が作動し、2号は爆発してしまいます。2号は『このゲーム機を動かすと、上に載った爆弾は爆発するのか』、『ゲーム機を動かす前に、爆弾を移動させないといけないのか』、『他に罠《わな》をしかけているのではないか』、『そもそもこのゲーム機は本物なのか』などと、起爆要因に関して副次的に発生しうるあらゆる事項を考えはじめてしまい、思考しつづけてしまったのです。それは無限にあり、すべてを考慮するには膨大な計算時間を必要とします」

マンボウが呆《あき》れた顔をする。

「一気に役に立たないロボットになったな」

「どんどん役に立たなくなりますよ」

「どういうことだ？」

「今度こそ目的を遂行するにあたって、無関係なことは考慮しないように改良した人工知能ロボット『フレーム3号』を開発しました。だけど3号は部屋に入る前に動作しなくなります。3号は部屋に入る前に、目的と無関係なことをすべて洗い出そうとして、無限に思考しつづけてしまったんです。当然ですが、目的と無関係なことは無限にありますから、それらすべてを考慮するには膨大な計算時間がかかります。1号とくらべてください。事務所にすら入れなくなりました」

やっとのことで、草壁の口が開いた。

「フレーム問題というのは、あらかじめ思考の枠を決めなければいけないことですか？」

おれはにやりと笑う。やはりこの男は耳がいい。自分にとって専門外のことでも、きちんと話を聞く耳を持っている。

「その通りです。だから人工知能というのは難しい。人間に対抗できる例として、バックギャモンやチェスの対戦を耳にされると思いますが、そういうことになります」

「では、カロンは……」

「メールやブログ、フェイスブックなどのソーシャルネットワークで蓄積された言葉でのコミュニケーションに限定していますので、フレーム問題というのが当てはまりません。入力した質問を文節ごとに細かく分解し、それを『解析』とするなら、解析された文字列を蓄積した言葉の辞書を使って『学習』、『計画』、『生成』させていき出力するのです」

ここからがカロンのキモにあたる部分だった。おれの語調が熱を帯びる。

「私が日記に喩えたことを覚えていらっしゃいますか。普段我々が入力する膨大なデジタルデータには『日付』と『時刻』の情報も含まれるんです。過去の日本全国の天候情報から、発信した言葉が天候にどう左右されるのかを解析するプログラムをカロンに搭載しています。天候以外にも一年の中の時期、時間帯による心理的な言葉の選択も可能になっているんですよ」

カロンの制作者の魂が乗り移ったかのようにおれは喋《しゃべ》った。

「雨の日は恋愛感情が高ぶる、季節の変わり目に気持ちが揺れる、女性特有の生理現象で苛々《いらいら》する、夕方になってやっと頭が冴《さ》える――カロンで復活した人格は、独特の人間臭さを持つようになります」

草壁の視線が、ノートパソコンのほうへと彷徨《さまよ》った。彼がなにを考えているのかはわかる。

「男子高校生の人格が気になりますか？」

「ちょうどいまは学校のテストが行われている時期ですね。彼の場合は多少、言葉の選択が情緒不安定なものになる傾向があります。セミナーのメール問い合わせには、こっちが教えた通りにこたえてくれましたが、長話に付き合う余裕はないかもしれません」

草壁は嘆息して、腰を引く。

死者がこのような形で復活し、生者と関わりを持つ。普通の人間なら受け入れがたさを感じるのも無理はない。

しかし、残された人間の心は脆《もろ》く、弱いのだ。

横からマンボウの強い視線を感じた。黙って見ていてくれませんか、と目顔で返す。この草壁という男は陥落させられる。おれは彼から話し出すのを待った。

草壁はしばらく逡巡《しゅんじゅん》したのち、「……こ、根本的な問題が残っていませんか？」

「え、ええ……」

「根本的、とは？」

「デジタルツインの基となるデータが正しいかどうかです」

「どういうことでしょう」

「斎木さんがおっしゃっていたソーシャルネットワークは、ある意味、バーチャルな人間関係で成り立っていると思われますが」

ほらきた。

「携帯やスマートフォンやパソコンの普及で、現代社会の人間関係は希薄になっている、生身の人間の関わりには勝てないと？」

「……そうです」

「それは草壁さん自身のお考えでしょうか」

「……学校でそのように教える教師は多いです」

「なるほど」いまの言葉で彼が教職に染まり切れていないことを確信した。「いつの時代もそうですよ。世代間差別はめずらしいことではありません。中高年は若者を羨望《せんぼう》し、恐れ、自分たちのときはもっとしっかりしていたという記憶の改ざんを平気で行う」

そういっておれはパイプ椅子の背にギシッともたれてこう断言する。

「インターネットを通して構築される関係も、立派な人間関係です」

「し、しかし……」

「人間関係にバーチャルもリアルもありません。正しいか正しくないかの区別もない。そもそも人間関係は昔からバーチャルな側面があったではありませんか。何百年も前から、ひとは書物を読んで、会ったことのない作者との対話をつづけてきました」

「そ、それは……」

「草壁さん、なにを懸念されているのです」

「懸念……？」

「ええ。顔も、声も、本名もわからない相手と心を通い合わせることは、昔からさんざん行われてきたことじゃないですか。とくに文化芸術の世界では」

彼は瞬《まばた》きを忘れたかのように、おれを見つめる。

あとひと押しか。

「草壁さんも無数に、星の数ほど経験してきたはずです」

「……僕が、星の数ほど？」

「ええ。草壁さんのご職業は音楽教師ですよね。バッハにしろモーツァルトにしろシューベルトにしろ、音符に込められた彼らの思い、息遣いを読んで感じ取る作業は、まさに時空を超えた対話ではありませんか。作曲者は奏者にしか読めない譜面という手紙を書いて、奏者からの返信は、顔の知らない聴衆に届けられる。そこに通じ合う心があると思いませんか？」

この男はカロンをほしがる。第一号だ。アップデートのサンプルとしても活用させてもらおう。おれが確信したとき――

草壁の目の中に変化がおとずれた。動揺が消え、心の揺らぎもおさまり、たったいま、すうっと夢からさめたような表情を浮かべている。

さっきまでおれの語勢に押されていたはずなのに。

まさか失言をしたのか。調子に乗って音楽という不得意分野に踏み込んだのがいけなかったのか。失点を取り戻したいが、自分がどんな誤りをしたのかわからない。

草壁の視線が再びノートパソコンのほうへと向けられた。眼鏡の奥にある、悲しさを湛《たた》えた黒い瞳《ひとみ》が、カロンの世界で生きつづける男子高校生を見つめている。やめろ。そんな目で見るな。

「いま、わかりました」

「……わかる？　なにがわかったというのですか？」

今度はおれが動揺する番だった。

草壁の唇が痛ましげに、ゆっくりと動く。

「デジタルツインの致命的な欠陥が。人間は……死んだら終わりなんです」

漫画喫茶の個室で倉沢さんを再びリクライニングチェアに座らせ、わたしとハルタは彼女の背後からパソコンの画面をのぞく恰好《かっこう》になる。
ハルタの推理をもとに三人で考えをまとめた。倉沢さんは緊張した面持ちで、掲示板にアクセスする。
——誠一さん。お待たせしました。交信は可能でしょうか？

短い時間を置いて、新藤誠一のメッセージが届いた。

——どうぞ。

——セレクトショップの消失事件が現実に起きているのなら、すくなくとも刑事事件になっていないことはわかりました。本当に、公の場で、人間が立てつづけに消失したのなら、全国ニュースで扱う事件になります。ここでS市なんて表現をする必要もありません。

つかの間、沈黙が生まれた。

——misterioso! この件に関しては、だれも訴えていませんし、刑事事件に発展していないことが判明しています。

「ここまでは予想通りだ。表立った事件になっていない」

ハルタが口を開き、傍で見ていたわたしは遠慮がちに彼の服をつまんで引っ張る。

「……ごめん。最初の misterioso ってなんだっけ?」

「ミステリオーゾ。神秘的という意味で、音楽用語としても使われているよ。音楽家らしい面白い反応だね」

「へえ」

ため息をついたハルタが、「草壁先生がうっかり使うときがあるじゃないか」とわたしの耳元でささやく。

「いま思い出したわよ」と小声で返す。

「ほら、ほら、次いこう」

ハルタが指示を出し、倉沢さんはうなずいてメッセージを送る。

——誠一さんが教えてくれた消失事件は、都市伝説の「オルレアンの噂」そのものだと思っていました。

——オルレアンの噂はわかりますよ。説明は不要です。

——さっきの誠一さんの返信を見て、根本的な部分で違うことが改めてわかりました。

——根本的に違う？　どこだろう。

——消失したのは〈B〉と〈店員の記憶〉ではありません。消えたのは〈事件そのもの〉だったのです。この考えは間違っているでしょうか？

新藤誠一の返信はすぐにこなかった。三人で固唾《かたず》を呑《の》んで待つ。

——più animato!　もうすこし欲しいです。もうすこし意見をください！

「ピウ・アニマート。もっと生き生きと、という音楽用語だ」

ハルタも興奮気味につぶやき、それを受けた倉沢さんが前のめりになってマウスを操作し、キーボードを叩《たた》いていく。

——消失事件はそもそも存在していなかったのです。Aと、Aの友人Bは、一緒にセレクトショップに行ったわけではないのです。そんな記述、どこにもありません。また

〈Bが試着室から消えた〉のではなく、〈お気に入りのブラウスを見つけて試着室に入ったBは、いつまでたっても出てくれません〉となっています。普通なら〈出てきてくれません〉だと思います。結論を書きます。Bは、セレクトショップの通販を利用した。インターネット上で洋服や靴を選び、自宅に送ってもらい、試着をして気に入らなければ返品、送り返すことができます。手間はかかりますが、家にいながら欲しい物を確実に手に入れられます。すなわち、Bの自宅の部屋が試着室といえるのです。いっぽうAは実店舗、つまり店内にいました。Bが〈出てくれません〉というのは、たとえば――それまでやり取りしていた電話やメールのことで、連絡ができなくなったのだと受け取れます。つまり「事件」というのは、ふたりの通信もしくは回線が、遮断された状態を指すのではないでしょうか。

入力し終えた倉沢さんが無言でハルタのほうに顔を向けた。

「正解かどうかはわからないけど、事実の欠落を推理で補うとこうなる」

十代をなめんなよ、といいたげな挑戦的な眼差《まなざ》しで、彼はパソコンの画面を見つめている。

AとBは別の場所にいた。

ふたりをつないでいたのは回線……

現代版「オルレアンの噂」をハルタが見事に解き明かしてしまった。彼が（ここはネット通販もやっているから便利だよ。家に居ながら試着もできるし）といっていたのを思い出す。わたしたちと倉沢さんが出会ったセレクトショップがヒントになっていたのだ。

掲示板が更新され、新藤誠一からのメッセージが表示された。

――大変興味深い回答です。なぜこのような回答になったのか、聞かせていただくことはできますか？

ハルタが倉沢さんの耳元で助言しようとすると、彼女は首を横にふり、自分の意志でキーボードを打ちはじめた。言葉を懸命に選び、戻って消しては、入力し直している。

――解決不能な難題を、誠一さんが中学生の私に出すはずがありません。私に夜遅く掲示板を使うことを心配してくれた誠一さんが、そんないじわるをするとは考えられません。きっと論理的なこたえを用意しているのだと思いました。

わたしとハルタは顔を見合わせる。

――論理的か。それでは、Bとの連絡が取れなくなったAに対し、店員が「お客様はひとりで来店されました」とこたえたのは？

――Aが取り乱したのだと思います。

――論理的ではありませんね。すくなくとも昔は、そんな人間関係は成立しなかった。

――私たちが生きているのは現代です。つながらなくなるのは「事件」なんです。

――事件、か。

——はい。

——確かに、そういう時代になったのかもしれない。

——私だって、誠一さんがこの掲示板からいなくなってしまったら、Aと同じように、いや、もっとひどいくらい取り乱すと思います。

ハルタの倉沢さんを見る目には、痛々しいような光が宿っていた。わたしは、彼女の一《いち》途《ず》ないじらしさに胸が締めつけられる。

倉沢さんはリクライニングチェアに座ったまま、じっと身動きひとつせず、新藤誠一の返信を待ちつづけた。

やがて、それは届いた。

——pietoso…　他に、なにか気づいたことはありますか？

「ピエトーゾ。哀れみをもってという音楽用語」

ハルタがつぶやき、代わろうか？　と倉沢さんに合図を送る。彼女の顔から表情が消えていた。すぐそこまで込みあげてきたものを慌てて飲み込んだように、小さな喉《のど》がごくりとする。それでもキーボードを指で押した。

——私はこうしていま、誠一さんと会話をしています。この場に私がいます。だけどこの場に本当の私はいません。

洟《はな》をすする音がした。倉沢さんのものだった。

——どういうことだろう。

——誠一さんと会って口から出る言葉が、私が誠一さんに届けられる本当の言葉なんです。そこに私がいるんです。この場でやり取りしているような、時間をかけて、何度も消しては書いてをくり返し、推敲《すいこう》して、研ぎ澄まされた言葉に本当の私はいません。この場にいるのは私の別人格なんです。

——きみの別人格？

——そうです。誠一さんは平気なんですか？　いま、この文字を打っているのは、私じゃないんです。私はひとりで、ふたりいるんです。

入力を終えて、うつむいたままの倉沢さんを眺めながら、わたしもハルタも黙っていた。不思議なもので、たった数時間前に出会ったばかりの少女とは思えなくなってきた。

時間が過ぎた。

——con forza!

「コン・フォルツァ。力、強さ、熱烈さをもってという音楽用語だ……」

ハルタが身を乗り出し、わたしも掲示板におとずれた変化を注視する。新藤誠一からのメッセージは、祝福の紙吹雪のように、次々と更新されていった。

——驚いたよ。きみは僕の想定する回答の上をいった。はるかに上をいって、これ以上にない正解にたどり着いた。まさか、中学生の少女がデジタルツインの構造的な欠陥を見抜いてしまうなんて、思いもよらなかった。

「デジタルツイン……？」

と、わたしは身体を後ろに引く。なんだろう、それ。倉沢さんは瞬《まばた》きを何度もくり返し、ハルタもはじめて知る言葉のようで首を傾げていた。

――きみとつながってよかった。きみと言葉を交わせてよかった。もう、僕という言い方はやめよう。きみを騙《だま》すことになって申し訳ない。

倉沢さんが掠《かす》れた声を「え」ともらし、当惑する。

――私は誠一の父親、新藤直太朗だ。フルート二重奏『惑星カロン』の作曲者だよ。

わたしとハルタの目と目が交錯した。

水を打ったように静まり返る個室で、倉沢さんはパソコンの画面をじっと見つめている。しかし、その視線の行方はどこか遠くにあった。

掲示板に新しいメッセージが表示されていた。

――結果として、きみに対して失礼な振る舞いをしたことをお詫《わ》びしたい。私が新藤直太朗かどうか、本人だとして、なぜ息子の誠一の名を騙《かた》ったのか、さまざまな疑念が浮かんでいると思う。

倉沢さんはかたまったまま、息をすることさえ忘れているようだった。

なぜだろう。わたしの胸に去来するものは、奇妙な納得感だ。

絶版となったスコアと音源を惜しみなく提供して、演奏法や運指のコツ、楽曲の背景まで詳細に語れる人物はそうそういない。新藤誠一でなければ、他に残るのは……

「代わろう」

ハルタがいい、キーボードを自分の手前に引き寄せた。カチャカチャと力強い音が鳴る。

——交代しました。あゆさんの親友ハルといいます。もうひとりの盟友チカが一緒にいます。

わたしだけ実名なんだ、と口を挟むのはやめておく。

——きみたちが、あゆさんの力になってくれたんだね。ありがとう。

——不快に感じるかもしれませんが、あなたという呼び方をさせてください。フルートと指先だけをズームアップさせた動画は、歳を隠すためだったのでしょうか。

——その通り。だが、あれはあれで、あゆさんと後輩にとって有用なものになる。コンクールの練習に役立ててほしい。

——ひとつ、解せないことがあるのですが。

——なんだろう。

——結局、「オルレアンの噂」を通して、あなたはなにを知りたかったのですか？

——S市のセレクトショップの消失事件は、きみたちの回答とは別に、現実に起きていることなんだ。

――現実に？　まさか。

――考えてほしい。あの回答のとおりなら、インターネットで噂にならない。

「あ」とハルタが間の抜けた声をあげる。いわれてみればそうだと、わたしも感じた。

――話を聞かせていただけませんか？

――実店舗の試着室でBが消える時間は長くても数分。騒ぎになる直前にBは姿をあらわす。Bが試着室から消えた瞬間、慌てたAがブログやツイッターに書き込む。だからインターネット上で噂として広がった。問題は、以後Aが事件に触れることなく、なかったことのようにふるまっていることだ。

ハルタはキーボードで店名と住所を打ち込んだ。

――場所はここですか？

店名と住所は、わたしたちと倉沢さんが出会ったセレクトショップのものだった。

――そうだ。インターネットで店名と、試着室、消えたという単語で検索すると出てくる。おそらく単純なトリックだ。試着室に巧妙な隠し扉があって、Bはあらかじめ受けた指示通りに隠れる。Aだけが騙される形になるが、事実が判明したあと、セレクトショップ側とAの間で示談が成立する。もちろんBは最初から謝礼をもらっているんだ。口止め料も含めてね。そんなところだと思う。

——自作自演？

——ここでの説明は難しい。

——さっきのデジタルツインという言葉と関係があるのですか？

——その説明も難しい。

——じゃあ、そこまでわかっていながら、あゆさんになにを求めたのです？

——セレクトショップの消失事件には、すべてを企てた黒幕といえる人物がいるはずだ。私はその人物に心当たりがある。非難を承知で白状するが、あゆさんの好奇心を利用して、現場に行って顔を見てきてもらおうと思った。ただ、場所を直接伝えることはためらった。あくまで彼女が自分で調べて行ってくれることを期待した。

ここまで突拍子もなく、ついていくのもやっとの話だったが、さすがにわたしはむっとした。ハルタも嫌悪感をあらわに眉《まゆ》を顰《ひそ》める。

——あなたに対してはじめて腹が立ちました。なぜ、自分の目で確かめようとしなかったのですか？

——私はもう、外に出たくない。それと、黒幕と書いてしまったことは、きみたちに不安と誤解を与えたようだ。私の知るその人物は、女子供に手をあげない。私の想像が正しければ、セレクトショップの消失事件には歪《ゆが》んだ動機がある。その動機をつくったのは私かもしれない。

「動機……？」

ハルタは半信半疑といった表情で受けとめ、眉間《みけん》に皺《しわ》を寄せていた。

「どうする、ハルタ？」

わたしも理解がまだじゅうぶんに浸透していなくて、もどかしさが口調にこもる。

どうしようか、と彼が次の一手――なにを聞くべきか悩んでいると、キーボードの上に倉沢さんの手が静かに置かれた。掲示板のやり取りを見つめている。

彼女が引き取る形で、メッセージは更新された。

――新藤直太朗さん。代わりました、あゆです。直太朗さんの言葉を信じます。

返信が届くまで間があった。まるで、驚きに打たれていたように。

――嘘をつかれて、利用されていたことがわかってもなお、私を信じてくれるのか？

――信じます。直太朗さんのおかげで、コンクール出場を決意できましたから。

――ありがとう。

――教えてください。誠一さんは？　誠一さんはいま、どこで、なにをされているのですか？

――あゆさん。その質問にはこたえられない。私にも、わからなくなってきたからだ。

――わからないって、どういうことですか。そんなの、嫌です。

――誠一の代わりに、未来のあるきみに言葉を贈ろう。問いを発したひとは、一番よくこたえを知っている。感受性が豊かなきみだ。『惑星カロン』を演奏しながら、薄々察しているんだと思う。

――地球からおよそ五十億キロ離れた場所にいるんですか？　生きているうちに、私たちは会えないんですか？

パソコンの画面が照らす倉沢さんの表情に変化がおとずれた。彼女の目の縁が赤くなり、まわりをはばからず洟をすすっている。

わたしもハルタも息を呑《の》んでふたりの交信の行く末を見つめる。

――あゆさん。すまない。

――直太朗さんはいま、市内に住んでいらっしゃるのですか？

――ああ。誠一と住んでいたマンションを引き払って、親が遺《のこ》した家にいる。

倉沢さんが首を曲げ、ハルタを見た。なにを意味するのか、わかった。

「今日だったら、どこでも付き合うよ」

彼がぽつりとつぶやき、彼女の視線がわたしにも注がれる。

「もちろん付き合う」

テスト勉強のことは頭から追い払った。こうやってわたしはバカになっていくのだ。

昂然《こうぜん》と顔を上げた倉沢さんがキーボードを叩《たた》く。

――取り引きさせてください。私は、直太朗さんが黒幕と称した人物を目撃しています。

何度も見たので、顔を覚えています。ただ、言葉ではうまくいえなくて、この掲示板で伝えることは難しいので、私と会っていただけますか？

——なるほど。写真の添付で済ませたいところだが、写真の持ち合わせはない。できれば拙《つたな》いなりにでも、ここで特徴を聞かせてもらえればありがたかった。

——嫌です。

——嫌、か。それなら、家の住所を教えるので、足を運んでもらえないだろうか。

——行きます。

——ひとりで来るつもりですか？

——いいえ。ハルさんとチカさんが一緒です。

——そのほうがいい。だったら役者を揃えよう。私が黒幕と睨《にら》んだ人物を呼んでおく。女子供に手をあげない、とさっきは書いた。きみを危険にさらそうとしたわけではないことを、知ってもらいたい。

——何時にうかがえばよろしいですか？

——きみが市内にいるのなら、午後四時頃でどうだろう。

——わかりました。

——家の住所は五分間だけアップする。メモをしてほしい。きみと会えたら、いかような叱責《しっせき》も受ける覚悟だ。そして、きみに渡したいものもある。では……

メッセージの更新はそこで終わった。

掲示板に表示された家の住所を見て、ハルタが首を傾げている。どのあたりなのか、すぐにイメージできない様子だ。

倉沢さんの肩に手を置くわたしにはだいたいの位置がわかった。

この間、藤が咲の岩崎くんと鉢合わせした公園のすぐ近くだった。後藤さんたちが呼ぶところの、ゴーストタウン公園……

敷地の境界のネットに掲げられた「ボール遊び禁止」や「大声禁止」、「赤ちゃんの泣き声禁止」という手書き看板を思い出した。

「人間は……死んだら終わりなんです」

驚くことはない。当たり前のことをいっているだけじゃないか。生とは一回限りなのだ。それ以上のこたえを宗教が与えてくれないのは、イスラム世界の混迷やキリスト教の原理主義と自由主義との対立を見ればわかる。

なのにいまのおれはどうだ？　意表を衝《つ》かれて口を馬鹿みたいにぽかんと開けている。これまでさんざん喋《しゃべ》ってきた話の内容が頭の中から揮発していくようだった。

おれの隣に座るマンボウの横顔がにやりと笑っていた。地の低い声に戻り、草壁に向かってたずねている。

「デジタルツインの致命的な欠陥、とは？」

草壁はわずかに考える間をおいた。それから静かにこたえた。

「斎木さんは、複製の基となるデータをデジタルの日記にたとえました」

マンボウはこちらに顔を向け、うなずいた。「ああ。確かにこいつはいっていたな。現代の日記で、紙じゃかなわない膨大な自分史だ」

「その前提が崩れているんです」

「ほお」

「だれにも見せないで個人で書き連ねる紙の日記と、だれかに見せるために書いたデジタルの日記は違うのではないでしょうか。内側に向けて書かれたものと、外側に向けて書かれたものでは本質が異なります」

カロンの開発者とおれが一番に懸念していたことだった。マンボウのおちょぼ口が開く。

「モーツァルトやシューベルトの楽譜は読めても、彼らの日記の秘めたる内容まで読み解くことはできないと？」

草壁がまぶたを閉じる。「……そうともいえますね」

マンボウのかすれたような笑い声が届いた。

「最後に斎木が余計なことを喋ったようだな」

「いいえ。最後まで大変為になる話でした」草壁は首を横にふる。「偉大な表現者が話に出てきましたから、表現に喩《たと》えていいます。世界中のだれもが見るインターネットの世界で発信する以上、デジタルの日記というのは表現なんです。そこにはどうしても修飾や虚勢がまじります。しかし本物の日記というものは決して表現できない」

「日記はひとりで読むもの。……いつからかその前提が崩れちまったのか」

「ええ」

「なあ、草壁さん」マンボウが長机の上に軽くひじを突き、身を乗り出した。「これだけはわかっていただきたいんだが、デジタルツインは一朝一夕にできる技術じゃないんだ。斎木の話に嘘はない。俺からいわせてもらえば誇張もなかった。必要とするひとたちがいて、こいつはこいつなりに骨を折って、心を砕いて、弁をふるった。それまでは否定してほしくない」

　マンボウの語気の鋭さに、おれはようやく目覚めたように反応した。身じろぎしない草壁を見る。

「わかっています。斎木さんの話は懇切丁寧で、素人の自分にもじゅうぶんに伝わる内容でした。ですから自分の経験と重ね合わせて考えることができたんです」

「経験？」マンボウがいった。

「海外の相手と、何百通ものメールを交わしたことがあります」

「それが草壁さんが復活させたかった人格か？」

「………」

「無粋なことを聞いて悪かった。今日は無料セミナーだから許してくれ」

「学生時代の留学中に出会って、短いながらも一緒に過ごしたひとがいました」

マンボウの目が見開かれる。

草壁は淡々と、感情を込めずに語り出す。

「距離は遠くても、つながっていられると思っていました。対面して話すこととなにも変わらないと。ですが、日に日に、目の前の文字を見て、自分の伝えたい気持ちには違いありませんが、自分が持っている言葉と違うことに気づきました。おそらく、言葉から感情を削り取る時間が許されたからです。キーボードを使ってつくり出す文字は、僕が本来持つ能力を超えて、相手を喜ばせ、傷つけもしました。仮にデジタルツインで僕の複製をつくったとしても、それは僕であり、僕ではない。もうひとりの僕なんです」

何度目かの沈黙がおとずれた。

ふう、と周囲に聞こえるくらい、おれは大きく息を吐く。マンボウと草壁の視線が注がれたので、欧米人が肩をすくめるような仕草と目つきを返した。

「時代遅れの考えだといわざるを得ませんね。だれかに見てもらいたい日記もあるんですよ。修飾や虚勢を含めて、それが本心じゃないとなぜ断言できるんです？　時代は変わりました。表現の仕方も変わったんです。私はソーシャルネットワークで書かれるデジタルの日記にも本質があると信じていますが」

「おい、斎木」

マンボウの咎《とが》める声がした。

「いや、いわせてください。ここで形のないものを議論しても禅問答になりかねない。カロンのプログラムはほぼ完成して、人工知能の課題のひとつをクリアしようとしているんです」

おれがいつもの呼吸を取り戻すと、草壁は問う眼差《まなざ》しを向けてきた。

「……人工知能の課題？」

「先ほど話したフレーム問題に並ぶ課題です。人間の頭脳との決定的な違いは、不測の事態に対処する判断力なんですよ」

マンボウの片眉《かたまゆ》が動く。

「不測の事態なんて、人間の会話の中にごろごろ転がっているじゃねえか」

「ですからいままでは心理学用語でいう正常性バイアスを使って、『ありえない』という先入観を設けることで、正常の範囲内だと認識させてきたんです」

「斎木。それはつまりスルー、無視か？」

厳密にいうと、たとえば想定外の危機災害に遭った場合、人工知能は「だいじょうぶ」だと認識して逃げ遅れる方向に思考が働いてしまう。まあ、マンボウはわかっているだろうから、そのことを説明する必要はない。

「ええ。ですがすこしずつ、改善しつつはあります」

「人工知能って、KY（空気・読めない）ちゃんというか、天然だったんだな」

説明すればよかった。このド素人め。

「身も蓋《ふた》もないことをいわないでください！　その壁を越えるために、データを集めているところなんです」

草壁は身を引いて座り直した。

「……人工知能は、本当の意味で、驚くということができないんですか？」

くそ。いま、はっきりと理解できた。こいつはおれが苦手な人種だ。慎重に言葉を選ぶ口ぶりといい、細部の論理を超えて、やすやすと核心を突いてくる。

おれはシャツの喉元《のどもと》を弛《ゆる》めて長机の上で両手を組んだ。そこでスイッチを切り替えるように、口調を事務的なものに変える。

「そもそも人間の感情でさえ完全に定義できない現状で、人工知能にそれを求めるのは酷というものです。プログラマーは魔法使いではありません。カロンの思考ベースとなっているのはあくまでデジタルの日記になります。人間が予期せぬ出来事に遭遇して、どのような情報発信をするのかを解析中です」

マンボウがおれの耳元に口を寄せてきた。

「もしかして社長がオーナーのセレクトショップで、おまえがしでかしている実験のことか？」

「サンプル収集といってください」

というか、草壁の前でひそひそ話はするな。こいつは耳がいいから内緒話にならないぞ。

彼をちらっと見ると、案の定、目が合った。

「……セレクトショップ？　実験？」

ほら、聞いていた。

おれはため息をついて説明する。

「ブログやツイッターを頻繁に更新している人物をインターネットからリストアップして、都市伝説をモチーフにした心理実験を行っているんです」

「心理実験というと、あまりいいイメージはありませんが」

「まあ、個人空間の侵害として、隣にひとがいるとオシッコの時間が短くなるミドルミストの心理実験と似たようなものです。草壁さんも男子トイレで是非試してください」

おれが知性の限りを尽くして誤魔化すと、マンボウが首を傾げ、耳の穴に小指をやった。

「どこがだ」

「どっちの味方ですか」

小声でいがみ合っている場合じゃなかった。仕方なく説明を再開する。

「都市伝説をモチーフにした心理実験には協力者が必要で、対象者が登録しているフェイスブックの友だちリストから選びます。もちろん事情の説明をして、トラブルにならない配慮はしています。謝礼も忘れていません」

草壁の視線がまっすぐおれに向く。その目に純粋な光が浮かんでいる気がした。

「斎木さん」

「なんでしょう」

「斎木さんは……なぜそこまでしてカロンの完成を急ぐのでしょうか」

今度こそおれは、口を馬鹿みたいに大きく開けた。

なにいっているんだ、こいつ？

ここになにしに来たんだ？

草壁はすぐに頭を下げた。

「素人のような愚問でした。すみません」

堪《こら》えきれなくなったようにマンボウが笑い出した。会議室にひとしきり胴間声を響かせたあと、鋭い眼光を取り戻して口を開く。このとき、場を仕切るふうにおれを片手で軽く制していた。

「草壁さん。あんた、斎木と同じように、なにか迷っているんじゃないのか」

　おれと同じ……？

「僕が、ですか？」

「ああ。デジタルツインを頭から信じてこのセミナーを申し込んだわけじゃないだろう」

　草壁の表情が翳《かげ》り、伏し目になる。

「目的は別にありました。ですが、斎木さんの話を聞いて、一瞬だけ夢を見ることができました。もう自分には二度とおとずれることはないと思っていた不思議な体験でした」

　マンボウの顔は、どこかがひどく痛むようにゆがめられていた。

「また無遠慮に踏み込んじまったようだな」

「知らないひとだからこそ話せてしまうことは、あるのではないでしょうか」

「そうか……」

　ふた呼吸ほど置いて、草壁は苦しげに吐き出した。

「ここへは、決して面白半分や冷やかしで来たわけではありません」

「草壁さんは教師で一般社会の通念をよくご存じのはずだ。参加費無料だからといって真剣に考えていないやつが交ざれば、セミナー自体の雰囲気を悪くしちまうし、講師のやる気も削《そ》いじまう。俺たちにとってあんたは招かれざる客だよ」

　マンボウが低い声を出して牽制《けんせい》し、草壁はうつむき加減で黙り込む。マンボウの唇の端が緩んでいた。一般社会と口にした自分がどこかおかしく思えたのかもしれない。ひどく、馬鹿らしく感じたのかもしれない。深く長いため息が届いた。

「まあ、こっちもひとのことはいえないな。悪いが、草壁さんのことは調べさせてもらった。有名な指揮者だったんだろう？　ずいぶん前、ドイツの交響楽団の来日公演で指揮をする予定だったが、行方をくらましたところまでは知っている」

草壁の目が大きく開く。彼が持つ後ろめたさのせいなのか、それ以上は動じていなかった。

「説明が省けました。あのとき迷惑をかけたのは、ドイツの交響楽団の関係者や、恩師の山辺富士彦ばかりではありません。その後に控えていた別のオーケストラコンサートの日本の楽員たちにも大変な迷惑をかけてしまいました。若輩者だった僕を信頼してくれていた方々で、彼らは山辺富士彦の復帰も望んでいました。それが、あの代役で叶《かな》わなくなったんです」

おれは、かつて楽員に支持されていた指揮者時代の彼の話を思い出す。結果として復帰を望まれた指揮者の寿命を縮め、自身も失踪《しっそう》し、期待を裏切った。

草壁の追想する口調はひとり言のようにつづいた。

「五年経ったいま、ようやく決心がついたんです。全国に散ってしまった彼らに会いに行こうと。彼らが僕のことを覚えてくれているのならどんな叱責《しっせき》も受けます。いまさら、と迷惑がられるかもしれません。相手にすらされない可能性もありますが、それも自業自得なんです。でしょう」

「また指揮者に戻るのか？」

マンボウの静かな問いに、草壁は小さく首を横にふった。

「とまってしまった僕の時計を進めるためには、彼らと会って受ける傷が必要なんです。そのひとりが――」

そういって草壁は一枚の古い名刺を取り出し、長机の上に置いた。のぞき込んだおれは驚愕《きょうがく》する。思わず座っていたパイプ椅子が、音を立てて揺れた。新藤直太朗の名刺だった。退社前のものだ。

「この方をご存じありませんか？」

食い入るように見つめる。おれの顔色を読んだマンボウが、おい、と口を開く。

「斎木。知っているのか」

おれはこたえられずに、今度は顔を上げて草壁を凝視する。彼はいった。

「最初は新藤さんが在籍していた会社の総務に、現住所を教えてもらおうと訪問しました」

こいつは世間知らずか。個人情報の保護が常識化している現在では、無理に決まっている。

「それから自分の昔の経歴や教師の肩書きを使って、できることはなんでもして、同じ市内に住んでいることまではわかったんです。僕の教え子の祖母がきっかけで、藁《わら》にもすがる思いでこのセミナーに足を運びました。斎木さんの口からカロンという言葉を聞いたとき、もしやと思ったんです。名付けに冥王星の衛星を使う方はそうそういませんし、彼にひとり息子がいたことは本人から聞いていました」

おれは混乱を整理するための深呼吸をした。長机の上に手をついて立ち上がる。気づくと、彼に対する暴言が口から出ていた。

「どこにいるかわからない楽員ひとりひとりと会う？　いまさら？　馬鹿げている」

「……馬鹿げているかもしれません」

「教師にそんな暇があるのか」

「時間は限られていますが、世界は狭い」

おれの喉《のど》がぐっと鳴る。

そのとき、ポケットの中でマナーモードにしていた携帯電話が振動した。放っておいたが着信しつづけている。向こうから切れる気配はない。いったいだれだ。手に取って着信表示を目にすると、「斎木、切っておけ」と煩わしさがにじむマンボウの声が飛んだ。おれは携帯電話をぼんやり眺めながら、これもなにかの巡り合わせかと思った。

「カロンの開発者からです」

と新藤直太朗と表示された小さなディスプレイをふたりに見せる。ふたりとも、さっきのおれと同様に驚愕の表情を浮かべた。

「向こうから直接連絡がくることはほとんどありません。出ますよ」

ふたりの返事を待たずに、通話ボタンを押して耳にあてる。

ひさしぶりに彼の声を聞いた気がした。自分の要求を淡々と話す口ぶりは、なにも変わらない。

頭の半分で話を聞きながら、もう半分で記憶をなぞっていく。

かつて達成感のないプロジェクトや派閥の軋轢《あつれき》や社内の駆け引きの中で生きてきたおれは、単純な目的で単純に生きている新藤直太朗という人間に惹《ひ》かれた。おれが二十八歳で、彼が五十歳のときだ。新藤は能力がありながら、意見の食い違いで部長から目をつけられ、すっかり出世枠から外された一匹狼だった。

彼は男手ひとつで子育てをしていた。不妊治療の末、自分たち夫婦にはもう子供は授からない、とあきらめていた矢先にできた息子で、高齢出産、しかも初産の妻が遺《のこ》した忘れ形見だということはあとから知った。

——聞いているのか。

と新藤直太朗の声が電話の向こうで響く。

「ええ。午後四時に、そちらにうかがえばいいんですね」

おれはこたえた。ずいぶん急ですが、と付け加えて。

草壁がパイプ椅子から腰を浮かして、すがるような目でおれを見ている。

この男もまた、長い間、行き場のない人間だったのだろう。なぜか、おれの口の端に笑みが浮かんだ。たまには本能に従ってみるか。

「それではこちらの無理も聞いてくれませんか。新藤さんに会いたいというひとが目の前にいるんです。草壁信二郎といいますが、ご存じでしょうか。できれば、会ってやっていただきたいんですがね」

電話の向こうで沈黙がおとずれ、それから驚く声がした。最後に見た、感情をなくした傍観者のような顔を思い出す。なんだ。そんな声が出せるじゃないか。

草壁が頭を下げるのを目にしながら、おれは携帯電話を握り直す。短い躊躇《ちゅうちょ》のあと、いった。

「それともうひとつ。デジタルツインのような化け物ソフトをなんでつくりあげたのか、まだ話していない動機があるんでしたら、この際教えてくれませんか。死んだ人間は復活しない、新藤さんはだれよりもわかっていたはずだ」

電話を切ったおれを、マンボウが静かに見上げている。自分に似合わない台詞《せりふ》を吐いてしまったことを後悔した。

マンボウは腕時計を指先で叩《たた》く。

「……おい、あと二時間弱、どうやって時間を潰《つぶ》すんだよ」

「それをいうんですか」

苦々しく吐き捨てた。

――ひとりきりになれば嫌というほど思い知らされます。心をつくりたいと願うものなんです。たとえ相手が動物でも、植物でも、惑星になることが叶わなかった衛星でも。

結局、この世界では、ひとりになることのほうが難しい。

孤独に生きているように見えて、食材の調達から電車の運転など、暮らしを下支えしてくれている無名のひとがいっぱいいるのだ。

たとえ気持ちのうえで、自分が広大無辺な宇宙空間の只中《ただなか》にたったひとりでいると信じても、思い違いにすぎない。

いまはもう、だれかが観測しているから。

いつでも交信できるから……

瞬時に届く距離と、永遠に届かない距離を知った中学生の少女の物語。

夜空の星の光はその星の過去の光で、見上げた場所から一歩を踏み出す教師の物語。

中学生の少女とつながってしまった年老いた男の再生の物語は、まもなく終わりを迎えようとしている。

黄色く色づいた銀杏《いちょう》並木の葉が、住宅街の風景に季節の彩りを添えている。

「ボール遊び禁止」「鬼ごっこ禁止」「大声禁止」「赤ちゃんの泣き声禁止」公園だけが孤立している感じだった。トレーニングウェアで走っているひと、犬の散歩をする女のひとがいるきり、閑散としていた。母親も遊んでいる子供もいなくて、やぐらやすべり台、ロープネット渡りなどの木製遊具のどれもが物寂しい影をつくっている。耳に手をあてた。

この時間帯はまだ、モスキート音はしないようだった。耳鳴りがしない。

道路から一段高い敷地に屋根付きのベンチがあって、お金が底を突いたわたしたちはそこで時間を潰していた。ハルタと倉沢さんはベンチの背もたれに背中を預け、足を地面につけてブラブラさせない。わたしひとりが立ったり座ったり、落ち着かずに歩きまわる。

学校の教室で、勉強のできる子と、勉強のできない子の構図をあらわしているようで、勘と運だけで生きてきたわたしは密《ひそ》かに落ち込んだ。

いけないいけない。

風が急に強まり、茂みからペットボトルが転がってきた。ふと、藤が咲吹奏楽部のOBやOGがしてきたことを思い出す。最近の公園にはゴミ箱はない。ハルタと目が合った。

「いいよ」といってショルダーバッグを開けてくれたので、サンキュ、とその中にねじ込んだ。できることからふたりですこしずつはじめよう。

「まだ時間は早いけど、そろそろ行こうか」ハルタが立ち上がった。

「え。もう？」とわたし。

「この近くでしょ。家を探さなきゃ」

わたしは彼の手を引っ張り、倉沢さんからすこし離れた場所に移動して小声で話す。

「よく考えたら、知らないひとの家に行くんだよね」

「いまさらなにいっているんだよ。まあ一応、冬菜姉さんに連絡したけど」

「土曜のこの時間帯って、お酒飲んでない？」

「そう思って、保険をかけて、つぐみ姉さんにも連絡した」

「……保険になっているの？」

「ふたりともまだチューハイ六缶だったからだいじょうぶ。電話の向こうでかけ算の九九がいえたから」

「だいじょうぶじゃないと思うんです」

「いざとなったらぼくがチカちゃんと倉沢さんを守るよ。男の務めだ」

「わたしより喧嘩《けんか》が弱そうじゃない」

「馬鹿にするな。チカちゃんだったら引き分けに持ち込める」

不毛な会話をしている間に、ずっと黙りっぱなしの倉沢さんがログハウス風の階段を下りていった。わたしとハルタは慌ててあとを追い、立ちどまった彼女の背中に追いつく。

倉沢さんは視線を遠くに投げていた。その先をわたしたちも見つめる。

逆光になった人影が、緑色のネットが張り巡らされている場所にたたずんでいた。顔を上げて手書き看板を眺めている。公園に来たときはいなかった。

え……

うそ。

草壁先生だった。

また思いがけずに会えるなんて。こんなことってあるんだ……

四度目の正直で、せんせーい、と口を開きかけ、言葉を呑《の》んだ。先生の横顔は険しく、近寄りがたい雰囲気を放っていた。わたしたちの気配に気づいて眼鏡の奥の目がこっちを向く。

「こんにちは、先生」

「穂村さん？　上条くんも……」

先生の表情が、動揺に変わった。

動揺がわたしにも伝染する。いまは試験準備期間中で、やば、と思った。買い物袋を持っているし、休日にハルタと一緒にいることをどう説明しよう。

草壁先生の混乱する目がハルタのほうに注がれた。彼の背後で倉沢さんが隠れるように立っている。先生はすこし前屈《まえかが》みになり、眼鏡のブリッジの部分を指で押し上げて、首を傾げた。南高の生徒でいたかな……と記憶の引き出しを一生懸命開けている様子で、もどかしそうな姿に映った。

「三中の三年生の倉沢あゆみさん」

わたしは笑顔でいった。

「三中……？」

やば、と思い、再び動揺する。ますます説明が難しくなった。午前中の先生の尾行からはじまり、ここに至るまでの経緯は複雑すぎて、さっきからひたすら自爆ボタンを押している感覚に陥った。

ハルタが倉沢さんに耳打ちしている。草壁先生のことを紹介しているようで、先生と倉沢さんは目顔で挨拶《あいさつ》を交わした。

あ、あのですね、と、わたしがしどろもどろに口を開こうとすると、

「先生、邪魔してすみません。いま、退散しますので」

凛《りん》とした声が響き、ハルタがわたしのカットソーのパーカーを後ろからつかんで引っ張った。余計なことを一言も喋《しゃべ》るな、といわんばかりに力が込められ、わたしは、ぐえ、と呻《うめ》く。

草壁先生は相好を崩した。

強めの風が公園の大きな木を揺さぶり、砂塵《さじん》を巻き上げる。先生の顔が、給水をとめられた噴水に向いた。

「ここが、後藤さんがいっていたゴーストタウン公園？」

「あ、はい」

わたしはこたえる。後藤さん、先生にも喋っていたんだ……

「知ることと、見て感じることは違うんだね」

「え」

「たぶん、ここにはすぐひとが戻ってくるよ。そんな気がする」

草壁先生の目に、この荒廃した公園がどう映っているのかわからなかった。先生はおもむろにジャケットの内側に手を入れて、内ポケットから小さく折り畳んだメモ用紙を取り出す。

「この辺り、穂村さんが詳しそうだから聞いていいかな。実はいまから行きたい場所があるんだけど、番地がわかりにくくて、恥ずかしながら迷子になってしまったんだ」

先生は、たぶん近くだと思う、とメモ用紙を開いて見せてくれた、ボールペンで住所が書いてある。ピンポイントでわかるわけじゃないけど、どれどれ……と首を伸ばしてのぞいた。

頭上で草壁先生はいった。

「新藤、というお宅だ」

傍らで、倉沢さんが「え」とつぶやく。

ハルタがひょいと顔を突き出してきて、「チカちゃん、これ……」と眉根《まゆね》に皺《しわ》を寄せる。

「うん」わたしは漫画喫茶から持ち帰った紙のコースターを取り出して、裏側に書いた住所と見比べてみる。丁、番地、号まで一緒だ。とっさに顔を上げてたずねた。「先生、新藤直太朗さんとお知り合いなんですか？」

草壁先生は、わたしたちの反応に困惑している。「……昔、縁があった方だ」

「あの、ぼくたちもこれから新藤さんのお宅に行くんですが」

「呼ばれているんです。四時に」

ハルタとわたしがほぼ一緒にいうと、今度は先生も「え」と驚いて身をかたくした。混乱を鎮めるための、呼吸を整えるような間が空く。

「……僕も同じ時間にうかがう予定だが」

先生の発言にハルタと顔を見合わせる。新藤直太朗の掲示板の書き込みが脳裏によみがえった。

（だったら役者を揃えよう。私が黒幕と睨《にら》んだ人物を呼んでおく）

「セ、セレクトショップの消失事件のぉ、黒幕はぁ——」

ちょっと落ち着こうよ、チカちゃん、とハルタに両手で口を塞《ふさ》がれる。そのまま倉沢さんのほうに目をやると、彼女は首を横にふっていた。何度も横に。黒幕を直接目撃した彼女が否定しているのだから、セレクトショップの消失事件を企てたのは先生じゃないのだ。そうだよね。普通に考えたら、そんな暇はないだろうし……

草壁先生は腕組みし、それから顎《あご》に軽く握った拳《こぶし》を添えて、考え込む仕草を見せた。

「僕にはいまの状況がよくわからない」

「同感です。まだ時間がありますので、こちらの事情を話します」

ハルタが口を開き、倉沢さんにちらっと視線を送る。端折《はしょ》って話すつもりだとわかった。

「ああ、お願いできるかな」

「ここにいる倉沢さんが、新藤直太朗とインターネットの掲示板で長い間やり取りしていたんです。それで今日、会うことになりました」

「新藤さんが？　親子以上に歳が離れていると思うが……」

「フルート二重奏の楽曲の演奏許可のお願いから交流がはじまったんです」

草壁先生は、腰を屈《かが》めて倉沢さんに向かって話しかける。

「惑星カロン？」

倉沢さんがはっとして、ハルタも目を大きくさせていった。

「先生はご存じなんですか」

「知っているよ。五拍子の二重奏だ。そうか。きみが演奏会かコンクールで吹くんだね」

倉沢さんはこくんとうなずき、草壁先生を見つめる。時間をかけて見つめていたが、口はかたく結ばれたままだった。

先生は微笑み返して、話題を転じた。

「上条くんと穂村さんはどうして一緒に？」

「彼女の家はクラサワ楽器店なんです。この間、先生に話した——」

「なるほど」

先生は腰を伸ばした姿勢に戻り、申し訳ないというような表情を浮かべる。「こちらの事情はすこし込み入っていてね、きみたちには話しづらい。できればまだ聞かせたくない内容なんだ。しかもあとふたり、合流することになっている」

先生は、「たぶん……」と鼻梁《びりょう》を指先で何度もなぞって記憶を掘り起こす仕草をした。

「きみたちが先約で、僕が割り込んだ形になったと思う。もともと新藤さんが用があるのは、合流するふたりのほうだから」

ハルタがいった。「とりあえず行ってみませんか」

「ああ」先生の目が公園の出入口に向いた。「この辺は番地を示す表示板がないし、戸建てでも表札がない家が多くて困っていたんだ。ひとに聞こうにも、あまり出歩いていない」

「この辺、表札ない家、多いんだ」と、わたしはつぶやく。不便な気がした。

「表札がなくても郵便や宅配物は届くよ。おそらく最近は、いろいろと理由があるんだろうね。でも、表札という文化は日本だけで、外国にはない」

さすが留学経験のある先生だと思った。わたしをぐいと押し退けるようにハルタが一歩前に出る。

「ぼくたちもこれから探そうと思っていたところなんです。こういうときにスマートフォンがあれば、地図やナビゲーションの機能が使えるんですが」

「すまない。僕も持っていないんだ。あると便利だよね。もしかしたらいまどき迷子になるひとは、絶滅危惧《きぐ》種かもしれない」先生はかすかに笑い、冗談めかしていった。「じゃあ、ないならないなりに、みんなでトリュフを嗅《か》ぐブタになった気持ちで探そうか」

言い得て妙な気がして、ブタ四匹がふごふごいいながら、公園周辺を捜索した。

一番元気なブタが、公園に再び戻ってきて、ふご……と緑色のネットの裏にある家を見上げる。一方通行の狭い道を挟んで建つ、二階建ての一軒家だった。門扉から玄関まで草は伸び放題で、雨どいが折れてぶら下がっている。蔦《つた》はすでに電線に到達して、大胆にも自転車が不法投棄されていた。

空き家と思ってノーマークにしていたけど、二階の窓がほんのすこし開いているのだ。

車のエンジン音がした。

白い大型のセダンが、スピードを上げたまま一方通行のこの細い路地ぎりぎりいっぱいに入り込んできて、わたしはあやうく轢《ひ》かれそうになる。車に轢かれそうになったのは高校生活で二度目だ。

　車はすぐ停まった。腰を抜かして座り込んだわたしは、訝《いぶか》しみながら目を上げる。運転席と助手席のドアが勢いよく開き、男性がふたりあらわれた。ふたりとも仕立てのいいスーツを着ている。

「怪我はないか？」

　運転していた男性が駆けつけてくる。ひょろりと背が高く、ほどよく日焼けした顔の目が鋭く輝いている。彼の背後に年配の男性がいて、堅太りの身体に、目と目の間が離れた面長の顔、おちょぼ口が特徴的で、触ったらぬるりと冷たそうな、水族館で見たマンボウのような愛嬌《あいきょう》を漂わせていた。ふたりともネクタイを締めず、わたしだけがそう見えるのか、まともな仕事をしている人物に見えない。

　若いほうの男性はしゃがみ込むと、わたしの目の前で人差し指と中指の二本を立てた。

「これは何本に見える？」

「ピース……」

「まずいな。頭を打ったようだ」

　彼の背後に立つマンボウ男がぼそっと、「おい、斎木。だいじょうぶそうだぞ、その娘《こ》。とんでもない反射神経で避《よ》けたから」と抑揚のない声でつぶやいている。

わたしはそれを証明するように立ち上がってスカートをはたき、きっとふたりを睨みつけた。

「気をつけてください」

「悪いな、嬢さん。これでおさめてくれないか」

マンボウ男が長財布を取り出して、中から一枚抜く。

「お、お金なんか受け取りませんからねっ」

差し出されたのはハーゲンダッツのギフト券だった。ミニカップふたつと交換できる。

ありがたく受け取った。

サイキと呼ばれた男とマンボウ男が背中を向けてひそひそと話し込んでいる。

「……そういうのを財布に忍ばせておくと便利ですね」

「……基本だ」

だれかが大急ぎでやってくる気配がした。チカちゃん、どうしたの、と騒ぎを聞きつけたハルタで、つづいて草壁先生と倉沢さんが路地に集まった。

ハルタがまっさきにわたしを庇《かば》い、草壁先生がその前に出る。先生はわたしと手を握る倉沢さんに視線を送ってから、彼らに向かっていった。

「三人とも、教え子です」

草壁先生と知り合いのような雰囲気があった。マンボウ男の表情は乏しく変わらないが、若いほうのサイキは細く息を吐き、頭を掻《か》くと、点呼を取るような声をかけはじめた。

「ハンドルネーム、あゆさんは？」

倉沢さんが小さく手を上げる。

「ハンドルネーム、ハルさんは？」

今度はハルタが手を上げた。

「最後。ハンドルネーム、チカさん」

わたしも手を上げる。

首をまわす草壁先生の顔に戸惑いの色が強く浮かぶ。

「どういうことでしょうか？」

「新藤直太朗が呼んだ人物が、これで全員揃ったんですよ」

サイキが静かにこたえた。

「ご存じだったんですか」

「あのあと連絡があったんです。なにを考えているのかわからないですけどね。開発者は立場が強い」

「そのことですが、生徒たちには話さないほうがいい内容では……」

「デジタルツインのことですか」

「ええ」

「確かにまだ早いな」

と、サイキは真剣な眼差《まなざ》しでわたしたち三人を見つめる。言葉を選んでいるのか、すこしの間、沈黙を保ったあと、いった。

「なあ、きみたち。できるだけ気をつけるつもりでいるが、これから我々は新藤直太朗と難しい話をするかもしれない。聞いていて、つまずく箇所があったり、理解できない部分が出てくると思う。そのときは、『いまはわからないからパス』でスルーしてくれないかな。なんでも知りたがり、欲しがりの十代に明るい未来は待っていない。いつかわかる日がくる。草壁さんのような立派な先生を困らせることはしないと約束してほしい」

草壁先生は呆気《あっけ》に取られ、わたしは黙って息を吸い、サイキという男を見つめる。先生が合流するといっていた人物は、このふたりだと改めて知った。倉沢さんは小さくうなずき返し、ハルタは不承不承といった感じで先生の腕を引いている。だれですか？　と目で訴えていた。

「こちらは――」

草壁先生が紹介しようとすると、マンボウ男が片手を上げて制した。

「やめてくれ。高校生に覚えてもらうような名前じゃねえよ。会うのは今日限りだ」

語気の鋭さに、先生はなにかを察した様子でまぶたを閉じる。

「……わかりました」

このふたりの男の正体がますますわからなくなってきた。

サイキが例の蔦だらけのお化け屋敷みたいな一軒家の門扉をギィと開ける。やっぱりここが新藤直太朗さんの自宅だったんだ。

くるぶしを撫《な》でる雑草を踏みながら、わたしたちはあとにつづく。

玄関の前に立ったサイキは、インターフォンのボタンを押さずに背広のポケットの中をまさぐっていた。

「押さないのですか？」

と、草壁先生がたずねる。

「どうせ出てこない」

サイキが取り出したのは合い鍵《かぎ》の束で、そのうちのひとつを鍵穴にさし込むと、ぐるりとまわして玄関の扉を開け放った。その遠慮なさに、わたしとハルタは目を丸くする。

「二階にいる。行こう」

サイキとマンボウ男が借金の取り立てのようにずんずんと中に入っていき、だいじょうぶなんですか、このひとたち、と心配して草壁先生の顔色をうかがう。倉沢さんがするりとわたしたちの間を抜け、靴を脱いで彼らのあとを追っていった。

廊下は軋《きし》む音をたてた。

家の中は薄暗く、空気が澱《よど》んでいる気がして、思わず呼吸を浅くする。洗濯物が部屋干しされている匂いがした。

倉沢さんのあとを追って階段を上っていく。二階の廊下の突き当たりの部屋の扉が開いていて、そこで立ち竦《すく》む彼女の後ろ姿があった。

草壁先生とハルタと一緒に駆けつけて息を呑《の》む。

光を出しているのは、わずかな隙間をつくった厚手のカーテンと、パソコンのモニターだけだった。至る所に難しそうな専門書や雑誌が積まれ、部屋の半分近くを埋め尽くしている。唯一パソコンを使う奥のスペースだけが片付けられ、部屋ではそこしか使っていない証《あかし》となっていた。

机の上には四台のモニターが並び、それぞれ別の画面を表示している。

ひとつしかない椅子に、総白髪の長く髪を伸ばした初老の男が座っていた。地味なシャツに折り目の消えたズボンを身につけ、この古い家と同様に、朽ち、饐《す》えたような気配を漂わせている。

サイキとマンボウ男は部屋の中で黙って立っていた。初老の男が、おまえたちはすこしおとなしくしてほしいといいたげに片手を軽くあげて遮っていたからだった。つづいて落ち窪《くぼ》んだ目が草壁先生のほうに向けられる。ふたりの間で無言の意思疎通が行われる間が空き、先生は一歩退いた。

初老の男が倉沢さんに向かって深々と頭を下げた。それからゆっくりと口を開く。明《めい》瞭《りょう》さを欠いた声で、日頃だれとも喋《しゃべ》っていないことがわかった。

「……あゆさんだね」

「はい」

「私が新藤直太朗だ。いろいろいいたいことはあるだろうが、先に用件を済ませていいかな」

倉沢さんはうなずくと、腕を真横に伸ばしてサイキを指さした。

「セレクトショップでよく見かけたひとは、このひとです」

街の消失事件の黒幕を知って驚いたのは、わたしとハルタだけのようだった。

サイキは目をしばたたき、すぐに理解が追いつかない顔をしていた。彼がぽつりという。

「新藤さん。どういうことです？」

「……インターネットで噂になっていたんだ。都市伝説の『オルレアンの噂』をモチーフにした妙な事件が街で頻発していると……」

サイキはこともなげにいった。「なにか問題でも？」

「……頼んだ覚えはない。なぜ勝手な真似をする？」

「ソフトの完成に必要なデータでしょう。それ以上の理由はありませんが」

「……おまえまでひとの道を踏み外すことはないと思うが」

「困難を乗り越える意欲を力に変えて挑む、といってほしいですね。デジタルツインの完成の日の目を見るまでは、なんでもしますよ。新藤さんが望んだ通りに」

「…………」

新藤直太朗とサイキのやり取りを耳にしながら、わたしとハルタはちらっと視線を合わせる。さまざまな疑問が湧き、聞きたいことが泡のように浮かんだ。

あの、と、倉沢さんがか細い声をあげた。彼女の表情にあるのは、わたしたちと違い、当惑よりも沈痛の色だった。

「……誠一さんは？　誠一さんはいま、どこで、なにをされているんですか？」

ひと呼吸あった。

新藤直太朗は苦しげに口を開く。

「……あゆさん。本当にすまない。誠一のホームページに、何度も、何度も、あきらめずにアクセスしてくれたきみを……無視できなかったんだ。誠一のなりすましをしたことを、許してほしい……」

「誠一さんは、いま、どこに？」

倉沢さんはくり返しいい、新藤直太朗は頭を垂れた。部屋の空気が重くなった。

黙って見ていたサイキが大きく息を吐いた。

「事情はよくわかりませんが、はっきりいってあげたほうがいいんじゃないですかね」

部屋にいる全員の目が彼に向く。新藤直太朗がいえないことを、彼が代弁する、そんな役割を任されているかのように思えた。

「誠一くんは亡くなったよ。五年前の三月、高校を卒業して、十八歳になる前に生涯を閉じた。事故死だ」

サイキの口調は淡々としていた。彼は薄暗い部屋を横切り、机に並んだキーボードのひとつを引き寄せると、片手でマウスを操作しながらなにかを検索した。

ハルタは事態を呆然《ぼうぜん》と見守っている。

モニターのひとつに、検索結果の画像が次々と映し出された。

あまりに恐ろしい映像に、わたしは息を呑み、倉沢さんが両手を口に当てる。

道路のトンネルで火災が発生して、オレンジの服を着たレスキュー隊が現場に向かえないほどの黒煙が上がっている映像だった。

別の写真はトンネルの内部で、天井部分が崩落し、何台もの車を押し潰《つぶ》している。その中にバスがあった。パソコンのモニターには、テレビニュースの映像をコピーしたものも含まれていて、〈高校生の卒業旅行〉というテロップの一部が見える。

新藤誠一のホームページが更新されなくなった理由を物語っていた。大きなニュースになったんだと思った。その頃、倉沢さんはまだ十歳だ。彼女の手のひらから、抑えた悲嘆の声を聞いた気がした。

草壁先生が歩き進んでパソコンのモニターの前に立つ。身体の両脇にさげた手で拳《こぶし》をつくり、頰を強張《こわば》らせて、「才能のある少年が、なんてむごい……」とつぶやいている。

モニターの光がサイキの顔に淡く照り返していた。

「草壁さん。あなたが最後に否定したデジタルツイン、カロンの開発は、すべてここからはじまったんですよ」

先生の見返す目には痛みがあった。

デジタルツイン、カロンの開発、わからない言葉が次々と飛び出してきて戸惑う。隣のハルタを見ると、腕組みして、不服そうに唇を尖《とが》らせて黙っている。

首をゆっくりとまわす新藤直太朗が声をあげた。「……否定？」

ええ、とサイキは静かにこたえる。「彼は新藤さんが懸念されていたデジタルツインの欠陥を指摘したんです」

新藤直太朗は椅子の背もたれに身体を預ける。ギ、と軋む音が鳴り、唇の端だけが引きつったように動いた。

「……ああ。あれか。なんの問題もない」

「問題ない？」とサイキ。

「……カロンは今後、多くの人間の魂を救うだろう」

「新藤さん」

「……問題はないんだよ。開発はつづける」

その声にはどこか、狂信的、熱狂的な響きが含まれていた。

「デジタルツインで復活した誠一くんが、別人格になってでもですか？」

新藤直太朗の目がぎょろりとサイキを向いた。「……きみは……誤解している」

「誤解？」

「……そういえばきみは、私がデジタルツインのような化け物ソフトを開発した動機を知りたがっていたな」

「誠一くんを復活させるためじゃないですか？」

「……違う。人間は死んだら終わりだ。それは妻が教えてくれた」

サイキは眉間《みけん》に縦じわを寄せ、腑《ふ》に落ちない表情を浮かべた。

「いいんですか？　開発の前提が崩れますよ」

「……いや。最初からなにも崩れていない。きみに真相を話さなかったことは謝る」

「え」

「……携帯電話やスマートフォンが普及して、私のような苦悩を抱える人間は、これから増えていくだろう。とくに大震災や大事故では、遺族に永遠の謎が残される可能性はある。その謎を解くためだ」

「永遠の謎？」

「……誠一が最期に遺《のこ》したものがある」

新藤直太朗は机の引き出しを開けた。引き出しの奥から取り出したのは、ジップロックに包まれた携帯電話だった。筐体《きょうたい》はひび割れ、一部は焼け焦げ、壊れて動作しないことがひと目でわかる。

それは、倉沢さんに手渡された。

「……トンネルが崩壊した直後、誠一はまだバスの中で生きていた。誠一は最後の力をふりしぼって私にメールを送ってくれた」

サイキは動揺していた。

「聞いてませんよ。そんなことは」

「……きみには話せない。完成されていない遺言だから」

新藤直太朗はマウスを操作して、モニターのひとつにメールの保存画面を表示させた。

新藤誠一が父親に送った最後のメールに思えた。

草壁先生は無言でモニターを見つめている。

[件名]

[本文]おとうさん、あ

これまで話についていけなかったわたしとハルタは、モニターの前にどたどたと駆け寄る。一緒にのぞき込んだ。

こんな感じの文章――

旧校舎全開事件で見覚えがあった。

「携帯電話の予測変換……？」

わたしは張り詰めたかたい声で叫んだ。

最後の「あ」と打ち込んで、新藤誠一が使った順に予測変換で表示されたはずだった。その中に彼が望む言葉があったのか、選択に間に合わなかったのか、それとも存在していなかったのかはわからない。

人差し指や親指でつくる言葉のパズル。

彼は最期になにを伝えたかったのか？

それは声でなく、リアルタイムに打ち込まれたフォントで残された。

文字に心はあるのか？　文章に感情はあるのか？　入力されたテキストは、本人の本物の言葉なのか？

サイキの顔色は薄らぎ、後方にのけぞっている。

パソコンのモニターの明かりはわたしたちで遮られ、新藤直太朗は孤独な影となっていた。縮こまった影がぽつりと吐き出す。

「……この謎だけは、デジタルツインじゃないと解けない」

サイキはへなへなと床に座り込み、意気阻喪したように肩を落とす。

マンボウ男は無表情のまま、ふう、とため息を落としていた。

静かな足音がした。ジップロックに包まれた携帯電話を胸に抱く倉沢さんが、新藤直太朗の前に立つ。ようやく質問できる程度には回復したらしい。眩《まばゆ》い光を放つものがふたつ——彼女の両目が、じっと彼を見下ろし、唇を静かに開いた。

「大の大人が集まって、なにをくよくよ悩んでいるんですか？」

「……くよくよ？」

新藤直太朗は怯《おび》えの交ざった顔を上げる。

「『あ』からはじまる言葉は、ありがとう、に決まっているじゃないですか」

「……あゆさん、ひとの心を勝手に判断してはいけないよ。それはわからないんだ。ありがとう、なら、予測変換ですぐ出てくる。私は誠一の父親であれたのか自信がない」

「ありがとう、です」

だよな、と平坦《へいたん》な声が賛同した。そっぽを向くマンボウ男のものだった。

新藤直太朗の口元が歪《ゆが》む。それは、はじめて見せた微笑に思えた。

「ああ最後に親父を殴ってスカッとしたい、だったらどうする？」

倉沢さんもつられてかすかに笑う。

「ありがとう、ですよ」

「あいつだけは許さねーぞ、だったらどうする？」

「ありがとう、です」

「あほんだらあ、だったらどうする？」

「ありがとう、です」

「あゆさん……」

「ありがとうのあとは、自分がいなくなっても前に進んでほしい、っていいたかったんだと思います」

彼女が考えつづけて、選び抜いた言葉に聞こえた。部屋に深い静寂が満ちた。

「こんな老い先短い男にか？　不器用で、愚かな私にそぐわない言葉だな。だがな、あゆさん。何百、何千、星の数ほどの言葉を想像して、悶《もだ》えて、悔やんで、眠れない日々がつづいても、こたえは簡単に見つからなかったんだよ。どん底に身を委《ゆだ》ねていると、首尾一貫した思考はあり得なくなる。痛みも感情もなく、あるのはただ疲労と、時が過ぎるのを待つことだけだ」

倉沢さんは、なぜ、と小さく息で叫んでから、目を瞑《つむ》り、悲しそうにいった。

「……こたえ、本当に、見つからないんですか？」

「私の問題だ。私が解決する」

彼女は困ったような表情を浮かべ、うつむき気味になる。

「……そうですか」

「ただね、あゆさん。別のこたえは見つかった。それは、誠一が導いてくれたのかもしれない。きみとやり取りをした掲示板のことだ」

「え」

「この世の中は、ひとりぼっちになることのほうが難しかったんだな。人間は、真の孤独にはなれない」

倉沢さんの視線が新藤直太朗にまっすぐ向いた。

「……はい」

「惑星カロンの練習はどうだ？　スコアも、音源も、練習法も、必要なものは、もう全部きみに渡した」

彼女の目元がすこし緩む。

「……おかげさまで、なんとか後輩と頑張れそうです」

「練習で体験しているだろうが、あれの十七小節目からの運指が難しい。誠一もコンクールで四ヵ所失敗して誤魔化した。無茶苦茶なことをしたんだよ、あいつは。聴いているこっちがひやひやした」

「じゃあ、もしかしたら本番中に失敗するかもしれません」

「生き恥を堂々とさらすといい」

「……生きて恥をかけることは幸せなことなんですね」

「そうだ」

椅子を引く気配がした。新藤直太朗は椅子の背をつかみ、身体を支えながら立ち上がると、部屋の隅に移動し、大量の書籍の中に隠れた楽器ケースを取り出した。その取っ手を持って、倉沢さんの前に戻る。

「誠一の形見のひとつだ。若いひと向きのもので、歳を取った私には合わない。これを持っていきなさい」

「え……」

「きみを騙《だま》したお詫《わ》びだ」

「そんな」

「頼む。若いきみにもらってほしい」

半ば無理やりといった感じで渡された倉沢さんは戸惑う。

楽器ケースに印字されたメーカー名に視線を落とした彼女は、なにかに気づいた様子でひざを折り、床の上で留め金を外して蓋《ふた》を開いた。中に入っているのは分解されたフルートだった。

総銀……？

何度も間近で見たことがあるから輝きでわかった。眉《まゆ》を寄せた草壁先生が近づいてのぞき込む。わたしもハルタもそうした。

先生もハルタも信じられないといった顔つきになり、わたしは「あ」と驚きの声をあげる。銀色に輝く頭部管や主管に、様式化された模様が彫刻されていた。見覚えのある図柄の模様。星の秘密が隠されたフルート……

雫《しずく》がぽたりと落ちて、小さく撥《は》ねた。

我慢の限界に達したのか、倉沢さんの頬を涙が一筋滑り落ち、口の端まで流れている。ぼやけた唇の線が動いた。

「すみません、すみません。これは誠一さんのものです。まだ、直太朗さんが持っていてくれませんか」

「……あゆさん？」

「同じ彫刻入りのフルートが家の楽器店にあるんです。自分で手に入れたいんです」

新藤直太朗はまぶたを大きく開いて深呼吸し、彼女を見返す。

「……誠一と、あゆさんの元に渡っていたのか」

国内に二本しか入荷されていないことを知っているわたしは固唾《かたず》を呑《の》む。奇跡に触れた気がした。

（地球からおよそ五十億キロ離れた場所にいるんですか？）

（生きているうちに、私たちは会えないんですか？）

遠く近く求め合ってきたふたりのフルート奏者の魂は、行きつくべき時の一点に向かって、こうなることが定められていたのかもしれない。

次の奏者、後継者に出会いを託して……


♪


ハルタと倉沢さんと一緒に、いったん公園に戻ることにした。

夕刻の西日が目を射り、風が吹いて公園の木の枝葉がいっせいになびき、わたしの髪を吹き上げる。大量に入ってきた情報を整理できないまま、新藤直太朗の家のほうを見つめた。草壁先生はひとりだけ残って彼と話をしたいらしい。

わたしたちは待っていた。

ふたりがどんな関係なのかは、わからない。

それを聞くのをはばかられる雰囲気があった。

（なんでも知りたがり、欲しがりの十代に明るい未来は待っていない。いつかわかる日がくる。草壁さんのような立派な先生を困らせることはしないと約束してほしい）

サイキという男の声が脳裏によみがえる。ストンと痛みもなく刺さる釘《くぎ》のように、胸の奥に深く残った。抜きたいけど、抜けない。

わかった、わかったから。

聞きたがらない。知りたがりもしない。

でも……

待つことくらい、いいでしょ？

帰り際のやり取りを思い出した。

……………………

……………

「私はあきらめませんよ」

あの部屋でひときわ大きな声を発したのはサイキで、彼は渇いた喉《のど》を鳴らし、肩を上下させていた。そして仕切り直すように息をつく。

「デジタルツインの完成をこの目で見届けますから」

椅子に座った新藤直太朗は弱々しく微笑み返していた。興奮するサイキの背広の襟を、後ろから乱暴につかむ手があった。

「斎木、頭を冷やせ」

とマンボウ男のおちょぼ口が動く。

「頭？　冴《さ》えまくっていますよ」

「デジタルツインは、まだ俺たちの手に余る」

「朝飯前ですよ！」

「猿が火を持ったら危ねえ理屈くらいわかるだろ。自然に返るのが一番だ。俺たちには『みゃあみゃあプロジェクト』がお似合いだってことだ」

わたしとハルタは過敏に反応した。なんだろう。その猫に埋もれそうで、キュートそうなプロジェクトは。

「楽しいイベントじゃないぞ、高校生……」

サイキは苦いものでも噛《か》んだように口元を歪《ゆが》めていった。なんなのよ。

マンボウ男が新藤直太朗の前に立つ。つかの間、沈黙ができた。

「新藤さん、邪魔したな」

「……いや」

部屋から去ろうとするふたりを、新藤直太朗が腕を伸ばして引き留めた。マンボウ男がふり返る。

「なんだい、新藤さん」

「悪いがひとつ、頼まれてくれないか」

「なにをだ？」

…………

そういう経緯で、公園の緑色のネットに掲げられた手書き看板を、ふたりは脚立とペンチを使って撤去していた。

その光景を、わたしとハルタは顔を上げて眺める。「ボール遊び禁止」や「大声禁止」の看板ばかりでなく、高い部分に設置された黒いスピーカーもケーブルごと外された。

「看板、新藤さんだったんだ」

ハルタがいい、

「……うん」

とぽつりと返す。

窒息するような重苦しさで沈滞していた風景が、じょじょに元の姿に戻っていくのを、ハルタと一緒に複雑な思いで見た。

手伝いますかー、と作業中のふたりに声をかけてみる。

脚立の上でマンボウ男が後ろ姿のまま、しっしっと邪険に手をふった。

不思議なひとたちだ。

太陽の輪郭がおぼろににじんでいく中、倉沢さんがいる屋根付きベンチのある場所まで移動した。

そこに腰かけた倉沢さんは、頭を落としたなにかのかたまりのように動かない。声をかけようにも、なんていってあげればいいのかわからなかった。聞こえのいい言葉、ポジティブな言葉を何度も口にしかけて思いとどまる。

いつの日からか——辛《つら》くても音楽が、楽器が好きだというひとは、自分で乗り越えられるのだと信じるようになっていた。

だからわたしたちは彼女を挟む形で座り、ちょこっとずつ間隔をつめていく。いつだって駆けつけるよ。こうしてそばにいるよ。

ハルタが宙に向かってつぶやいた。

「デジタルツインって、意味がわかった？　チカちゃん」

「え。全然」

「だよね……」

「別に知らなくたって困らないよ、たぶん……」

「そんなものかな」

「うん」

ログハウス風の階段を下りた先から、手伝いますか、という掛け声が聞こえて、あんたもか、生徒たちが待っているぞ、早く行け、と今度は乱暴な声が返ってくる。

草壁先生が階段を上がってきた。

「待たなくてもよかったのに……」

そんな先生の言葉をわたしは無視して、「早かったじゃないですか」

ああ、と草壁先生は眼鏡の奥の目を細めてこたえる。話は無事、終わったようだった。

ハルタが身を乗り出してたずねた。「あの。新藤さんは？」

「ベッドまで運んだ。いまごろ眠っているよ」

あのやつれた顔を思い出す。

ハルタは「……そうですか」と静かにいった。

わたしたちに挟まれて座る倉沢さんの前に、草壁先生が立った。ずっとうなだれている彼女に向かって口を開く。

「倉沢さん」

彼女は黙っていた。

「コンクールのチケット、新藤さんのぶんももらえないかな」

つづけて先生がかけた声に、彼女はゆっくりと顔を上げる。その唇がわずかに動いた。

「……届けに行く……つもりです……」

「それがいい。眠る直前まで、きみの演奏を心配していたから」

「え」

「『あ』からはじまる言葉は、あのとき、きみにしかいえなかった。新藤さんから伝言だよ。ありがとう、と」

草壁先生は、ジャケットの内側に手を入れてメモ用紙を取り出した。倉沢さんに、その紙に書かれた文字を見せる。

住所に思えた。

「誠一くんのお墓は、新藤さんの故郷のこの市内にある。母親のお墓も一緒に移したそうだ。コンクールの前に一度、花を供えに行こうか」

立ち上がった倉沢さんの額がどんと草壁先生の胸にぶつかる。ううう……と彼女の肩が激しく揺れ、先生の胸の中で声をあげて泣いた。しゃくりあげ、生きている熱気が伝わるような声音が公園に響く。

深まる晩秋の夕陽は峻烈《しゅんれつ》な輝きを放ち、一方で西の空はじょじょに茜色《あかねいろ》を失っていく。

その中に光る星を一瞬、わたしは確かに見た。近くにありながら遠くにあるもの。届きそうで届かない距離。愛《いと》しい出会いも、悲しい別れも、慈しむ記憶も、全部抱えて、来たるべき冬を迎えようと思った。

本書執筆にあたり、以下の文献を参考・引用に使わせていただいています。

星をさがす　石井ゆかり　WAVE出版
全現代語訳日本書紀（上）（下）　宇治谷孟　講談社学術文庫
まゆみ先生の吹奏楽お悩み相談室　緒形まゆみ　音楽之友社
日本コウモリ研究誌　翼手類の自然史　前田喜四雄　東京大学出版会
おもしろ合唱辞典　武田雅博　音楽之友社
知ってるようで知らないクラシックおもしろ雑学事典　音楽雑学委員会　ヤマハミュージックメディア
心理学の探究88　松井洋、田島信元　ブレーン出版
【カラー版】大人のための東京散歩案内（増強改訂版）　三浦展　COLOR新書y
「ニートな子」を持つ親へ贈る本　澤井繁男　PHP研究所
ますます眠れなくなる宇宙のはなし　「地球外生命」は存在するのか――　佐藤勝彦　宝島社
IBM奇跡の〝ワトソン〟プロジェクト　人工知能はクイズ王の夢をみる　スティーヴン・ベイカー著　土屋政雄訳　金山博、武田浩一解説　早川書房
人工知能になぜ哲学が必要か　フレーム問題の発端と展開　J・マッカーシー、松原仁、

P・J・ヘイズ著　三浦謙訳　哲学書房

文献の趣旨と本書の内容は別のものです。執筆にあたり、この他多くの書籍やインターネットのホームページも参考にさせていただきました。また作品世界に合わせて脚色していますので、作中に誤りが存在した場合、文責は全て作者にあります。

普門館経験者で担当編集者の森亜矢子さんには、吹奏楽における具体的なアドバイスでお世話になりました。

「惑星カロン」作中の「デジタルツイン」は、「デジタルツインズ」として報道されています。実現にはまだもう少し先、未来の話なので、現実に存在する技術「デジタルツイン」という表記にしています。製造業で使われる用語で、「デジタル上に再現された双子の片割れ」という意味になります。

解説

吉田大助

二〇一六年一月～三月にテレビアニメ化され、二〇一七年三月には実写映画版も公開予定。小説とは別の入口からこのシリーズと出合い、原作へと辿《たど》り着いた、そんな読者にまずおしらせしておきたいのは、どの巻から読み始めても面白いが、始まりから丁寧に読み継いでいった先でこの一冊と出合ったならば、特別な感動に包まれるという事実だ。初野晴が二〇〇八年にスタートさせた青春ミステリ〈ハルチカ〉シリーズ、その第五弾に当たる本書『惑星カロン』は、シリーズ最大の転換点となっている。

読み進めていけば、これまでとはミステリの質感がちょっと違うとすぐ分かる。歴代の持ち主に必ず災いをもたらす、呪いのフルート。大学生には解けないけれど高校生なら解ける、電子メールで送られてくる暗号クイズ。あらゆる鍵《かぎ》が開けられ窓が全開となった、密室とは正反対の「旧校舎全開事件」。試着室で人が消えるという往年の都市伝説のような噂と、死者を蘇《よみがえ》らせるAI（人工知能）ソフトの秘密……。「本格ミステリ」の必要十分条件は、御大・島田荘司いわく「（冒頭に置かれた）幻想的な謎と、その論理的解決」。本巻に収録された四つの「謎」は、過去作よりも「幻想」性のアベレージが高まり、シリーズに新たな風を吹き込んでいる。

　そもそも初野晴という作家は、第二二回（二〇〇二年度）横溝正史ミステリ大賞受賞のデビュー作『水の時計』以来、ミステリとファンタジーの融合を試み続けてきた人だ。〈ハルチカ〉シリーズはそうした営みとは少し外れた場所に位置していたのだが、『惑星カロン』の匂いは初期作品に近い。この一作で、シリーズの自由度がさらに高まったことは間違いないだろう。しかも全四編の繋《つな》がり感、相互作用感は、過去作以上に強力だ。まさか第一話の「呪い」の真実が第四話で、こんなかたちで明らかになろうとは！　ページ数が過去最長ということもあるが、一冊としての読み応《ごた》えは本巻がピカイチ。ボケツッコミの利いた登場人物達のかけあいを愛《め》でる、キャラクター小説としても抜群の仕上がりだ。

　でも、それらのことは、本巻で起きている「転換」を色付ける、副次的要素にすぎない。ここで何が起きているのか？　まずは、前巻までの道のりをざっと振り返ってみることにしよう。

「友情、恋から鮮やかな謎解きまで。青春ミステリに望みたいものすべてが、この本にある。」（『退出ゲーム』に寄せられた有栖川有栖の推薦文）

　先輩作家から熱い祝福を受けてスタートした本シリーズの舞台は、静岡県の清水南高校。第一弾『退出ゲーム』の時点でセットされた、初期設定はこうだ。語り手は、部員九名の弱小吹奏楽部に所属する、一年生部員の体育会系女子・穂村《ほむら》チカ。美形で乙女男子な幼なじみの上条《かみじょう》ハルタと共に、学内に潜む楽器経験者の噂を聞きつけては、彼らが抱える「謎」を「解決」することで入部の約束を取り付けていく。はたまた、変人奇人がうごめく学内のトラブルを片付けることで、学内における吹奏楽部の地位を上げ、練習場の確保など好条件をゲットする。二人は共に、吹奏楽部顧問の草壁信二郎《くさかべしんじろう》に恋をしている。その思いを、お互いだけが知っている。強敵と書いてとも（友）と読む、というやつだ。

シリーズ第二弾『初恋ソムリエ』以降もハルチカは「謎と解決」＝「仲間集め」を繰り返し、部員達との切磋琢磨《せっさたくま》を重ねながら、吹奏楽の甲子園＝普門館出場を目指す。そして高校二年の夏、静岡県代表として東海大会出場を果たした。その直後、秋の文化祭を題材にしたのが前巻に当たる第四弾『千年ジュリエット』だった。つまり、ミステリとしての快感、部活モノとしての快感の内側には、青春のキラキラがめいっぱい詰め込まれていた。『惑星カロン』で行われているのは、そのキラキラからの「転換」なのだ。本巻のハルタとチカは、部員の人数が増えて多くの後輩もでき、引退後のことを視野に入れるようになっている。最終第四話「惑星カロン」の中盤、清水南高校を受験して吹奏楽部の門を叩《たた》く予定だと言う、中学三年生の未来の部員と出会う。その少女を前に、チカは素直に喜べず胸が痛む。

〈ずっと同じじゃいられない。高校生活の時間は着実に流れている。わたしやハルタ、マレンや成島さん、芹澤さんがいなくなっても、こうしてあとを継いでくれる後輩はあらわれるのだ。みんな、どこにいるんだろう、と思いつづけた去年の春のようなことはもうない。来年は片桐先輩の妹も入部する。南高吹奏楽部の船はきっと大きくなっていく。たとえわたしたちの代で見ることが叶《かな》わないものがあっても、次の代、その次の代の彼女たちが見てくれる。／心のどこかで、それを認めたくない自分がいたのだ。〉（本書三三一ページ）

ワクワクとゲラゲラと『退出ゲーム』を読み進めていた時、チカがこんな心境に到るとはまったく想像もしていなかった。シリーズを先へ進めると共に、物語内の時計の針をきっちり前へと進めた、今このタイミングだからこそリアリティをもって出現させることのできた一文だ。だが、おそらく真の青春はここから始まるのだ。青春とは、「青春の終わり」という時限装置の存在を感知する者にのみ、特別な輝きをもたらすものなのだから。

もうひとつ、「惑星カロン」の内側で新たなストーリーラインのスイッチが入っている。第一弾『退出ゲーム』の第一話の時点で示されていた、顧問の草壁先生にまつわる「謎」だ。

〈聞いたところでは学生時代に東京国際音楽コンクール指揮部門で二位の受賞歴があって、国際的な指揮者として将来を嘱望されていたらしい。それがどうしてこの学校の教職についたのか謎に包まれている。〉（『退出ゲーム』一三ページ）

前巻で少し明らかになったその「謎」が、「惑星カロン」でさらに鮮明な過去のエピソードとして描出され、草壁先生自身の言動で「解決」への手続きが示される。その瞬間、これまで読み継いできた人ならばきっと、ある真実に思い至ることとなるだろう。このシリーズにおける「謎」とは、己にかけられた過去の呪いだ。「解決」とは、呪いから逃げずに向き合うスタンスを手に入れることだ。

振り返ってみれば『退出ゲーム』の最終第四話「エレファンツ・ブレス」の時点から、このシリーズの「謎」の多くは大人達がもたらしてきた。そして大人達は、「青春の終わり」の先に待っているモノの存在を、若い世代に背中で見せてくれていたのだ。それは何か？「大人の始まり」だ。高校生の目からすると十二分に大人に見える彼だって彼女だって、過去を清算し悲しみを乗り越えて、「大人になる」のだ。

「青春の終わり」の先には、「大人の始まり」がある。能天気娘だったチカの内面に「青春の終わり」が確実にセットされたのと同時に、草壁先生にとっての「大人の始まり」が始まったこの一作は、だからシリーズ最大の転換点である。しかもその転換が出現する短編「惑星カロン」には、もうひと組の「終わり」と「始まり」のドラマも書き込まれている。二重のぶ厚いドラマにミステリのサプライズも加わって、読者の胸に確実に、「青春の終わり」と「大人の始まり」が届くよう配慮されている。

実は、〈ハルチカ〉シリーズはそれまで約一年〜一年半に一巻のペースで刊行されていたが、『惑星カロン』は前巻から三年半ものインターバルが空いた。シリーズの行方を決定付けるこの一巻、この一篇に対して、作家自身も特別な難易度やプレッシャーを感じていたからではないだろうか。そして見事に、最高の成果を挙げた。だってこれを読んだら絶対、シリーズを最後まで追い掛けずにはいられなくなってしまうから。

ハルチカにとってはラストチャンスとなる、普門館出場に繋がるコンクールまでの残り時間は一年を切った。この先、物語はどのような軌道を描くのか。おりにふれて既刊を読み返し、特に『惑星カロン』を読み返しながら、楽しみに待ちたい。……と思っていたらなんと、二〇一七年二月に続刊が文庫書き下ろしで刊行されるという吉報が入ってきた。初野晴が、一気にギアをあげてきた。

〈ハルチカ〉シリーズは少年少女の物語であるとともに、大人達の物語でもある。あえて書こう。青春小説とは、大人のためにあるのだ。「青春の終わり」を終え、「大人の始まり」を始め切れずにいる、あなたのためにある。

本書は二〇一五年九月に小社より刊行された単行本を文庫化したものです。

惑星《わくせい》カロン

初野《はつの》 晴《せい》

平成29年 1月25日 初版発行
令和7年 1月20日 6版発行

発行者●山下直久

発行●株式会社KADOKAWA
〒102-8177 東京都千代田区富士見2-13-3
電話 0570-002-301（ナビダイヤル）

角川文庫 20172

印刷所●株式会社KADOKAWA
製本所●株式会社KADOKAWA

表紙画●和田三造

●お問い合わせ
https://www.kadokawa.co.jp/（「お問い合わせ」へお進みください）
※内容によっては、お答えできない場合があります。
※サポートは日本国内のみとさせていただきます。
※Japanese text only

ISBN978-4-04-105199-3 C0193

JASRAC 出 1615108-406

角川文庫発刊に際して

角川源義

第二次世界大戦の敗北は、軍事力の敗北であった以上に、私たちの若い文化力の敗退であった。私たちの文化が戦争に対して如何に無力であり、単なるあだ花に過ぎなかったかを、私たちは身を以て体験し痛感した。西洋近代文化の摂取にとって、明治以後八十年の歳月は決して短かすぎたとは言えない。にもかかわらず、近代文化の伝統を確立し、自由な批判と柔軟な良識に富む文化層として自らを形成することに私たちは失敗して来た。そしてこれは、各層への文化の普及滲透を任務とする出版人の責任でもあった。

一九四五年以来、私たちは再び振出しに戻り、第一歩から踏み出すことを余儀なくされた。これは大きな不幸ではあるが、反面、これまでの混沌・未熟・歪曲の中にあった我が国の文化に秩序と確たる基礎を齎らすためには絶好の機会でもある。角川書店は、このような祖国の文化的危機にあたり、微力をも顧みず再建の礎石たるべき抱負と決意とをもって出発したが、ここに創立以来の念願を果すべく角川文庫を発刊する。これまで刊行されたあらゆる全集叢書文庫類の長所と短所とを検討し、古今東西の不朽の典籍を、良心的編集のもとに、廉価に、そして書架にふさわしい美本として、多くのひとびとに提供しようとする。しかし私たちは徒らに百科全書的な知識のジレッタントを作ることを目的とせず、あくまで祖国の文化に秩序と再建への道を示し、この文庫を角川書店の栄ある事業として、今後永久に継続発展せしめ、学芸と教養との殿堂として大成せんことを期したい。多くの読書子の愛情ある忠言と支持とによって、この希望と抱負とを完遂せしめられんことを願う。

一九四九年五月三日

角川文庫ベストセラー

水の時計　初野　晴

脳死と判定されながら、月明かりの夜に限り話すことのできる少女・葉月。彼女が最期に望んだのは自らの臓器を、移植を必要とする人々に分け与えることだった。第22回横溝正史ミステリ大賞受賞作。

漆黒の王子　初野　晴

歓楽街の下にあるという暗渠。ある日、怪我をした〈わたし〉は〈王子〉に助けられ、その世界へと連れられたが……眠ったまま死に至る奇妙な連続殺人事件。ふたつの世界で謎が交錯する超本格ミステリ！

退出ゲーム　初野　晴

廃部寸前の弱小吹奏楽部で、吹奏楽の甲子園「普門館」を目指す、幼なじみ同士のチカとハルタ。だが、さまざまな謎が持ち上がり……各界の絶賛を浴びた青春ミステリの決定版、〝ハルチカ〟シリーズ第1弾！

初恋ソムリエ　初野　晴

ワインにソムリエがいるように、初恋にもソムリエがいる?!　初恋の定義、そして恋のメカニズムとは……お馴染みハルタとチカの迷推理が冴える、大人気青春ミステリ第2弾！

空想オルガン　初野　晴

吹奏楽の〝甲子園〟――普門館を目指す穂村チカと上条ハルタ。弱小吹奏楽部で奮闘する彼らに、勝負の夏が訪れた!!　謎解きも盛りだくさんの、青春ミステリ決定版。ハルチカシリーズ第3弾！

角川文庫ベストセラー

千年ジュリエット　初野　晴

文化祭の季節がやってきた！　吹奏楽部の元気少女チカと、残念系美少年のハルタも準備に忙しい毎日。そんな中、変わった風貌の美女が高校に現れる。しかも、ハルタとチカの憧れの先生と親しげで……。

暗い宿　有栖川有栖

廃業が決まった取り壊し直前の民宿、南の島の極楽めいたリゾートホテル、冬の温泉旅館、都心のシティホテル……様々な宿で起こる難事件に、おなじみ火村・有栖川コンビが挑む！

壁抜け男の謎　有栖川有栖

犯人当て小説から近未来小説、敬愛する作家へのオマージュから本格パズラー、そして官能的な物語まで。有栖川有栖の魅力を余すところなく満載した傑作短編集。

赤い月、廃駅の上に　有栖川有栖

廃線跡、捨てられた駅舎。赤い月の夜、異形のモノたちが動き出す――。鉄道は、私たちを目的地に運ぶだけでなく、異界を垣間見せ、連れ去っていく。震えるほど恐ろしく、時にじんわり心に沁みる著者初の怪談集！

幻坂　有栖川有栖

坂の傍らに咲く山茶花の花に、死んだ幼なじみを偲ぶ「清水坂」。自らの嫉妬のために、恋人を死に追いやってしまった男の苦悩が哀切な「愛染坂」。大坂で頓死した芭蕉の最期を描く「枯野」など抒情豊かな9篇。

角川文庫ベストセラー

氷菓　米澤穂信

「何事にも積極的に関わらない」がモットーの折木奉太郎だったが、古典部の仲間に依頼され、日常に潜む不思議な謎を次々と解き明かしていくことに。角川学園小説大賞出身、期待の俊英、清冽なデビュー作！

愚者のエンドロール　米澤穂信

先輩に呼び出され、奉太郎は文化祭に出展する自主制作映画を見せられる。廃屋で起きたショッキングな殺人シーンで途切れたその映像に隠された真意とは⁉大人気青春ミステリ、〈古典部〉シリーズ第2弾！

クドリャフカの順番　米澤穂信

文化祭で奇妙な連続盗難事件が発生。盗まれたものは碁石、タロットカード、水鉄砲。古典部の知名度を上げようと盛り上がる仲間達に後押しされて、奉太郎はこの謎に挑むはめに。〈古典部〉シリーズ第3弾！

遠まわりする雛　米澤穂信

奉太郎は千反田えるの頼みで、祭事「生き雛」へ参加するが、連絡の手違いで祭りの開催が危ぶまれる事態に。その「手違い」が気になる千反田は奉太郎とともに真相を推理する。〈古典部〉シリーズ第4弾！

ふたりの距離の概算　米澤穂信

奉太郎たちの古典部に新入生・大日向が仮入部する。だが彼女は本入部直前、辞めると告げる。入部締切日のマラソン大会で、奉太郎は走りながら心変わりの真相を推理する！〈古典部〉シリーズ第5弾。